O não MANUAL DO NAMORO ONLINE

O *(não) manual do namoro online*
Copyright © 2024 by Luiza Helena Caporalli
Copyright © 2025 by Novo Século Editora Ltda.

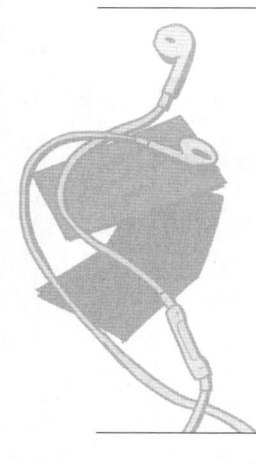

Direção Editorial: Luiz Vasconcelos
Produção editorial e Aquisição: Mariana Paganini
Preparação: Angélica Mendonça
Revisão: Ellen Andrade
Diagramação: Marília Garcia
Capa: Kleber Antonio Santana | hikleber15.com

Texto de acordo com as normas do Novo Acordo Ortográfico da Língua Portuguesa (1990), em vigor desde 1º de janeiro de 2009.

Dados Internacionais de Catalogação na Publicação (CIP)
Angélica Ilacqua CRB-8/7057

Caporalli, Luiza Helena
O (não) manual do namoro online / Luiza Helena Caporalli ; ilustrações de Kleber Antonio Santana. — Barueri, SP : Novo Século Editora, 2025.
256 p. : il.

ISBN 978-65-5561-989-8

1. Ficção brasileira I. Título II. Santana, Kleber Antonio

25-0511 CDD-B869.3

Índice para catálogo sistemático:
1. Ficção brasileira

GRUPO NOVO SÉCULO
Alameda Araguaia, 2190 – Bloco A – 11º andar – Conjunto 1111
CEP 06455-000 – Alphaville Industrial, Barueri – SP – Brasil
Tel.: (11) 3699-7107 | E-mail: atendimento@gruponovoseculo.com.br
www.gruponovoseculo.com.br

LUIZA HELENA CAPORALLI

O não MANUAL DO NAMORO ONLINE

:ns

São Paulo, 2025

Eu odeio aqui, então vou para
Jardins secretos na minha mente
As pessoas precisam de uma chave para chegar lá

Taylor Swift - I Hate It Here

Para *Ofélia* e *Elienay*, sem uma, eu não existiria;
sem a outra, este livro (ou qualquer outro)
não teria nascido.

Nota da Autora

Oi, leitor (a/e),

Se está lendo este livro, isso significa que você apoia a literatura nacional independente (ou só gosta muito de mim e quis me apoiar – ambas opções são válidas), então gostaria de começar este livro te agradecendo! Muito obrigada por ter acreditado em mim e dado uma chance ao mercado independente.

Antes de mais nada, gostaria de te pedir humildemente para me seguir nas redes sociais, especialmente no Instagram, no perfil **@luizacaporalli.livros**. E, se estiver gostando da leitura, que tal tirar uma foto, postar nos stories e me marcar? Eu juro que isso ajuda muito o nosso trabalho!

E, por falar em trabalho, eu poderia deixar os agradecimentos para o final do livro, mas a verdade é que esta obra não existiria sem todas as pessoas que colaboraram comigo para que ela nascesse.

Então, aqui vai um agradecimento especial e super carinhoso a todos que deixaram sua marca neste livro. Beatriz Nascimento, do Escreva com Bea: eu te acompanho muito antes de sequer pensar em publicar algo – talvez você não saiba, mas eu já tinha salvo muitos dos seus posts, caso um dia eu resolvesse por a cara a tapa... É uma honra ter trabalhado com você! Espero que tenhamos muitos e muitos outros projetos no futuro.

Obrigada também a todos os ilustradores que deram vida às minhas ideias: Andresa Rios (de quem sou fã assumida), Céu Ilustra (sou apaixonada pelas suas artes desde o primeiro instante que as vi), Cesar Drawing e Haléxia Mandato, que transformou uma batata na coisa mais fofa do mundo!

Agradeço também à visão crítica da Graziela Reis, graças a ela consegui conduzir a obra por um novo caminho. Agradeço ainda à Agharna, que fez um ótimo trabalho com a leitura sensível, e à Kah, a melhor (e mais paciente) diagramadora que eu poderia ter encontrado.

Obrigada mais uma vez a todos que trabalharam comigo neste livro e obrigada a todos que forem ler, por acreditarem em mim e no meu sonho. Não esqueçam de deixar uma avaliação – seja na Amazon, no Skoob ou em qualquer plataforma que você utilizar!

Com todo amor que existe no mundo,

Luiza

Curiosidades

Eu tive muitos encontros ruins. Muitos mesmo. Horríveis.

O bom é que, quando estamos nos nossos 20 e poucos anos, nossas experiências acabam sendo bem parecidas. Então, um dia, enquanto conversava com minhas amigas, descobri que todas também tinham tido encontros igualmente péssimos (talvez os meus tenham sido piores, mas isso não é uma competição).

Uma amiga, em especial, costumava ir a encontros com pessoas que conhecia pela internet e, quando me apresentou um desses caras, eu fiquei com a sensação de que ele tinha uma energia surreal de quem esconde olhos de vítimas na geladeira da casa dele (talvez essa última parte tenha sido mais para efeito de comparação. Ele não era tão ruim, só… estranho).

E foi assim que comecei a desenvolver a história de 'O (não) manual do namoro online'.

Aliás, procurando nos meus arquivos, encontrei textos que remontam a 2021, quando comecei o primeiro rascunho dessa história. Para se ter uma ideia, meu primeiro livro só foi publicado em 2023, ou seja, essa história já estava aqui, guardada na minha cabeça, há bastante tempo.

Por ser uma história que viveu tanto tempo na minha mente, tenho um carinho muito especial por ela. Sei que não devemos escolher entre livros (ou filhos) preferidos, mas vocês não vão contar para

'Crimes Perfeitos Deixam Suspeitos' que eu gosto mais da irmã mais nova dele, né?

Foi justamente por ter publicado 'CPDS' (como costumo chamar meu primogênito) que me senti pronta para publicar 'O (não) manual do namoro online'.

Espero que essa história faça com que todos – de 20, 30 ou até 50 e poucos anos – se sintam abraçados depois de um encontro ruim. Todos já passamos por isso.

Inclusive, o motivo de haver tantas referências à Taylor Swift na história é justamente esse: suas músicas nos fazem sentir conectados, como se compartilhamos as mesmas experiências.

E claro, sempre tomar cuidado com quem se sai em encontros pela internet. Aquele cara com quem minha amiga estava saindo podia até não ter uma coleção de olhos na geladeira da casa dele, mas nem todos têm a mesma sorte.

ALERTA DE GATILHOS:

Violência física, abuso psicológico, assassinato, tentativa de suicídio, tortura psicológica, abuso infantil e violência contra animais.

Prólogo

Nunca parei para pensar muito em como iria morrer, mas, recentemente, todas as possibilidades começaram a me atormentar.

Há menos de duas horas, eu estava a caminho do escritório onde trabalho como ilustradora, pronta para passar o dia escutando meus colegas Charles e Alan pegarem no pé um do outro. Só que, ao chegar lá, quem me esperava? Minha chefe. No mesmo instante, soube que aquilo não era um bom sinal, só não imaginei o quanto mudaria completamente o rumo da minha vida, me levando para onde estou agora: sentada no sofá do meu apartamento minúsculo, sendo interrogada por um detetive que parece ter saído de um filme policial dos anos 1980.

O detetive Joaquim Stringuetti, um sujeito caricato com um bigode mais volumoso que uma escova de vassoura, segurava uma folha de papel. Ele chegou pouco depois de mim, então mal tive tempo de conversar com a Lina, minha melhor amiga e companheira de apartamento. Ela estava na cozinha, provavelmente ouvindo cada palavra daquele interrogatório peculiar. Já eu estava ali na sala, com os músculos tensos e o corpo igual a uma pedra, o gosto metálico invadindo minha boca enquanto observava atentamente o investigador diante de mim.

— Então você tem um vídeo de cada um desses nomes na lista? — questionou Joaquim, com o dedo apontado para uma folha de papel coberta de anotações minhas.

— Caramba, que safada! — gritou Lina, vindo em nossa direção.

Se eu e Lina estivéssemos na mesma festa, ninguém conseguiria dizer qual era o tipo de comemoração. Ela era toda luz e simpatia, enquanto eu... Bem, era só eu mesma, tentando passar despercebida no meio da multidão.

— Não é bem assim... — comecei a dizer. — Investigador, ela precisa mesmo estar aqui?

O homem deu de ombros e Lina sorriu, antes de se juntar a mim no sofá.

— Deixa ela, não está me atrapalhando em nada.

Claro que não está. Uma garota como Lina jamais incomodaria um sujeito como ele.

— São só histórias, baseadas em experiências que tive com esses caras — expliquei, olhando para meus pés e sentindo os olhos de Lina sobre mim.

— E qual deles você acha que teria motivo para te ameaçar? — perguntou o detetive.

— Nenhum deles — respondi rapidamente. — Quero dizer, eu nem citei os nomes...

— Tudo bem, vamos simplificar — o detetive me interrompeu, alisando o bigode. — Conte-me tudo sobre cada um desses encontros.

E, assim começaram os minutos mais humilhantes e, de certa forma, aterrorizantes da minha vida.

Para começar: oi, meu nome é Hanna Magalhães e estou recebendo ameaças de morte por carta há quase uma semana.

PARTE 1

Capítulo 1

Meu menino só quebra seus brinquedos favoritos

♪ *Taylor Swift – My Boy Only Breaks His Favorite Toys*

Março

Sem imaginar o que me esperava naquela terça-feira de março, fui para o trabalho, como de costume. Lá, tomei dois cafés com açúcar – um de manhã e outro à tarde –, irritei Alan, meu *frenemy* número um, e fofoquei com Charles, um de meus amigos mais próximos e que, naquele dia, estava mais quieto do que de costume.

Eu deveria ter sacado que algo estava acontecendo quando Alan usou "broto" para descrever um dos estagiários e Charles não caiu na gargalhada comigo. Ao invés disso, apenas continuei o meu dia normalmente... Até que, quando eu estava quase saindo e já pensava no que pediria no iFood ao chegar em casa, a minha vida virou de cabeça para baixo.

Eu tinha acabado de voltar com o Gustavo após nosso décimo segundo término. Ele jurava que, dessa vez, ficaríamos juntos para sempre e parecia tão sincero que eu acreditei. Na época, Gustavo havia concluído a faculdade de administração há alguns meses e decidiu se mudar para Campinas – com o objetivo de, segundo ele, "trabalhar no nosso relacionamento".

Tudo estava bem. Isso é, até meus amigos prepararem uma intervenção à la *How I Met Your Mother* para me contar a verdade sobre o homem com quem havia passado os últimos oito anos da minha vida.

No fatídico dia, Lina me mandou uma mensagem pedindo para que eu fosse sozinha até o apartamento dos nossos amigos. Não estranhei, porque todo mundo odiava o Gustavo – o que estava sendo um problema para a Lina, já que ele estava morando no nosso apartamento há um mês, sem pagar nada ainda por cima.

Eu só fiquei em alerta quando abri a porta do apartamento dos irmãos Santos e vi meus três melhores amigos de pé na sala. Atrás deles, havia uma cartolina gigante na parede azul, com todas as provas sobre a "vida alternativa" de Gustavo.

– Hanna, isto é uma intervenção – anunciou Lina, tomando a dianteira.

Deixei escapar uma risada nervosa e abaixei meu celular.

– Para mim?

– Sim. Sobre o Gustavo – minha amiga respondeu.

Lancei um olhar raivoso para Charles, que deu de ombros e disse:

– Dessa vez é real, Hanna.

Charles e eu estudamos juntos na faculdade e o fato de sermos os dois únicos excluídos no curso de artes visuais nos aproximou, nos tornando amigos para sempre. E, quando se tratava de Gustavo, ele sempre havia expressado suas dúvidas, mas nunca deixou de apoiar minhas decisões. Por isso mesmo, quando ele disse que dessa vez era sério, resolvi sentar e ouvir o que os meus amigos tinham a dizer.

E era muita coisa.

Eles me mostraram provas que o Gustavo tinha me traído com a Alice, sua suposta melhor amiga da faculdade. Aquela que parecia ser feita pelos deuses; e ele me chamava de louca por eu ter ciúmes dela, porque era "só uma amiga". Agora, ela estava grávida de dezessete semanas – seja lá o que isso significa. E o pai era Gustavo Arruda. O meu Gustavo era, na verdade, o Gustavo da Alice. Um mentiroso, um traidor e um futuro pai, porém não de um filho meu.

Caí em prantos quando meus amigos terminaram de falar, mas não por me sentir traída. Sempre soube que Gustavo não era flor que se cheirasse e nunca comprei a ideia de que ele nunca havia flertado com a perfeitinha da Alice.

Não. Eu desabei em lágrimas por perceber que havia despedicado os melhores anos da minha vida com ele.

– Hanna, o que você vai fazer agora? – Bruna se aproximou, me tirando dos meus pensamentos.

Bruna, a irmã mais nova de Charles e nerd das tecnologias do grupo, provavelmente foi encarregada de juntar todas essas provas, já que Gustavo havia bloqueado meus amigos em todas as redes possíveis para não ser descoberto.

– Eu... eu não sei – respondi, com a voz embargada.

– Como assim "não sabe"? Você tem que mandar esse cara pastar agora mesmo! – Lina não se segurou. Entre todos os meus amigos, ela com certeza sempre foi a maior hater do Gustavo e nunca fez questão de esconder.

– É que, sei lá... Ele foi o primeiro cara que eu gostei, não sei se consigo... – Tentei dizer, entre soluços.

Eu sabia que isso não era verdade. Só que, apesar de não ser o meu primeiro, Gustavo foi o que ficou mais tempo, mesmo sendo um tremendo pé no saco. Mas ele estava ali, né?

– Hanna, você merece muito mais do que aquele cara... – Charles me abraçou.

– Bora tirar esse traste da nossa casa e depois afogar as mágoas com cerveja? – perguntou Lina, de forma sugestiva.

Deixei uma risada escapar.

– Certo, mas eu vou falar com ele – respondi.

– Mas você tem que fazer ele se arrepender de ter nascido! – minha amiga rebateu com agressividade.

Lina sempre queria que todos fôssemos mais parecidos com ela, mas não era bem assim. Nós três éramos adultos que passaram toda a adolescência sendo zoados, portanto não era tão fácil quanto ela pensava. Na verdade, até hoje eu não entendo por que ela se juntou ao nosso grupo.

Após a intervenção , entramos no carro da Bruna, que sempre nos levava para todo lado. Enquanto meus amigos planejavam o que fazer quando chegássemos ao apartamento, fiquei na minha, lembrando cada detalhe do meu relacionamento com o Gustavo.

Nós dois crescemos em Itapira, uma cidadezinha no interior de São Paulo, e fomos vizinhos por um bom tempo. Todos esperavam que eu e Gustavo nos déssemos bem, mas, na real, nunca fomos próximos. As coisas só mudaram quando, ao invés de ganhar uma megafesta de aniversário de quinze anos, ganhei uma enxurrada de traumas. Assim, o cara chato do prédio se transformou no único que entendia o que eu passava, depois no meu namorado.

Eu aprendi a conviver com Gustavo e, no meio do caminho, fui perdendo a mim mesma. Contudo, no banco de trás daquele carro, enquanto ouvia meus amigos planejarem como o encarariam, decidi que não me diminuiria mais para caber na realidade dele.

Quando chegamos ao apartamento, pude ver o local como era de verdade pela primeira vez: roupas espalhadas pelo chão, louça suja na pia, livros e papéis sobre a mesa... Era o reflexo do meu estado de espírito quando eu estava com Gustavo.

E ele estava sentado no sofá só de toalha, com os cabelos molhados e exibindo seus músculos de atleta. Seus olhos estavam voltados para a televisão e, totalmente alheio ao que estava prestes a acontecer, sorriu ao me ver. No entanto, seu sorriso logo se desfez ao ver meus amigos atrás de mim, com a cartolina de provas nas mãos.

— Aninha, que bom que você chegou! Estamos sem cerveja, pode passar lá no mercadinho para comprar mais? — Ele engoliu em seco e tentou mudar de assunto, fingindo não ter visto meus amigos e ignorando o fato de todos eles o estarem vendo seminu.

— Não — respondi timidamente, irritada por ele continuar me chamando por esse nome mesmo depois de tantos anos.

— O quê? Está sem dinheiro? Eu te digo que ser desenhista não é uma profissão de verdade...

Ele se inclinou para pegar a carteira na pequena mesa de centro e Lina olhou incrédula para mim, à espera de que eu tomasse uma atitude.

— Gus, eu acho que a gente precisa conversar... — sussurrei.

— Falando em não ser uma profissão de verdade... — Gustavo continuou falando enquanto se aproximava de mim. — Meu pai sugeriu, de novo, que eu enviasse meu currículo para aquela agência de viagens...

— Gus, eu... — Tentei outra vez, mas minha voz não saía.

— Dá pra acreditar? Ele tem uma rede de supermercado enorme e quer mesmo que eu saia por aí distribuindo currículos? — Ele olhou para Charles, como se tentasse impressionar meu amigo com seus músculos em evidência.

Quanto mais eu tentava formular uma frase, qualquer uma que fosse, mais sentia o gosto de sangue evidente em minha boca e me embaralhava toda.

— Isso deveria ser um tipo de tortura! — interveio Lina. — Olha só, seu sanguessuga do inferno, vou deixar bem simples para ver se você consegue entender com essa sua cabecinha oca: você e ela — e apontou para nós — acabaram, ok? Não. São. Mais. Um. Casal!

— Como é que é?! — Ele se virou para Lina, que estava no centro da sala, depois voltou a olhar para mim. — Aninha, o que está acontecendo?

Eu detestava quando ele me chamava de Aninha. E detestava saber que isso o incentivava a continuar fazendo isso.

Balbuciei algumas palavras, mas nada saiu.

— Hanna, por que você está deixando essa piranha falar por você? E aí, o que que tá pegando? — Gustavo soou impaciente, aproximando-se.

— Lina está certa. — Fechei os olhos e mordi o interior da bochecha. — E não chame ela de piranha!

Ele soltou uma risada irônica e abri os olhos para vê-lo dar as costas para mim.

— Olha, eu vou colocar uma roupa e sair para encontrar o pessoal no bar. Depois a gente conversa, beleza?

Ele estava na metade do corredor quando finalmente consegui falar:

— Eu vi a postagem da Alice.

Eu não conseguia nem sequer olhar direto para ele. Toda aquela situa- ção, o fato de Gustavo estar errado e eu saber disso, estar finalmente me impondo... Era como um eclipse solar. Algo que acontecia muito raramente e que você quer olhar, mesmo sabendo que era melhor evitar, porque sabe o quanto será lindo e que só acontecerá de novo daqui a muitos e muitos anos.

— Eu sei que você vai ser pai daqui a alguns meses. E sei também que você deveria estar com a Alice, não aqui.

— Hanna, você é a única para mim... — ele disse com a voz amena, caminhando em minha direção, e tentou pegar minhas mãos.

Encarei Gustavo pela primeira vez desde que havia chegado e vi os olhos que eu costumava descrever como "cor de cocô", embora fossem no mesmo tom de castanho que os meus. Naquele momento, qualquer resquício de amor que eu sentia por ele desapareceu. Sempre soube que Gustavo era um babaca, mas esperava que, após todos aqueles anos de relacionamento, ele seria pelo menos *um pouco menos* babaca comigo. Ri de mim mesma e de meu ridículo pensamento.

— Tá rindo por quê? — Ele soltou minhas mãos em um gesto irritado.

— Só... vai embora. Tô tão cansada da sua babaquice, da sua brutalidade e do seu senso de humor ridículo... Pega suas coisas e cai fora. *Xispa!*

Respirei fundo. Aquele acesso de raiva me transportou de volta ao passado, no complexo de prédios onde crescemos, brigando por algum gibi ou porque ele havia passado mais tempo no balanço do que eu. Senti a mesma raiva que tinha por ele na época e, de alguma forma, me senti como eu mesma novamente; algo que nem sabia ainda ser possível.

O rosto de Gustavo foi tomado por uma expressão raivosa, que embora me lembrasse de sua versão criança, era mais assustadora, mais perigosa e mais parecida com a de seu pai.

— Você não vai terminar comigo! — Ele balançava a cabeça em negação enquanto falava. — Se você terminar comigo, você tá ferrada!

Antes que eu tivesse a chance de formular uma resposta, Lina disparou para meu quarto e o chão de taco vibrou sob os meus pés quando ela bateu a porta com força. Logo depois, ouvi gritos do que parecia um tumulto que começava a se formar na rua. Apressei-me para a sacada e pude ver Lina atirando todas as roupas e os pertences de Gustavo pela janela.

Não pude conter o riso, mas ele cessou quando me virei e dei de cara com um Gustavo completamente tomado pela raiva, que me encurralou contra a parede.

— Você tá ferrada, Hanna! — Ele começou a apertar meu pescoço. — Você vai ficar sozinha no mundo! Acha mesmo que vai aguentar?!

Charles se apressou para tentar nos separar, enquanto Bruna corria para fora do apartamento e chamava por ajuda. De repente, o som de vidro sendo estilhaçado irrompeu no ar e Gustavo me soltou, distraído pela perturbação. Meu amigo me segurou conforme eu caía, lutando para recuperar o fôlego.

Após se certificar de que eu estava bem, Charles partiu para cima de Gustavo — que estava ocupado demais tentando entender o que Lina tinha jogado para fazer aquele barulho — e desferiu um soco certeiro no meio do nariz do meu ex. Tenho certeza de que meu amigo nunca tinha feito algo assim.

A toalha que envolvia Gustavo caiu no chão, deixando-o completamente nu, e ele revidou o golpe com uma raiva que jamais havia presenciado. Bruna voltou para a sala com o telefone no ouvido, ainda gritando desesperada. E eu me encontrava sentada no chão, imóvel e incapaz de fazer qualquer coisa, totalmente paralisada pelo medo.

Enquanto Gustavo continuava a golpear Charles, a porta se abriu e alguns conhecidos e desconhecidos entraram, tentando separar a luta. Eles agarraram Gustavo, que se soltava e os afastava, sem ligar para quem feria no processo. Então, eu notei o sangue escorrendo pelo chão de taco.

Finalmente, alguns de nossos vizinhos conseguiram confinar Gustavo do lado de fora do apartamento. No entanto, ao se dar conta de sua nudez no centro do corredor, sua fúria triplicou. Entre chutes, murros, xingamentos e ameaças como "Hanna, se você não me deixar entrar agora mesmo, juro que vai se arrepender para o resto da sua vida!", tudo ao meu redor começou a desvanecer, até que o escuro tomou conta da minha visão.

Capítulo 2

Eu sei que meu amor deveria ser celebrado, mas você o tolera

♪ *Taylor Swift – tolerate it*

Flashback

Quando éramos crianças, Gustavo e eu vivíamos em uma constante batalha muda, que nem sempre era silenciosa. Para falar a verdade, era um saco ter que lidar com ele todos os dias, em todos os lugares. Morávamos no mesmo condomínio, frequentávamos a mesma escola, tínhamos o mesmo grupo de amigos... E mesmo assim não nos suportávamos.

O primeiro cessar-fogo aconteceu na oitava série, quando nosso elo em comum decidiu arranjar uma vida própria.

Rafael já estava no ensino médio quando não quis participar da noite de jogos promovida semanalmente por nossos pais, mas as noites de quinta-feira eram sagradas na Colmeia, sempre foram.

Meu pai sempre me contava do quanto elas eram preciosas para nossas avós, que se reuniam para jogar cartas e desfrutar de algumas horas longe de seus maridos. Então, quando nosso amigo disse que não participaria, todos acharam estranho. Rafael sempre foi o tipo de pessoa que priorizava a família e, apesar de não ser de sangue, nos considerávamos uma.

Mas naquela quinta-feira, enquanto eu estava no banheiro da escola, ouvi algumas garotas mais velhas conversando e senti meu mundo despedaçar.

– Ainda não acredito que ele vai! – uma delas falava, com uma voz aguda e irritante.

– Você tem certeza de que ele disse "sim"? Não foi um "talvez"? – a outra perguntou enquanto entrava na cabine ao meu lado, antes de bater a porta com força.

– Não, ele disse que vai ao cinema hoje comigo! – a primeira confirmou, com um tom triunfante.

– Não sei, Carmen. Não quero que você crie expectativas, sabe? Tipo, não vai pensando que será um encontro ou algo do tipo, porque é bem possível que ele apareça com aquelas crianças... – a outra comentou enquanto usava o vaso sanitário, fazendo um barulho nojento.

– Ah, se ele *pensar* em aparecer lá com aqueles pirralhos, eu vou mandar a real para aquela *indiazinha* e aquele idiota – a primeira disse, se aproximando da cabine onde eu estava, e tive que me encolher. – Ai, por que eles não arranjam o que fazer? É tão irritante...

Prendi a respiração. *Elas estavam falando de mim?*

Ouvir um termo tão racista e pejorativo me trouxe um misto de indignação e tristeza no peito. Era horrível que tão poucas pessoas soubessem meu nome, mas todas pareciam confortáveis em me rotular com base em estereótipos.

– Não seja maldosa – a outra resmungou, enquanto dava descarga. – Eles são praticamente crianças.

– Crianças? Fala sério, você já viu o jeito que aquela garota olha para ele? Ela praticamente baba!

— Deve ser só uma paixonite de criança... Eles são tipo irmãos, você sabe disso.

— Eu não sei de nada, porque o Rafa é o cara mais fechado que eu já conheci — Carmen reclamou. — Você acredita que eu mandei uma foto só de sutiã pra ele no Snapchat e ele respondeu apenas com um joinha?

— Mentira?! Um joinha? — A outra riu.

— Dá pra acreditar? Mas a gente se pegou horrores na festa de sábado, então não sei muito bem o que pensar... — Carmen se gabava quando elas foram embora, deixando-me sozinha na cabine com muitos pensamentos.

Saí do banheiro alguns minutos depois, completamente sem jeito e com medo de encontrá-las no corredor. Entrei na sala de aula e me joguei na carteira, tentando encontrar razões para acreditar que aquelas duas não estavam falando de mim.

Será que eu realmente babava quando olhava para Rafael? Será que ele e a Carmen tinham mesmo "se pegado horrores" na festa de sábado?

Sábado tinha sido há quatro dias e meu amigo parecia normal comigo, como de costume — e sempre presumi que, se ele estivesse "se pegando horrores" com alguém, algo mudaria entre nós. Não é que tivéssemos algo (porque não tínhamos), mas sempre esperei que, um dia, as coisas pudessem mudar. Sempre torci para que, algum dia, ele pudesse me ver da mesma maneira que eu o via: como a Lua que ilumina a escuridão e guia os mares.

Contudo, naquele dia, tudo mudou. Eu descobri que ele não era a Lua, mas o Sol. E o Sol podia queimar.

Mais tarde, a mãe dele foi nos buscar na escola e permaneci calada durante toda a viagem de volta. Cecília, minha melhor amiga da época que passava mais tempo em minha casa do que na dela e estava de carona conosco, era a única que falava incansavelmente. Todos os outros estávamos magoados, de alguma forma ou de outra.

No banco da frente, Rafael mexia no celular, alheio ao mundo, enquanto eu prestava atenção na sua tela e pensava em com quem ele poderia estar falando; embora lá no fundo eu já soubesse.

Naquele dia, prestei atenção em cada detalhe de Rafael: seu moletom azul-marinho, embora fizesse calor, os cabelos escuros, compridos e bagunçados, a pele mais pálida do que o normal...

Raquel e Pablo, os pais dos garotos, haviam acabado de se separar e ele se mudou da Colmeia, como era chamado o complexo de prédios em que morávamos, para um bairro chique. Pablo não era como nós. Ele tinha dinheiro e era dono de uma rede de supermercados, que começou a obter ainda mais lucro depois do divórcio. Apesar disso, Raquel se recusava a sair da Colmeia, então ele foi morar em outro lugar. Mesmo assim, estava tentando encontrar uma maneira de permanecer na vida dos filhos, então os dois garotos passariam a tarde na casa do pai.

Me lembro de ver Raquel deixá-los na porta com um suspiro pesado e um olhar triste. Ela falava, num sussurro quase sem voz, do quanto era difícil se separar dos dois, mesmo que por pouco tempo. Não compreendi bem o significado daquelas palavras, mas eu sentia, no fundo da alma, que algo estava errado.

Durante toda a tarde, Cecília a ajudou com os preparativos para a noite de jogos, enquanto eu revirava meu quarto, à procura de um projeto que havia feito com Rafael, alguns anos antes.

Desde pequenos, sofríamos com as brigas constantes dos nossos pais e éramos assombrados por barulhos de gritos, pratos quebrados e portas batidas. Naqueles momentos, a única saída era fugir para nosso refúgio secreto: o armário do zelador, no térreo do prédio. Lá, entre vassouras, baldes e produtos de limpeza, nos sentíamos seguros e protegidos. Era o nosso mundo, onde ninguém podia nos machucar.

Um dia, eu estava chorando no nosso esconderijo. Tinha acabado de participar da quadrilha do prédio, mas não gostei nada de ser a noivinha do Gustavo, que passou a tarde toda me beliscando. Naquele dia, fugi da quadrilha para me esconder lá e, para minha surpresa, Rafael apareceu no armário pouco tempo depois, com um sorriso no rosto e um pirulito Push Pop na mão, nosso favorito na época.

– Eu não quero casar com o Gustavo! – Eu estava soluçando e abraçava meus joelhos.

— Você não vai casar com ele, foi só uma brincadeira — ele respondeu, antes de sentar-se ao meu lado e passar o braço pelos meus ombros.

— Ele é um chato! Vive implicando comigo, me xingando, me empurrando... — reclamei, limpando minhas lágrimas com as mãos.

— Eu sei, eu sei... Mas você não precisa se preocupar com ele. Sabe que eu estou sempre aqui para te proteger, né? — Rafael respondeu, me encarando com aqueles olhos verdes-escuros que sempre me hipnotizavam.

Ele me abraçou com vontade, secou as minhas lágrimas com a manga da camisa e me ofereceu o pirulito que havia levado. Em seguida, rabiscou em um pedaço de papel, com letras enormes e desengonçadas:

> Eu, Rafael, e você, Hanna, somos casados para sempre.
> Assinado: Rafael e Hanna

Meu amigo caprichou nos dois corações e me passou o papel. Olhei para ele e sorri, encantada com aquele gesto tão fofo. Então, Rafael me pediu para guardar o papel como se fosse um tesouro, porque aquilo era a nossa certidão de casamento.

— Agora somos casados e ninguém pode nos separar. Nem o Gustavo, nem ninguém.

Então, com toda a sabedoria que tinha aos sete anos, ele me convenceu a voltar para a quadrilha.

Rafael sempre esteve ao meu lado, em todos os momentos. Foi ele quem me socorreu quando eu me machuquei no Réveillon de 2006 e precisei levar pontos na testa. Foi ele quem salvou o meu porquinho-da-índia quando Gustavo o soltou na rua, porque estava com inveja do meu presente de Dia das Crianças. Foi ele quem sempre me fez feliz. Sempre foi o Rafael.

Só que, naquela tarde de quinta-feira, soube que Rafael precisava partir.

Revirei a casa inteira atrás daquele pedaço de papel amassado e amarelado, com letras garrafais e desajeitadas. De um lado, estava nosso contrato de casamento. Do outro, nosso contrato de divórcio, feito num dia em que ele me salvou de mais uma das brigas dos meus pais. Eu tinha quase nove anos e não conseguia entender por que os dois não se divorciavam de uma vez. Os pais de alguns colegas de sala estavam se separando, por que os meus também não faziam isso?

Na ocasião, Rafael tentou me explicar que um divórcio pode ser complicado, mas eu insistia que deveria ser simples.

– Um divórcio envolve muitas coisas, coisas que você não entende ainda – ele explicou, sentado na minha cama, enquanto segurava nosso contrato.

– Como o quê? – indaguei, curiosa.

– Como... como o amor, por exemplo. – Meu amigo olhou para o papel com uma expressão triste.

– Se eles se amassem, não brigariam tanto.

Na época, aquilo parecia óbvio para mim.

– Não é bem assim, Hanna. Às vezes, as pessoas se amam, mas não conseguem se entender... – Ele suspirou.

– Por quê?

– Porque... porque elas são diferentes. Têm objetivos diferentes, sonhos diferentes, opiniões diferentes...

– Mas isso não é motivo para tantas brigas, é? A gente é diferente e não briga. – Apontei para o nosso contrato, tentando provar meu ponto.

– É, mas a gente não tem que se preocupar com essas coisas – ele concordou, com um sorriso fraco.

– Será que a gente vai brigar quando ficar adulto? – Minha voz soou apreensiva.

– Não. – Ele me puxou para um abraço. – Mas podemos fazer nosso contrato de divórcio, só para caso a gente brigue muito quando formos adultos.

Rafael pegou uma caneta e, juntos, revisamos nosso contrato de casamento e detalhamos todos os aspectos do nosso eventual divórcio. Caso ele acontecesse, decidimos que Nicky, nosso cão comunitário, teria guarda compartilhada e ficaria uma semana com cada um de nós. Além disso, todos os gibis de Rafael seriam de minha posse e todos os meus álbuns de figurinhas ficariam com ele. Ah, e Gustavo ficaria com ele. Nem precisamos discutir sobre aquela parte do acordo.

Não tínhamos assinado o divórcio até então, mas percebi que estava na hora. Então, assinei o papel e corri até a casa de Rafael, porém foi Gustavo quem me atendeu.

– Hanna? O que está fazendo aqui? – Ele não parecia totalmente incomodado ao me ver.

Gustavo era o oposto de Rafael: loiro, forte, atlético... Um típico garoto popular, que se achava o dono do mundo. Ele sempre foi arrogante, sarcástico e implicante comigo, mas parecia diferente naquele dia.

– Vim falar com o Rafael – disse, empurrando-o com o ombro para entrar no casarão que Pablo havia comprado.

– Ele, ahn...

Lembro que Gustavo tentou formular uma frase, mas eu saí correndo em direção ao quarto de Rafael. Se não fizesse isso naquele momento, não conseguiria fazer depois.

Bati à porta duas vezes e a abri com pressa, já sentindo a coragem escapar do meu corpo.

– Hanna? – Rafael, que estava deitado na cama, jogou o celular para longe quando me viu.

Seu quarto estava escuro e arrumado, como sempre, com as paredes pintadas de verde-escuro e os móveis de madeira branca. A única fonte de luz vinha da janela, entreaberta, por onde entravam alguns raios do sol da tarde.

— Não precisa levantar, eu só vim te entregar isso. — Estendi o papel para ele, que o pegou e me olhou com uma expressão confusa. — É simbólico. Eu só... não quero que deixe de fazer nada por minha causa. — Estava falando rápido, agitada. — Tô te dando permissão para fazer o que quiser.

Senti um nó na garganta, mas tentei disfarçar. Eu queria parecer forte e madura, mas estava despedaçada por dentro.

— Me dando permissão?

Rafael parecia ainda mais perdido depois da minha fala. Sua testa estava franzida e ele segurou o papel com mais força, claramente sem entender o que estava acontecendo.

— Você pode ter uma vida, Rafa. Eu não vou te atrapalhar – disse, tentando convencer a mim mesma e a ele.

A confusão de Rafael deu lugar a uma expressão fria, como se algo em mim tivesse mudado irreversivelmente.

— E quem disse que eu não tenho uma vida? — Sua pergunta soou como um golpe, deixando-me atordoada.

— Olha... Eu só queria deixar claro que não precisa se preocupar comigo — murmurei antes de me virar para sair, as lágrimas já escapando sem controle.

Caminhei até a porta, sem coragem de olhar para trás, e a bati com força antes de sair correndo dali, deixando para trás um turbilhão de emoções e um coração partido.

Apesar da escolha ser *Detetive*, que eu sempre adorei, a noite de jogos não teve graça alguma. Minha cabeça doía por ter passado o resto da tarde chorando em meu quarto e ver a cadeira de Rafael vazia era como um buraco no meu peito. Eu tinha que tentar descobrir qual dos jogadores era o assassino e desmascará-lo, mas estava fazendo um esforço enorme para não desabar. Sempre gostei de desvendar os enigmas, mas, naquele dia, eu só queria desvendar o meu próprio mistério: por que Rafael tinha que nos abandonar?

Pelo menos, Gustavo não pegou no meu pé nem foi desagradável durante a noite. Ele também parecia triste e abatido, como se sentisse a falta do irmão. E no final, enquanto ajudávamos Raquel a tirar a mesa, se ofereceu para me ajudar a lavar as louças. Um gesto simples, mas significativo, porque foi a primeira vez que ele fez algo gentil por mim.

– Sei que é uma droga ficar sem o Rafa, mas vamos nos acostumar – ele começou enquanto lavávamos as louças, quebrando o silêncio na cozinha. Seu olhar estava cheio de compreensão. – Não temos outra opção, não é mesmo?

Compartilhamos apenas alguns segundos de sorrisos forçados, mas foi o suficiente para eu perceber que, naquele momento, o cessar-fogo tinha sido declarado. Não éramos mais inimigos. Tínhamos algo em comum, algo que nos unia: o amor, o luto e a saudade de uma versão de Rafael que já não existia mais.

Aquilo foi como um terremoto na minha vida. E, em menos de dois dias, Rafael já estava de mãos dadas com Carmen na escola. Foi como se o chão tivesse se aberto sob os meus pés, deixando-me sozinha no meio dos escombros dos meus sonhos. Me senti traída, abandonada, completamente sem chão. Mas Gustavo estava lá, pronto para me consolar e me fazer rir. Naquela época, eu precisava disso mais do que nunca.

Alguns anos mais tarde, quando meu aniversário de quinze anos foi marcado por uma série de desventuras, Gustavo permaneceu lá.

Tudo aconteceu em sequência: primeiro, Rafael se envolveu com drogas e acabou passando por um período na prisão, sumindo totalmente de nossas vidas. Depois disso, após visitar a irmã que havia se mudado para São Paulo, Cecília decidiu que era legal demais para mim, uma simples garota do interior, e abriu mão do posto de minha melhor amiga para se tornar apenas uma colega de sala.

Para piorar, papai, que sempre foi a pessoa mais importante para mim, decidiu se divorciar da minha mãe e seguir sua carreira como advogado no Sul do país. Então mamãe, com quem nunca tive uma relação boa de verdade, decidiu vender o apartamento onde havíamos morado durante anos no antigo prédio e nos mudamos para um bairro em ascensão. Um bairro que não era a Colmeia.

De lá para cá, Gustavo tinha se tornado minha conexão com meu passado, com a época em que eu era realmente feliz, e a sensação era de que toda minha vida só poderia acontecer se Gustavo estivesse comigo. Todos os meus planos, meus passos dados... Tudo era baseado na premissa de que ficaríamos juntos para sempre.

Olhando para trás, ainda era difícil entender como tudo tinha mudado tão drasticamente. Como uma amizade tão forte e divertida se transformou em uma relação abusiva e tóxica.

A última vez que o vi foi um verdadeiro pesadelo. Ainda conseguia ouvir os gritos, sentir os golpes, ver o sangue de Charles escorrendo pelo chão depois que Gustavo o atacara... Ainda sentia o pavor de acordar em um hospital, sem saber como havia chegado lá, após uma crise de pânico.

Nada poderia apagar o estrago que ele causara em mim e, para piorar, Gustavo continuava me ligando, mandando mensagens e me perseguindo. Era como se eu nunca pudesse escapar dele. Foram semanas de isolamento e angústia, em que mal consegui sair de casa, com medo do que poderia encontrar lá fora. Eu estava presa em um ciclo vicioso, me sentindo em um verdadeiro filme de terror. Durante esse período de sofrimento e reintegração à sociedade, cada passo era tomado com extrema cautela. A sensação de vulnerabilidade era constante, como uma sombra que me seguia aonde quer que eu fosse.

Ali estava eu, uma mulher de vinte e dois anos, solteira pela primeira vez e marcada por uma experiência de violência, causada por alguém que um dia havia considerado um amigo. Era uma cicatriz invisível que moldava cada decisão minha.

E, aparentemente, tomei todos os caminhos errados. Caso contrário, eu não teria parado ali.

Capítulo 3

Sinto como se tivéssemos as mesmas feridas, mas a minha ainda está roxa e machucada

♪ *Conan Gray – The Exit*

Agosto

Senti o calor do café queimar minha língua, mas não me importei. Era uma sensação reconfortante, um lembrete de que eu estava viva. Deixei de colocar açúcar na bebida, quase como uma forma de punição. Ainda me sentia culpada por tudo que tinha feito meus amigos passarem.

Era o meu primeiro dia de trabalho após meses em casa, trancada no meu quarto, com medo de sair e enfrentar o mundo. Eu sabia que era um passo importante para a minha recuperação, mas também sabia que não seria fácil. Havia muitas feridas emocionais que ainda não tinham se curado completamente. Só que Charles estava lá e tinha uma cicatriz na testa por causa daquele dia, então me forcei a enfrentar o medo. Se meu amigo conseguia, eu também conseguiria.

Enquanto eu rolava distraidamente o feed do Instagram, vi a foto que me fez paralisar. Minha ex-sogra, Raquel, segurando um bebê recém-nascido nos braços. Ela sorria orgulhosa na imagem, enquanto a legenda dizia:

Bem-vindo ao mundo, meu leonino preferido!

— Ele é leonino! Dá para acreditar? — Minha voz estava trêmula quando mostrei a foto para Charles.

— Não acredito que você ainda segue essa mulher — ele disse, antes de pegar o aparelho da minha mão e desligar a tela. — Você não deveria estar vendo isso.

— Eu vou fazer o quê? Bloquear a mulher que ajudou a me criar? — perguntei, tentando recuperar o telefone.

— Ela também criou Gustavo, então não sei se ela é mesmo tão boa assim.

Revirei os olhos para meu amigo. Raquel era uma mulher incrível, que foi mais uma mãe para mim do que minha própria. Ela me ensinou coisas básicas como, por exemplo, lidar com a menstruação, enquanto minha mãe biológica estava ocupada demais com coisas fúteis para me dar atenção.

Depois do ocorrido, não tive a chance de falar com minha ex-sogra. E, quando digo "não tive a chance", na verdade significa que não atendi a qualquer uma de suas chamadas, mas ainda achava rude excluí-la das redes sociais. Raquel não tinha culpa do que o filho fez, mas eu também não conseguia pensar nela sem sentir uma mistura de raiva, tristeza e saudade.

Charles e Bruna começaram a me buscar todos os dias para irmos juntos ao trabalho e me acompanhavam na volta para casa. Bruna, que aproveitou para investir em criptomoedas quando o assunto ainda era novo, era a única do nosso grupo a ter um carro próprio. Assim, ela acabou virando minha motorista particular – ou, como eu gostava de chamar, minha "motorista de apoio emocional".

Meus amigos eram a única coisa que me mantinha em pé. Mesmo Charles tendo saído muito mais machucado do que eu naquela noite, ele sempre me fazia companhia. Lina, por sua vez, dizia que eu precisava me divertir e conhecer gente nova, mas ainda não me sentia preparada para sair de casa e ir para algum lugar desconhecido. Ainda estava com medo, de tudo e de todos.

Contudo, testemunhar o nascimento do mais novo membro da família Arruda me fez repensar. Aquele dia passou voando e, enquanto voltávamos para casa, fiquei imersa em meus próprios pensamentos. A realidade só me atingiu ao abrir a porta de casa e me deparar com Lina deitada no sofá, absorta na leitura de um livro enquanto apreciava uma cerveja. Ela me disse "oi" e, quando não respondi, interrompeu sua leitura e me encarou.

– Você tá bem?

– Estou pronta para voltar a namorar – respondi firmemente, ajeitando minha postura para tentar passar mais confiança.

Lina se levantou, dando pulinhos e gritinhos enquanto segurava minhas mãos.

– Ah, meu Deus! Eu sempre soube que esse dia chegaria. Tô tão animada que posso fazer xixi nas calças! – Sua voz estava estridente e ela se jogou no sofá, me puxando junto. – Vamos, me dá seu celular. Vamos criar um perfil pra você no Bumble!

– Bumble?

– É um aplicativo de namoro, mas é muito mais divertido, pois é a mulher que precisa chamar o cara – ela começou a explicar –, o que, no seu caso, é bastante útil...

Ela enfatizou o "no seu caso" com certo desdém, mas ignorei.

– Certo, vamos escolher uma foto que mostre sua beleza natural e transmita sua inteligência e seu senso de humor, mas não muito nerd. Vamos deixar que isso seja descoberto depois... – Lina continuou a falar enquanto mexia rapidamente no meu celular.

Na biografia, ela colocou palavras que eu não usaria para me descrever, como "aventureira", "extrovertida" e "apaixonada pela vida". Em seguida, me mostrou as opções de homens que o aplicativo sugeriu, enquanto eu repensava se estava pronta ou sequer interessada em conhecer aquelas pessoas.

Contudo, em menos de cinco minutos, Lina já havia marcado um encontro para mim para o dia seguinte. Ao fazer aquilo, minha amiga me olhou com um sorriso satisfeito, como se eu fosse um projeto bem executado.

– Pronto, agora você está oficialmente de volta ao jogo. Vamos escolher seu look para amanhã!

Ela pulou do sofá e correu em direção ao meu quarto. E, enquanto eu ainda tentava processar o que tinha acabado de acontecer, Lina abriu o meu armário e começou a tirar as roupas de lá, jogando-as na cama para julgá-las com um olhar crítico. Ali, achei melhor deixar minha amiga fazer o que ela sabia de melhor, enquanto eu investia na minha especialidade, que era ficar na minha e apenas existir.

Depois disso, a noite passou lentamente, porém eu mal consegui pregar os olhos, pensando no que o futuro reservava para mim. À medida que o Sol surgia tímido no horizonte, anunciando um novo dia, senti uma mistura de nervosismo e determinação.

Além do grande encontro, eu teria um dia importante no trabalho. Já fazia quatro anos que eu trabalhava na revista *CurioZo* como designer e, naquele dia, seria lançada a matéria sobre o serial killer BTK; que falaria de como a existência de assassinos em série estava ameaçada, graças ao grande uso da tecnologia e monitoramento por redes sociais.

A matéria era de uma jovem redatora que havia conquistado o cargo por ter muitos seguidores nas redes sociais, uma influenciadora digital que se aventurava pelo jornalismo investigativo e entrevistou especialistas, policiais e até parentes das vítimas. Para ilustrar aquela reportagem, fiz uma pesquisa extensa sobre o caso do BTK e fui a responsável por deixar os crimes menos macabros e mais interessantes, usando imagens, cores e fontes que criavam um clima de suspense e mistério.

Sabia que todos os holofotes estariam voltados para a jornalista que escrevera a matéria, mas ainda assim tive minha parcela de participação no desenvolvimento da história. Por isso, tentei escolher uma roupa que não me fizesse parecer uma adolescente, mas que também refletisse o meu estilo pessoal.

Não era como se eu fosse a maior fashionista do mundo, porque eu não chamava a atenção e, no geral, gostava de usar roupas confortáveis e práticas, que combinavam com minha personalidade. Contudo, naquele dia eu queria me destacar pelo menos um pouco, então assaltei o guarda-roupa da Lina em busca de uma blusa que destacasse minha pele marrom-clara e prendi meu cabelo em um rabo de cavalo.

Nada daquilo me agradava. Tentei me arriscar passando batom, blush e rímel, mas ainda não me sentia digna de dividir a casa com uma modelo. De certa forma, eu me sentia uma farsa, uma impostora.

Arrumei minha franja e encarei a cicatriz na minha testa, então a lembrança do semblante de Gustavo, enquanto me segurava pelo pescoço, me atingiu como um raio.

Era a mesma expressão que havia visto nos olhos de seu pai, no Ano-Novo de 2006. Estávamos comemorando a virada do ano no pátio da Colmeia e subi até o apartamento dos meninos para usar o banheiro, já que ficava mais perto que o nosso. Foi quando presenciei uma briga entre Pablo e Raquel. Enquanto me aproximava para ouvir melhor, testemunhei Pablo caminhar impaciente de um lado para o outro no quarto e gritar com Raquel, que estava sentada aos pés da cama de casal, com a cabeça entre as mãos. Seus soluços ecoavam pelo cômodo, mas antes que eu pudesse me aproximar para tentar entender o que estava acontecendo, o pai de Gustavo notou minha presença.

Ele se virou para mim com uma fúria assassina, como se eu fosse a culpada por tudo aquilo. Seus olhos furiosos dirigiram toda a raiva e angústia de Raquel para mim e, depois disso, minha memória se perdeu.

Acordei horas mais tarde no meu quarto, com meu pai dormindo em uma cadeira ao meu lado e Rafael aos pés da cama. Segundo meu pai, eu havia pegado no sono no banheiro do apartamento dos Arruda e caí, então bati a cabeça na privada quando tentei me levantar, o que resultou em um corte na testa. Ele relatou que Pablo me encontrou desmaiada e, quando me levou para casa, contou-lhe sobre o meu acidente. No entanto, me recordava de seus olhos raivosos e dele se aproximar, com as grossas sobrancelhas negras franzidas e o punho cerrado.

A expressão de Pablo naquela noite me marcou profundamente e agora voltava a me assombrar, assim como o olhar de Gustavo. Balancei a cabeça com força, tentando afastar aquelas lembranças terríveis, então fui para a cozinha, preparei uma xícara de café e esperei por minha carona, que chegou pontualmente como sempre.

Quando cheguei ao prédio, todos os funcionários que participaram da edição do mês da *CurioZo* estavam na ampla sala de reunião. A diretora da revista, Catarina Bueno, estava ali – e ela só saía de sua majestosa sala por dois motivos: para celebrar alguma vitória ou enfatizar algum erro grotesco de seus subordinados. Dessa vez, ela estava presente para celebrar a vitória da jovem redatora e sua matéria incrível. Seus cabelos ruivos estavam presos em um coque, e seus olhos brilhavam de satisfação. Ela era uma mulher poderosa, com postura e roupas que exalavam poder e elegância, com um toque de Miranda Priestly[1].

– Parabéns a todos pelo excelente trabalho! Vocês conseguiram produzir uma das melhores matérias que já vi em toda minha carreira.

Após dizer aquelas palavras, Catarine nos aplaudiu efusivamente e chamou a redatora para discursar. A jovem responsável pela matéria sorria com confiança e simpatia, ciente de que era a estrela do momento.

Quando seu discurso chegou na parte dos agradecimentos de todos que a ajudaram na composição da matéria, tentei parecer menos ansiosa do que estava. Geralmente, aquele era o momento que os ilustradores eram mencionados, e eu me orgulhava pelo meu trabalho

----

[1] Miranda Priestly é uma personagem do filme *O Diabo Veste Prada* (2006), interpretada por Meryl Streep.

naquela reportagem. Por isso, esperava algum reconhecimento, mas fui ignorada por ela, que só agradeceu a si mesma e à namorada, finalizando o discurso com um beijo na boca que foi aplaudido por todos os presentes. Todos pareciam admirados e encantados com o casal, que demonstrava amor e cumplicidade – exceto por mim. Eu estava magoada e frustrada, porque dediquei horas e horas do meu tempo e da minha energia para fazer um trabalho de qualidade... E não recebi um simples "obrigada".

– Ai. Isso deve ter doído. – Ouvi alguém dizer ao meu lado.

Virei para o lado apenas para ver que o autor do comentário fora Alan, meu colega de trabalho, com seu costumeiro tom sarcástico e síndrome de Regina George. Ele era um dos ilustradores da revista e tinha fama de ser arrogante, fofoqueiro e invejoso. Alguém que vivia criticando e ironizando os outros, especialmente os que tinham mais sucesso que ele.

– Sério, tô me sentindo mal por você. Ela não disse nem ao menos um "muito obrigada"? – ironizou.

Em qualquer outro momento, eu teria me dado ao trabalho de pensar em alguma resposta, mas não naquele dia, porque aquilo realmente doeu. Revirei os olhos, como se não me importasse, e fui em direção à minha mesa, tentando focar em fazer o dia passar logo, ao menos até meu encontro.

O vídeo derivado da matéria já havia sido publicado nas redes sociais e, em menos de uma hora, já contava com mais de cem mil visualizações, inúmeros comentários e compartilhamentos. Eu não costumava atrair holofotes ou querer atenção pelo meu trabalho, mas ilustrar e montar aquele vídeo foi especial, considerando tudo que estava acontecendo em minha vida. Desenhar sobre aqueles casos se tornou algo terapêutico para mim, uma forma de canalizar tudo o que estava sentindo. Eu me sentia mais forte e mais corajosa ao enfrentar o horror através da arte; só que agora, não tinha mais nada para me distrair, nem para me proteger.

Enquanto eu me perdia nos comentários, um em específico me chamou a atenção:

Os assassinos em série não estão em extinção, tem um agora mesmo em ação em Campinas! Acordem!

Senti um arrepio na espinha e fui tomada por uma sensação de pânico ao me dar conta de algo: eu ia me encontrar com alguém que havia conhecido na internet, após descobrir que, aparentemente, havia um assassino em série na cidade onde eu morava.

Capítulo 4

Estou pensando: uau, eu provavelmente deveria ter ficado dentro da minha casa

♪ Twenty One Pilots – The Judge

—Isso é sério? – perguntou Lina, segurando o que poderia ser minha póstuma carta para a polícia.

— É claro que é. Você sabe que tem um assassino solto por Campinas – respondi rispidamente enquanto pegava a lista e colocava de volta na porta da geladeira.

— Sua localização vai ficar compartilhada comigo o tempo todo. E eu poderia fornecer todas essas informações para a polícia se algo acontecesse com você. – Lina me encarou, com uma das mãos na cintura e a outra segurando uma cerveja.

— Os policiais poderiam pensar que você era uma suspeita, sabia? – retruquei, tentando afastar qualquer lembrança da expressão horrível no rosto de Gustavo.

— Com base em quê, exatamente? – Minha amiga deu uma risada.

— Ah, você sabe... Você poderia estar interessada em meus bens materiais ou na minha fortuna — brinquei enquanto me olhava no espelho.

Minha linha de raciocínio foi interrompida quando ouvi meu celular vibrar. Na mesma hora, senti minha espinha congelar. O Uber havia chegado e eu estava, oficialmente, partindo para o meu primeiro encontro da vida. Senti minha coragem ir embora, mas Lina me puxou pelo braço e desceu comigo até o térreo, para garantir que eu entraria no carro e chegaria ao restaurante, onde Augusto Lima, um rapaz de boa aparência, estava me esperando.

Ou talvez estivesse a caminho. Ou talvez tivesse decidido me dar um bolo.

Eu não estava preparada para qualquer uma das opções e sabia disso. Mesmo assim, precisava continuar com a minha vida e criar novas lembranças para que minha mente algum dia pudesse me fazer o favor de trancar todas as memórias com Gustavo dentro de pastas inacessíveis.

Tentei focar tudo isso durante a corrida até o restaurante, mas nem mesmo as luzes da cidade me distraíram. Sentia como se estivesse à beira de um precipício, apenas esperando um último sopro de coragem para pular — ou voltar atrás e fingir que nada disso tinha acontecido.

Ah, e ainda tinha a possibilidade desse Augusto ser o assassino em série que estava aterrorizando Campinas!

Assim que li o comentário, liguei para Bruna e, poucos minutos depois, já sabíamos do que se tratava.

Tudo tinha começado há cerca de três meses, quando o corpo de uma jovem fora encontrado em um parque ecológico, perto de Barão Geraldo. Esse caso quase passou em branco, se não fosse por um segundo cadáver encontrado bem na região central, no Bosque dos Jequitibás, há um mês.

Quando soube daqueles casos, compartilhei minha preocupação com Bruna, já que ela era a pessoa mais desconfiada que eu conhecia e sempre conseguia acesso a informações privilegiadas, que o público comum não possuía. E foi assim que descobrimos mais padrões nos corpos encontrados, como as marcas de agulhas nos braços das vítimas e algo muito, muito obscuro encontrado na autópsia, que Bruna ainda não tinha conseguido descobrir. Após passar os últimos meses desenhando e ilustrando comportamentos e traços de assassinos em série, eu já conseguia identificar um modus operandi. E esse definitivamente estava caminhando para se tornar um.

 Não tínhamos mais informações sobre isso, mas minha amiga havia me prometido que investigaria e me deixaria a par de tudo. E o fato dela não ter sido contra o encontro que Lina arranjou para mim foi o que me deu coragem para continuar com isso.

 O carro parou e o motorista anunciou que tínhamos chegado ao meu destino, interrompendo meus pensamentos. Saí do carro hesitante, ainda em dúvida se tinha tomado a melhor das decisões. Então, fiz uma checagem mental para garantir que estava realmente segura: lista com o nome de todos que a polícia pudesse investigar caso eu acabasse morta? *Check*. Lista com todas as informações que pude reunir sobre aquele tal de Augusto Lima? *Check*. Celular com a localização compartilhada para todos os meus amigos? *Check*. Carteira com documentos para não ser enterrada como indigente? *Check*.

 Respirei fundo e dei uma olhada no restaurante. Ali, sem dúvidas, não era um lugar que eu iria por conta própria.

 Lutando contra todos os meus instintos, decidi seguir em frente. A entrada levava a uma pequena ponte de madeira, com um laguinho passando por baixo, com peixes de diversas espécies. Tentei não olhar muito, para não me sentir mal por eles serem obrigados a passar toda a vida em um espaço tão limitado – o que me encorajou a entrar. Eu também não queria viver uma vida limitada, afinal.

 Mal passei da porta quando uma mulher de meia-idade, com o cabelo preso em um rabo de cavalo, me abordou e perguntou se eu tinha reserva. Assenti com a cabeça, mas antes de falar qualquer coisa, fui interrompida:

 – Hanna? Por aqui! – um rapaz, sentado em uma mesa há poucos metros da entrada, me chamou.

Ele era loiro, tinha um físico rústico, coberto pela camisa xadrez azul, e parecia se sentir à vontade ali, enquanto eu ainda estava em dúvida sobre o vestido que Lina havia escolhido para mim.

Augusto se aproximou e me cumprimentou com um beijinho no rosto, gesto que retribuí com um sorriso sem graça.

— Ela está comigo — disse para a garçonete, antes de se voltar para mim. — Então, você já conhece o lugar?

Balancei a cabeça negativamente e ele me conduziu até a mesa onde estava, antes de se sentar na cadeira ao meu lado. Eu não devia estar causando uma boa primeira impressão, mas ainda estava absorvendo tudo. Eu estava em um encontro com um rapaz que nunca tinha visto ou falado na vida, em um bairro que não conhecia, num restaurante rústico com uma decoração repleta de madeira e pedras. E eu duvidava que tivesse alguma opção vegetariana no menu.

Tentei disfarçar meu desconforto olhando para o cardápio, tentando me lembrar das dicas de Lina para iniciar uma conversa, mas até mesmo respirar parecia difícil.

— Costumo vir aqui o tempo todo, eles são um dos meus maiores clientes — Augusto puxou assunto, aparentemente sem notar que eu estava lutando para iniciar uma conversa.

Trabalho costuma funcionar para quebrar o gelo. No entanto, era um dos últimos tópicos que queria conversar sobre, já que o meu estava uma droga.

— Se não se importar, adoraria pedir o uísque daqui. Eles trabalham com uma marca muito boa.

Concordei com a cabeça. Augusto não parecia se incomodar com meu silêncio e continuou a falar sobre o tal uísque que íamos beber, explicando a diferença entre essa marca e outras que nunca havia ouvido falar. Enquanto isso, eu ainda forçava minha memória para lembrar alguma coisa que poderíamos ter em comum, algo que Lina tivesse me falado. Certamente, não era o interesse por uísque.

O celular de Augusto vibrou. Quando a tela acendeu, vi seu papel de parede e me lembrei: coelhos. Em seu perfil no Bumble, Augusto tinha várias fotos com coelhos, por isso deixei minha amiga puxar assunto com ele.

– Então, você é um fã de coelhos? – interrompi subitamente o discurso de Augusto sobre gelo e uísque.

– O quê? Ah, sim, claro – respondeu ele, olhando para o celular em cima da mesa. – Você também é uma amante de coelhos?

Augusto pegou seu celular e começou a me mostrar fotos e vídeos de coelhos. Aparentemente, ele tinha muitos deles e os criava em uma fazenda. Por isso, apesar dos primeiros minutos do encontro terem sido desastrosos, concluí que alguém que gostava tanto de coelhos assim não podia ser de todo mal.

– ...e essa remessa aqui foi uma das melhores que já apareceu lá na fazenda. – Ele me mostrou um vídeo com cerca de uma dúzia de coelhos brancos correndo de um lado para o outro em um cercado. – Olha lá, nosso prato está chegando...

Pelo visto, ele se sentia mesmo em casa ali.

– Se gosta tanto de coelhos assim, vai se surpreender com os daqui. Algumas pessoas não sabem o tempo certo de cozimento ou o tipo de preparo ideal, daí acabam não gostando e culpando os coelhos. Mas é o que eu digo: a responsabilidade é sempre de quem cozinha. Aqui eles fazem como ninguém.

Congelei. Augusto, o amante de coelhos era, na verdade, Augusto, o comedor de coelhos. Eu nem sabia que era permitido comer coelhos...

Mordi o interior de minha bochecha com força, tentando reprimir minhas lágrimas enquanto pensava em todos aqueles vídeos dos coelhinhos brincando e pulando de um lado para o outro. Talvez eu devesse ter começado o encontro contando que sou vegetariana, porque agora parecia tarde demais.

Augusto agradeceu ao garçom, que colocou o coelho assado em nossa frente. Eu ainda estava em completo estado de choque quando o rapaz começou a cortar a carne e distribuir os pedaços em seu prato.

– Hanna... Algum problema? – ele questionou, antes de colocar a mão em cima de meu braço.

Tentei abrir um sorriso, mas esqueci de engolir e estancar o sangue, que começou a fluir do machucado que causei ao morder minha bochecha.

— Sua boca... Você está sangrando!

As pessoas que não estavam familiarizadas com aquele meu hábito geralmente se espantavam quando minha boca começava a sangrar do nada. E, a julgar pelas últimas semanas, o ferimento em minha bochecha não estava cicatrizando a tempo, sem amenizar a quantidade de sangue que se espalhou por entre meus dentes.

Peguei um guardanapo para tentar limpar a boca e, antes mesmo de tentar me levantar para ver o estrago, o tronco de Augusto caiu para a frente com um estrondo, batendo com o rosto na mesa. Dei um salto para trás e chamei os garçons. Quando ele se levantou, levou a mão à testa, que certamente abrigaria um galo pela manhã.

— Hanna, me desculpe... Não consigo ver sangue.

Pois é, *Blurryface*. Eu provavelmente deveria ter ficado em casa.

Capítulo 5

Você sabe que eu não vou te difamar na internet. Ou vou?

♪ *Destiny's Child – Survivor*

Fiquei parada em pé, encarando a porta da minha casa por alguns minutos. Tudo o que eu queria era tomar um longo banho e me engajar com ONGs de direitos animais pelo resto da noite, para tentar esquecer todos os vídeos de coelhinhos que fui obrigada a ver durante o pior primeiro encontro de todos. No entanto, eu sabia que, assim que abrisse a porta, encontraria meus amigos sedentos para saber de todos os detalhes da noite, da qual, para ser bem sincera, eu adoraria esquecer.

Apoiei a testa na porta, que se abriu de repente.

— Mas que droga! — grunhiu Lina, dando um passo para trás.

— Encontro ruim? — perguntou Charles, que estava sentado no chão da sala.

Concordei com a cabeça e fiquei em silêncio.

Meu amigo se levantou para me envolver no abraço mais confortável de todos e, naquele momento, pude sentir pena de mim pela primeira vez desde que saí do restaurante. Até então, estava ocupada demais sentindo pena dos pobres coelhos.

Sentei-me na poltrona da sala, enquanto Lina se aproximou de meus joelhos e pediu todos os detalhes possíveis. Tentei contar tudo da maneira menos sádica que consegui. E, no final, tudo que recebi foram risadas.

Meus amigos realmente achavam engraçado eu ter saído com um psicopata que criava coelhos, depois os vendia para restaurantes e ainda os comia?

— Era melhor ter colocado na descrição do perfil que você é vegetariana, né? – sugeriu Bruna.

— É claro que não, aí todo mundo vai achar que ela é uma chata – retrucou Lina.

— Pelo menos assim ela não correria o risco de sair em mais um encontro com seus "arqui-inimigos". – Minha outra amiga deu de ombros.

Enquanto eles conversavam animadamente sobre o que escrever no meu perfil, selecionavam minhas fotos mais bonitas e contavam sobre seus encontros desastrosos, eu me sentia entediada.

Lina era a mais experiente quando se tratava desse assunto. Apesar de nunca ter namorado, já havia ido a muitos encontros. Todos os garotos e garotas com quem saía acabavam se apaixonando instantaneamente por ela, mas o sentimento nunca era recíproco. Charles era o completo oposto: ele se apaixonava com o primeiro "oi" que trocava com um cara e sempre acabava chorando enquanto devorava um pote de sorvete. Bruna era o completo oposto de mim, porque, enquanto minha vida havia sido guiada pelo romance, ela jamais havia se envolvido romanticamente com alguém.

Em certo momento da noite, percebi que Lina tinha bebido demais e que Bruna queria ir para casa. Entendi que era minha deixa.

— Bem, vou tomar um banho e dormir. Amanhã é outro dia – resmunguei antes de me levantar para ir ao banheiro.

Bruna me agradeceu timidamente, enquanto Lina reclamava que não queria ficar sozinha. Charles a acompanhou até seu quarto e não me preocupei mais com isso.

— Encontrou alguma coisa macabra sobre esse Augusto? — perguntei para Bruna, quando ficamos sozinhas.

— Além do rolê dos coelhos? Não, mas prometo que vou continuar procurando sobre esses assassinatos. E acho que você não deveria parar de ir em novos encontros, amiga.

— Olha quem fala... — cutuquei.

— E é por isso mesmo que você deveria me escutar. Sei que não falo sobre isso, mas já fui em alguns encontros e...

Reprimi um gritinho.

— Dá pra se surpreender mais baixo? Eu não quero falar disso com meu irmão. Mas foi em um desses encontros que beijei a primeira pessoa da minha vida... quero dizer, sem ser a Lina.

— E como foi? — arrisquei perguntar.

— Um caos — Bruna falou, sem jeito —, mas foi bom para mim, porque consegui me conhecer melhor através do outro. Acho que você poderia se aproveitar disso.

— Mesmo com um assassino à solta?

— Você está tomando cuidado, indo a lugares públicos, compartilhando sua localização... e eu estou encontrando níveis assustadores de informações sobre essas pessoas. Tenho certeza de que a Polícia Federal vai bater na minha porta qualquer dia desses querendo me contratar — ela respondeu de forma descontraída.

Conforme Charles se aproximava da sala, Bruna tratou de concluir sua linha de pensamento:

— Você está indo bem, será bom para você. — Minha amiga se levantou e se aproximou do irmão. — Amanhã às oito estaremos aqui, sem atrasos! — Sua voz possuía um tom de advertência.

Assim, meus amigos foram embora, deixando-me sozinha com os roncos vindos do quarto de Lina. Em seguida, liguei o chuveiro e me permiti chorar por um tempo. Durante quase uma década, me defini como um personagem secundário na vida do meu namorado, mas nos últimos meses percebi que sequer era o caso.

Embaixo do chuveiro, lamentei profundamente por ter aceitado tomar sorvete com Gustavo depois da aula de inglês, no primeiro ano do ensino médio, porque foi onde tudo começou. Lamentei por ter deixado meu pai se mudar e não ter questionado mais. Lamentei por ter deixado minha mãe vender nosso apartamento na Colmeia. Lamentei por não ter me posicionado quando Cecília parou de falar comigo, sem mais nem menos. Lamentei por ter perdido todo contato com o Rafael depois que ele saiu da prisão.

Lamentei por tudo isso, e lamentei ainda mais quando percebi que não fazia a menor ideia de quem eu era e quando havia deixado de ser eu mesma.

Saí do banho e deitei na minha cama, de onde encarei o teto por alguns minutos, tentando encontrar uma resposta na lâmpada de quem eu era. Depois tentei pegar no sono, porém foi em vão.

Já era de madrugada quando decidi levantar e fazer o que sabia de melhor: desenhar.

⏪ ⏸ ⏩

Acordei com o som do despertador pela manhã, deitada em minha mesa, com meu pescoço e mãos doendo após passar a madrugada toda desenhando.

— Droga! — exclamei quando vi as horas e percebi que estava atrasada para o trabalho.

Num salto, peguei minha mochila e corri para o banheiro. Sequer tive tempo de tomar banho, então apenas escovei os dentes e passei um pouco de água no rosto antes de sair do apartamento e descer as escadas correndo. Lá fora, o Sol brilhava forte e o trânsito estava caótico. Procurei por Bruna, Charles e seu carro vermelho na esquina. Eles já estavam lá, me esperando e impacientes.

— Achei que tinha desistido de trabalhar — Charles resmungou quando entrei no carro.

— Bom dia para você também – retruquei, de mau humor.

Quando chegamos ao prédio, demos de cara com Catarina, que nos cumprimentou de forma tranquila, o oposto do que minha chefe era normalmente. Ela estava com um sorriso no rosto e um vestido novo.

— Ela deve ter trocado de personalidade com a irmã gêmea do bem – Charles sussurrou, o que me fez rir.

Em meio a risadas, encontramos Alan, já sentado em nossa pequena salinha de ilustradores. Ao perceber nossa presença, nos olhou com desprezo e perguntou:

— Estão rindo de quê?

— Não ficou sabendo? Acabei de ganhar na loteria – zombei.

— Estamos agora mesmo indo comprar nosso iate. – Charles entrou na brincadeira.

Alan revirou os olhos e continuou mexendo no computador.

O dia passou lentamente depois disso, até que, na hora do almoço, peguei meu celular e me surpreendi com muitas e muitas notificações.

Eu postei meu desenho feito de madrugada numa conta antiga do TikTok – que eu basicamente só entrava para assistir teorias de swifties – e, para minha surpresa, minha postagem já reunia quase um milhão de visualizações, milhares de curtidas e comentários.

No vídeo, contei a história da *Batata Ana*, uma batatinha simpática que usava um laço cor-de-rosa na cabeça e tentava encontrar seu lugar no mundo após terminar um relacionamento de anos. Usei técnicas simples de desenho e animação, tudo em 2D, apenas com traços e movimentos crus em um fundo branco.

Adotei o alter ego Ana já que, após anos odiando que Gustavo me chamasse por esse nome, por que não ressignificá-lo? E, bom, escolhi a batata por ser algo que as pessoas normalmente gostam, que vai com tudo e pode ser feita de diferentes formas, mas nunca é a opção preferida de ninguém.

Uau, as pessoas estavam se identificando muito com ela e se compadecendo de seu terrível encontro com o Coelho Gugu, o canibal.

Pensando que toda essa atenção poderia ser positiva, pensei em contar outros detalhes sobre minha vida amorosa. Talvez eu pudesse até ir a mais encontros, só para divertir outras pessoas e gerar mais conteúdo. Talvez esse pudesse ser meu próprio manual do namoro online.

Estava decidido: na mesma hora, mudei o nome do perfil para @ONãoManualDoNamoroOnline.

Deixei-me levar, completamente imersa na leitura dos comentários deixados no vídeo. "KKKKK tô rindo muito", "obrigada por compartilhar esse date! Deve ter sido horrível", "tá cada dia pior ser solteira" e centenas de outros, todos dividindo o mesmo sentimento que quis transmitir na noite anterior, quando tomei a decisão de postar.

Era como se de alguma forma, eu tivesse mesmo ganhado na loteria.

Capítulo 6

Você está muito bem sem mim, igualzinho a um sociopata

♪ *Olivia Rodrigo – good 4 u*

Passei semanas depois daquele primeiro encontro vivendo uma espécie de vida tripla. Durante o dia, eu era apenas Hanna. À noite, me transformava na *Batata Ana*, cativando uma legião de fãs que se divertiam com seus encontros desastrosos. De madrugada, eu assumia minha outra persona, aquela que passava horas procurando sobre garotas mortas.

Campinas não é uma cidade pequena, então assassinatos acontecem com uma frequência maior do que o esperado. Bruna e eu fazíamos um crivo de cada caso para tentar encontrar crimes na mesma linha do possível assassino em série. Por enquanto, apenas os casos de Vanessa e Milena se encaixavam no mesmo padrão, mas continuávamos investigando.

Eu não dormia mais do que quatro horas por noite, porque a adrenalina de todos os acontecimentos me mantinha acordada e ligada em tudo ao meu redor. Por isso, quando cheguei em casa depois do trabalho e Lina não estava, respirei fundo, aliviada com a possibilidade de ficar sozinha com meus pensamentos pelo menos por uma noite.

Decidi me dar uma folga de desenhos e garotas mortas para comer uma pizza inteira e assistir a *Crepúsculo* pela décima quinta vez. Meu plano ia bem, até que uma nova postagem de Raquel apareceu na minha timeline. Era uma foto de Gustavo, Alice e o bebê, todos sorrindo, felizes e despreocupados.

Não era justo que eles estivessem felizes, enquanto eu estava temendo pela minha vida. Não que o bebê merecesse sofrer, mas poxa... Ele não poderia ser pelo menos *um pouco menos* feliz? Dar um pouco mais de dor de cabeça para os pais? Não era como se eles não merecessem sofrer depois de tudo que me fizeram passar.

Então, decidi deixar minha noite tranquila de lado e ataquei as cervejas de baixa caloria que Lina estocava na geladeira. Parei de contar na sexta garrafa.

Acordei no dia seguinte com a luz do sol queimando minha pele, sem ter ideia de que horas eram ou o que havia acontecido. Meu quarto estava uma bagunça e uma garrafa de vinho vazia repousava sobre a mesa. Não me lembrava do momento em que havia decidido mudar de cerveja para vinho.

Tentei me levantar para olhar o relógio, mas fui atormentada por uma terrível dor de cabeça. Busquei meu celular no colchão e, ao encontrá-lo, uma memória perturbadora invadiu minha mente. Contudo, antes que eu pudesse me recordar, um clarão horrível me atingiu.

— Bom dia, raio de sol! — Lina gritou, abrindo a porta do meu quarto com força.

Seus olhos pousaram na confusão em que meu quarto se encontrava. Na mesma hora, bloqueei rapidamente o celular e o joguei longe, como um adolescente tentando esconder pornografia dos pais.

— Você bebeu? Sem mim? — Minha amiga fingiu uma voz de choro.

— Me desculpe, nunca mais vou fazer isso — respondi, rastejando pelo colchão em direção a ela para entrar na brincadeira.

— Espero que esteja com uma ressaca das brabas – Lina retrucou, de braços cruzados.

— Estou... – admiti com um gemido.

— Só te perdoo se topar sair comigo hoje à noite. – Comecei a negar com a cabeça, mas ela argumentou: – Ah, qual é! Você não tem mais desculpas. Você não é mais uma senhora que está namorando, é uma jovem recém-solteira. Precisa sair comigo.

Eu a amava, mas minha amiga tinha dificuldade em entender que eu fazia parte de um grupo de pessoas introspectivas, que prefeririam passar a noite em casa com jogos de tabuleiro e saboreando uma pizza, em vez de ir para uma balada. No entanto, sua habilidade de persuasão era notável e, mais uma vez, me permiti ser convencida a acompanhá-la.

Quando ela finalmente me deixou sozinha, peguei meu celular, sem saber do estrago que a Hanna bêbada poderia ter causado.

Havia várias notificações do Bumble na tela e, aparentemente, eu tinha passado a noite anterior conversando com um tal de Tiago. Fiquei com medo de ler a conversa, mas parecia não ter sido um completo desastre, visto que recebi um bom dia logo pela manhã.

Ao ler, notei que a conversa não tinha sido arrastada e Tiago parecia se sentir à vontade para puxar qualquer assunto comigo, o que era bom. Então mandei uma mensagem para ele me encontrar no bar que Lina havia escolhido.

Capítulo 7

Naquela noite em que meu coração era só esperança

♪ *Clarice Falcão – Banho de Piscina*

Se um dia Lina te disser que vai te levar a um novo bar no Cambuí, não acredite. Na verdade, ela vai te arrastar para uma balada que até possui um bar, mas isso não vai te preparar para o tipo de música tocada durante a noite. No meu caso, era música eletrônica – o que, pelo modo como as garotas dançavam, parecia ser o gênero favorito das suas amigas modelos.

As luzes piscando freneticamente, sincronizadas com as batidas da música, estavam me deixando um pouco desorientada. Algo como um remix de *New person, same old mistakes* do Tame Impala estava tocando e eu lamentava não estar ouvindo a versão original. Sentia o som alto vibrar em meu peito e o ar abafado me deixava ansiosa.

Não conseguia entender a música, nem o que as pessoas diziam, até que alguém segurou meu braço. Ao virar, me deparei com um homem que devia ter uns trinta e poucos anos, vestido todo de preto e de óculos. Ele tentou se comunicar, mas meus ouvidos se recusavam a compreender. Levantei as sobrancelhas em um gesto de confusão, tentando indicar que não estava entendendo nada, então ele pegou o celular e digitou algo:

Oi, eu sou o Tiago.

Sorri e acenei com a cabeça em resposta. Tiago apontou com o polegar para o bar no mezanino e saiu naquela direção. Lina nem ao menos notou minha ausência, mas mandei uma mensagem a avisando de qualquer forma e ela me respondeu, quase que imediatamente, com um emoji de carinha piscando e um coração.

Sentamos em uma das cadeiras de metal do terraço, onde a música estava um pouco mais baixa e a iluminação era mais suave do que a do andar de baixo. Tiago sorria para mim e pude notar mais detalhes dele, como suas sobrancelhas grossas e a barba por fazer. O que mais me chamou a atenção, no entanto, foram seus olhos, que pareciam competir com sua boca para ver quem sorria mais.

— Você costuma frequentar festas assim? — perguntei, tentando disfarçar que estava observando.

— Venho mais a trabalho do que para curtir, na verdade. Sou DJ.

Ufa! Não estava em um encontro com um dos meus "arqui-inimigos" que caçavam animais inocentes. Podia dar uma chance para conhecê-lo melhor.

Tiago perguntou se eu gostava de música eletrônica e confessei que gostava mais de pop, indie, folk... nada muito barulhento. Ele fez uma careta, mas disse que poderia me ensinar a apreciar a energia da música eletrônica.

À medida que o encontro prosseguia, me sentia tímida e deslocada. A maior parte da conversa fluía através do DJ, que falava com empolgação sobre suas experiências e os lugares onde se havia se apresentado. Eu admirava sua confiança enquanto ele contava que começara tocando em festas de amigos, se profissionalizou, depois passou a viajar pelo Brasil e pelo mundo. Tiago também me mostrou fotos de suas apresentações em Ibiza, Nova Iorque e Tóquio. Mesmo sem me identificar com seu estilo de vida, fiquei intrigada. Ele era como um pássaro livre, eu era uma árvore enraizada.

– Olha, eu preciso usar o banheiro rapidinho... Mas você gostaria de continuar nossa conversa em outro lugar?

Congelei. Isso era algum tipo de código para elevar o nível de intimidade do encontro?

– Hmm, que tipo de outro lugar? – perguntei com receio.

– Não sei, poderíamos passar em alguma lanchonete ou algo assim, estou com muita fome – ele respondeu, passando a língua pelos dentes.

Assenti, um tanto aliviada.

Tiago sorriu de forma encantadora e se afastou, dirigindo-se ao banheiro. Aproveitei aquele momento e peguei meu celular para compartilhar os detalhes do encontro com Lina e descrever o quão bem eu achava que as coisas estavam indo.

O tempo começou a passar e esperei por Tiago. Meia hora se passou e mandei outra mensagem para minha amiga.

Pelo visto, meu segundo encontro estava indo bem; até que deixou de estar. No entanto, não fiquei triste. Apenas imaginei que seria mais uma história para contar aos meus agora milhares de seguidores.

No caminho de volta, já comecei a pensar em Tiago, uma batata queimando em óleo quente, seguindo um roteiro à la Clarice Falcão em *Banho de piscina*. E assim, de forma surpreendentemente rápida, o roteiro do meu próximo vídeo estava pronto.

Capítulo 8

Pegamos nossos corações partidos, colocamos eles numa gaveta (ou em um vídeo)

♪ *Taylor Swift – Welcome To New York*

Cheguei em casa com as ideias fervilhando na cabeça. Felizmente, Lina havia voltado para a festa depois de me colocar em um Uber, então pude desfrutar de minha solidão no silêncio da noite.

Apesar de ter muitas lembranças felizes do meu apartamento, eu ainda podia enxergar Gustavo apertando minha garganta ali no canto da sala enquanto gritava o quanto me odiava. A lembrança invasiva me chutou com força e precisei respirar fundo algumas vezes para colocar meus pensamentos em ordem. Em seguida, tomei uma ducha gelada para tirar qualquer resquício de balada e daquele DJ da minha pele antes de ir para meu quarto.

As ideias fluíram da minha cabeça para meus dedos, como se aquilo fosse tão natural quanto respirar. Em apenas algumas horas, Batata Ana já estava ilustrada e animada ao som de *Banho de piscina*.

Devo ter pegado no sono quando o vídeo beirava novecentas visualizações e dois comentários, mas quando acordei, vi que tinha se tornado outro viral instantâneo. Até mesmo Clarice Falcão havia dado RT em alguém que levou o conteúdo para o X (finado Twitter).

Fiquei tão feliz e orgulhosa do meu feito que nem mesmo me lembrava de que aquilo acontecera mesmo comigo. Eu estava com menos duzentos reais na conta por pagar as bebidas que Tiago tomou ao longo do encontro, mas não importava, porque as pessoas na internet me adoravam – ou pelo menos adoravam a *Batata Ana*.

Charles me mandou uma mensagem avisando que ele e Bruna me esperavam na calçada para almoçarmos em um novo restaurante que todos "precisávamos conhecer". Quando chegamos, Bruna pediu para nosso amigo procurar alguma mesa lá dentro, enquanto tentava estacionar o carro.

— Agora que estamos sozinhas, acho que precisamos ter uma conversa... *Batata Ana* – ela disse, quando finalmente encontrou uma vaga.

Minha espinha gelou quando ouvi o nome de meu alter ego sair da boca de outra pessoa. *Como ela sabia?*

— Batata o quê? – Tentei me fazer de desentendida.

— Você pode até tentar esconder isso daqueles bobões – ela retrucou e apontou para o restaurante, onde estavam os "bobões" dos nossos amigos –, mas não de mim.

Eu deveria ter considerado isso. Com sua baixa estatura, seu cabelo sempre preso em tranças e sua postura de brava, Bruna carregava a sabedoria de todos nós juntos multiplicada por trinta, mesmo sendo a mais nova. Isso sem falar que ela trabalhava com internet, consumia entretenimento na internet... A garota praticamente respirava internet, então era óbvio que ligaria os pontos.

Soltei um suspiro longo e fechei os olhos, em seguida perguntei:

— Pode deixar isso entre a gente?

— Poder até posso, mas você tem certeza de que isso é uma boa ideia? – Ela me olhou com um semblante preocupado.

Dei de ombros.

— Ah, qual é! — Forcei uma risada. — E-eu estou mudando algumas coisas...

— Ah, sim, então tudo bem. Tenho certeza de que é normal alguém que cria coelhos para matar sair com vegetarianas que sagram pela boca.

— Aquele cara provavelmente nem sabe o que é TikTok!

— Mas deve ter outras redes sociais ou amigos que usam o TikTok. Já parou para pensar no que pode acontecer quando o vídeo chegar até ele? — Ela estava preocupada de verdade. — Não estou tentando te desanimar, é só que... eu ainda estou pesquisando sobre a vida das meninas mortas, sabe? E, quanto mais a gente procura, mais a gente acha. Talvez falar mal dos encontros seja brincar com a sorte.

Enquanto Lina era o tipo de pessoa que vivia o momento com o máximo de intensidade, Bruna era o oposto: era quem organizava tudo antes, montava planos, buscava alternativas e encontrava soluções para problemas que ainda nem existiam.

— Você está certa — admiti. — É só que, pela primeira vez, sinto que sou amada de verdade. — Balancei a cabeça, tentando segurar meu ímpeto de morder o interior da bochecha.

— Ok, isso definitivamente é mentira, mas entendo que é a primeira vez que você coloca sua arte para jogo. E isso é o máximo, sério mesmo, inclusive eu não acho que você deveria parar. Só precisa tomar mais cuidado — ela alertou.

Depois do almoço, Bruna foi até nosso apartamento e passamos a tarde inteira tomando medidas para reforçar minha segurança, tanto virtual quanto física. Minha amiga garantiu que meu endereço fosse bloqueado no perfil do TikTok, bem como meu e-mail pessoal, telefone e nome. Também tirou qualquer rastro dos meus dados pessoais da internet e ainda instalou travas de segurança na porta de minha casa, além de uma câmera.

— Não acha que estamos exagerando um pouquinho? — perguntei, enquanto via minha amiga parafusando o aparelho na parede.

— Olha, na verdade acho que não estamos nos protegendo o suficiente. — Pude sentir uma vibração de desespero em sua voz.

— Bruna, o que você descobriu sobre as meninas?

Minha amiga respirou fundo e se sentou no sofá, enrolando os dedos em uma trança que caía pelo ombro.

— Eu descobri que foi sinistro. A polícia acha que não, mas, com base em tudo que vi nas redes sociais delas, os detalhes de como foram encontradas, com roupa, sem sinal de violência... não consigo imaginar que são casos isolados.

— Você realmente acha que foi um serial killer? — perguntei, após me sentar ao seu lado no sofá.

Ela ficou calada.

— Bruna? Você está me assustando. O que você descobriu? — insisti, quebrando o silêncio que pairava entre nós duas.

— Há um padrão bizarro, Hanna. Elas estavam sem olhos. Esse cara é tipo um assassino removedor de olhos ou algo assim.

O silêncio voltou.

Sem olhos?

— Uma dessas garotas tinha um stalker. Ela comentou no Twitter sobre isso, sobre como não se sentia segura em nenhum lugar. — Bruna fez uma pausa. — E sei que as duas tinham acabado de sair de um longo relacionamento.

Minha espinha gelou e não demorou muito para o sangue tomar conta de minha boca.

— Me desculpa, amiga. Eu não deveria ter falado nada disso. — Bruna segurou minhas mãos.

— Como elas estavam sem olhos? — perguntei, engolindo o sangue que se juntava em minha língua.

— Lembra as marcas de agulha? Foram usadas para aplicar uma superdosagem de tranquilizante. Depois disso, os olhos delas foram removidos de uma maneira quase que profissional, porque os pontos eram quase imperceptíveis.

Senti um arrepio. *Como Bruna conseguiu acesso a isso tudo?*

— Você ficaria chocada se soubesse o que as criptomoedas conseguem comprar — ela falou, como se lesse meus pensamentos.

Ficamos nos olhando em silêncio por alguns minutos, até que Lina bateu a porta da sala, invadindo o cômodo com toda sua graça e elegância.

– Poti está me deixando maluca! Ela acha mesmo que sou do tipo que namora? – minha amiga resmungou, pegando uma cerveja na geladeira. – Uau, clima tenso entre as *sisters*? O que está pegando?

– Pessoas estão morrendo – respondi, ainda olhando para Bruna.

– Dãã! – Lina se aproximou de nós. – Ah, amiga, o cara dos discos vinis te respondeu. – Ela pegou meu celular da mesa de centro para responder à mensagem que havia chegado no Bumble. – E ele está livre hoje!

– Eu não sei se quer...

– Por que as pessoas estão morrendo? – ela me interrompeu. – O que rolou, você vai virar algum tipo de militante da paz agora? Não vai tomar banho até o Tibete estar livre ou algo assim? – zombou, ainda mexendo em meu celular.

– Você sequer sabe o que está acontecendo no Tibete? Ou o que é o Tibete? – Bruna perguntou.

– Nem ideia, mas o que eu sei é que a Hanna tem um encontro hoje às 19h no Maialini. – Lina colocou o celular de volta à mesa de centro. – E ela definitivamente não tem roupa para isso.

Enquanto minha amiga ia até seu quarto separar algum look para eu usar no meu encontro com um cara que eu sequer sabia o nome, pedi socorro à Bruna.

– Olha só, sua localização está compartilhada com todos nós, então não tem problema quanto a isso. Quando você for fazer o vídeo, só tenta, sei lá, ser mais abstrata? – Bruna segurou minhas mãos novamente e então eu assenti. – E pode ser que esse nem vá tão mal assim, quem sabe?

Então, nós duas rimos.

Capítulo 9

Agosto se transformou em um instante no tempo

♪ *Taylor Swift – august*

Nem mesmo a suave música ambiente tocando ao fundo e a decoração aconchegante de madeira, ambos criando um clima perfeito para um encontro romântico, poderiam salvar aquela noite – e isso ficou nítido logo nos primeiros dez minutos de conversa.

Rodrigo era o nome do "cara dos vinis" que Lina arranjara para mim, mas ele poderia muito bem se chamar Toby Flenderson, igual ao personagem de *The Office*, porque era tão chato quanto. E a cada dez palavras, oito eram sobre sua ex.

– Ana Laura e eu nos conhecemos na faculdade de direito e foi paixão à primeira vista – ele contou. – Ela queria ser juíza e eu, promotor, mas tudo começou a dar errado quando não consegui a vaga no Ministério Público e não passei no concurso.

– Poxa, que pena – respondi, observando o cardápio com atenção.

— Eu fiquei estressado, ela ficou de saco cheio... — O rapaz riu consigo mesmo. — Mas mesmo assim, ela era perfeita...

Rodrigo suspirou e eu não sabia mais para onde olhar.

— Ana Laura amava massas, você gosta também? — ele perguntou, com os olhos sobre mim.

— Sim, eu...

— Ah, ela fazia um molho à bolonhesa maravilhoso...

Ana Laura era maravilhosa, Ana Laura gostava de massas, Ana Laura não gostava muito de vinho, Ana Laura provavelmente também não gostava muito do Rodrigo... E, sinceramente, eu não a culpava. Não sei dizer ao certo quando o encontro deixou de ser chato para se tornar extremamente desconfortável, mas suponho que foi quando contei a ele meu signo.

— Peixes? — Rodrigo murmurou, seus olhos se enchendo de lágrimas. — Minha ex também era pisciana.

Toby, *digo*, Rodrigo começou a chorar na mesa. Em seguida, me pediu desculpas e disse que não poderia mais "continuar com aquilo".

— Me desculpe... — Sua voz estava embargada. — Eu... Eu não posso fazer isso.

Com o restaurante inteiro nos observando, ele pegou o celular e discou o número da ex.

— Ana Laura? S-sou eu... Rodrigo — ele gaguejou. — Eu sinto tanto sua falta... Por favor, me dá outra chance. Eu nunca mais vou te trair, juro! Eu vou mudar...

Só consegui assistir, em choque, enquanto o rapaz prometia mudanças e fazia juras de amor eterno pelo telefone. Quando finalmente desligou, havia um brilho de esperança em seus olhos.

— Ela disse que sim! — sussurrou para si, antes de correr para fora do restaurante.

E, mais uma vez, eu estava terminando o encontro sozinha e com alguns reais a menos na conta.

Quebra tudo, Batata Ana! Agora você é a própria Augustine!

Acordei no meio da noite com o barulho de panelas caindo e portas batendo por toda a casa. De imediato, senti medo pela minha própria vida. Será que o filho da mãe do Gustavo tinha invadido meu apartamento para cumprir suas últimas promessas?

Reuni coragem para levantar da cama e fiquei nas pontas dos pés para colar o ouvido na porta, esperando pelo pior. Foi então que ouvi várias risadinhas femininas, seguidas por mais barulhos de coisas caindo.

Lina, é claro.

Saí do quarto, e então encontrei minha amiga deitada de barriga para cima no tapete da sala, bêbada como um gambá e rindo como um cachorrinho quando é acariciado no lugar certo. Ela estava acompanhada por outra garota sentada no sofá, tão bonita e tão bêbada quanto.

— NANINHA! — Lina gritou e correu para me abraçar com vontade. — Você não tinha que estar num encontro?

— Ele voltou com a ex dele. No meio do encontro! Minha amiga deu uma gargalhada.

— Naninha! Ah, que cabeça a minha... Essa é a Potira — minha amiga disse, enquanto voltava a atenção para a bela jovem no canto da sala.

— Potira, igual à lenda indígena? Que legal! — Pensei em voz alta, sem saber ao certo o que dizer.

— Eu não saberia dizer, sou francesa — a garota respondeu, sem jeito.

— E seus pais te deram esse nome?

— Na verdade, eles gostariam de me chamar de Portia, mas quando descobriram que significava "porco", decidiram mudar e encontraram Potira no livro de nomes para bebês.

— Eu estaria mentindo se eu dissesse que ela normalmente não é desse jeito, porque ela é — minha amiga se intrometeu —, mas é que o pai da Hanna é indígena e a mãe dela meio que proibiu esse assunto na casa deles...

Um soluço cortou abruptamente a linha de raciocínio de Lina, que voltou a rir como antes.

– AH, MEU DEUS! HANNA! – Ela estava gritando e gesticulando. – Nós conhecemos esse cara que é, tipo, PERFEITO para você!

– O que era praticamente um sósia do Alex Turner? – Potira perguntou e Lina assentiu. – Ah, ele é gostoso. Quero dizer, para garotas que curtem caras, né... – Ela olhou de soslaio para Lina.

– O que é o seu caso – minha amiga respondeu, pegando minhas mãos. – E nós já arranjamos tudo para vocês dois!

Lina provavelmente encontrou esse cara numa festa que foi com suas amigas modelos – e deduzi isso porque Potira, sem dúvida, era uma modelo. Ela andava como modelo, cheirava bem como modelo, sua pele retinta me dava inveja de tão iluminada... E, por último, mas não menos importante: ela era linda como uma modelo. Além disso, minha amiga estava bêbada em um nível que não fica quando está com nosso grupinho de nerds.

– Você está doida? Eu é que não vou sair com esse cara! – respondi, soltando suas mãos.

– Por que não? Você ouviu o que a Poti disse, ele é gostoso!

– Porque não, Lina. – Cruzei os braços.

– "Porque não" não é resposta... – ouvi Potira murmurar do canto do sofá.

Lina concordou e cerrei os olhos, tentando lançar um olhar furtivo para a modelo simplesmente maravilhosa sentada na minha sala.

– Bom, por isso... – Apontei para Potira e depois para Lina. – Vocês conheceram o cara quando estavam com um bando de modelos lindas e maravilhosas, então ele deve pensar que sou uma de vocês. Não quero ver o olhar de decepção dele quando eu chegar e ele ver que, bom, eu obviamente não sou uma modelo. – Praticamente cuspi aquelas palavras.

– Lina, por favor, não entenda errado o que vou dizer a seguir... – Potira se levantou e veio em minha direção, me olhando de baixo para cima de um jeito que me fez corar. – Mas, Hanna, eu te achei uma gata.

Minha amiga ficou de frente para ela.

– Bom, nem pense nisso, porque ela é hétero pra caramba. Quero dizer, ela mora comigo e nunca quis me beijar, acredita?

– É mesmo? – Potira olhou para mim e depois para minha amiga.

– Bom, Hanna... Você não sabe o que está perdendo.

De repente, as duas começaram a se beijar na minha frente, como se suas vidas dependessem disso. Literalmente na minha frente. Tentei olhar para qualquer outro ponto da sala, sem saber o que fazer.

– Eu vou, anh, voltar para a cama. Mas foi bom te conhecer, Poti – disse por fim, saindo de fininho.

As duas já estavam no caminho até o quarto quando Lina se desgrudou da modelo apenas por um segundo para me avisar:

– Seu encontro é amanhã às 14h, no festival que tá rolando no Taquaral!

Em seguida, Potira fechou a porta do quarto.

Minha amiga não achava mesmo que eu iria a mais um encontro, certo? Seria o terceiro seguido. Não, eu não era aquele tipo de garota...

Mas talvez *Batata Ana* fosse aquele tipo de batata.

Capítulo 10

Eu acho estranho que você me ache engraçada

♪ *Taylor Swift – Begin Again (Taylor's Version)*

Foi minha vez de gritar "Bom dia!" e abrir as cortinas do quarto da minha amiga de ressaca. Potira havia saído de fininho mais cedo enquanto eu tomava café da manhã e lia as notícias. A modelo se justificou, dizendo que não estava tentando dar um perdido em Lina, mas precisava se arrumar para um trabalho.

Bom, na verdade eu fiquei feliz por ela. Normalmente, as pessoas que minha amiga levava para casa tinham o hábito de se apaixonarem instantaneamente, então eu tinha que arranjar alguma desculpa para irem embora. Com Potira, tive apenas uma breve conversa e compartilhamos um café.

De qualquer forma, sabia que Lina estava sozinha no quarto e não estaria fazendo nada que eu não deveria ver, então não pensei duas vezes antes de dar o troco nela.

– Tá maluca?! – Lina protestou e puxou seu cobertor até a cabeça, mas eu o puxei de volta.

— Eu é que te pergunto! Ontem à noite, você me disse que eu tenho um encontro marcado às 14h, agora já é 12h e eu não sei nada sobre o cara que vou encontrar – disse, ao me sentar nos pés da cama de Lina.

— Ele é gostoso, tatuado e parece o Alex Turner. O que mais tem pra saber? – Lina levou as mãos sobre os olhos, tentando escapar da claridade.

Lancei um olhar feio para ela. Eu estava disposta a ir a um terceiro encontro em apenas um final de semana, mas minha amiga teria que colaborar comigo.

— Olha só, a gente estava nessa festa e tinha karaokê, aí eu vi um cara cantando alguma música do Arctic Monkeys do "antigo testamento", que eu sei que você gosta. Então comentei com a Potira... Por falar nisso, cadê ela? – Lina olhou para os lados, como se a garota fosse magicamente aparecer atrás de um dos sofás.

— Você só notou agora que ela não está aqui?

— *Puff*... Certo, voltando ao assunto. Ele estava cantando essa música, tipo muito bem inclusive, então eu falei para Potira para abordarmos ele, porque talvez ele fosse seu tipo. Parece que ela já o conhecia, então foi mais fácil.

Lina começou a me contar sobre o tão gostoso sósia Alex Turner: o nome dele era Frederico Padilha, ele estava numa banda de rock chamada *The Martini Police*, tinha vinte e seis anos e era morador de Campinas. Ele gostava de animes – "mas não a ponto de ser *otaku*", foram as exatas palavras de Lina –, não perdia uma rodada de Fórmula 1 e tinha um golden retriever chamado Beto.

Bem, quão ruim alguém que tem um golden retriever chamado Beto poderia ser?

Antes de entrar no Uber para encontrar o tal gostoso tatuado, fiz questão de atualizar a listinha póstuma com mais um nome e a contemplei por alguns segundos. Há alguns meses, eu tinha certeza de que Gustavo e eu acabaríamos nos casando e ali estava eu, com uma longa lista de ex-ficantes... ou nem isso, para falar a verdade.

Foi ali que minha ficha caiu e me questionei: era isso que eu queria?

Respirei fundo e torci para que esse encontro não desse tão errado – ou, se não desse certo, que pelo menos fosse divertido. Não queria representar Frederico Padilha como um rato ou algum outro bichinho traiçoeiro, disso eu tinha certeza.

⏪ ⏸ ⏩

O festival era, na verdade, uma exposição de carros antigos, e Lina não havia me preparado para o som alto demais, nem para o cheiro de fumaça em todo o parque. Por isso, decidi que esperaria por mais dez minutos. Caso o rapaz não aparecesse, eu daria o fora.

Quatro minutos e trinta e sete segundos se passaram e eu já estava torcendo para que Frederico realmente me desse o bolo. Então, ouvi uma voz me chamando:

– Hanna?

Torci para não ser ele, mas claro que era.

E, uau, ele parecia mesmo o Alex Turner na era *AM*, só que com bíceps enormes e muitas tatuagens espalhadas pelo corpo todo. U-a-u.

Percebi que estava o encarando e senti minhas bochechas esquentarem.

– Sim! E você deve ser o gos...

Me calei imediatamente. Eu ia mesmo chamar um cara que tinha acabado de conhecer de "gostoso tatuado"?

– Frederico, sim! – Felizmente, ele emendou o assunto. – Que bom te conhecer. Suas amigas falaram muito bem de você ontem à noite.

– Ah, e elas também disseram que eu não sou uma modelo? Quero dizer, caso você não tenha percebido. – Tropecei nas palavras e ele riu.

– Mas você é uma artista, o que é bem mais legal. – Seu tom era galanteador, o que me deixou corada outra vez.

– A Lina te disse isso? – perguntei, envergonhada.

— Na verdade, ela disse que você era designer. Mas, quando me mostrou alguns de seus trabalhos, eu percebi que aquilo não é trabalho de uma mera designer, mas de uma artista.

Começamos a andar lado a lado e ele colocou as mãos nos bolsos da calça.

— Ah, então Lina te mostrou meus trabalhos?

— Alguns... E confesso que pirei no vídeo sobre os assassinos em série. Aliás, você acha que é verdade? — O rapaz parou de andar e se virou para mim.

— O que é verdade? — Parei também, repetindo seu movimento.

— Que os serial killers estão extintos.

— Bom, talvez não extintos de fato... — Na mesma hora, pude ver que ele se assustou um pouco. — Mas não é mais tão comum quanto era nas décadas passadas, sabe?

Frederico concordou com a cabeça e continuamos conversando sobre assassinos em série enquanto ele me comprava um chopp e me conduzia ao redor da exposição.

Ok, até que aquele encontro não estava indo tão mal assim, por isso torci para que ele não se mostrasse um matador de golden retrievers, nem estivesse apaixonado pela ex-namorada. Pelo menos eu já sabia que ele não me faria pagar a conta.

— Certo, vou dar um palpite. — Ele deu um gole no copo antes de se aproximar de mim e senti borboletinhas voarem no meu estômago. — Você não é superinteressada em carros, né?

Soltei uma risada tímida.

— É que eu não sei nem dirigir, então meu conhecimento sobre o assunto é bem limitado. Um vizinho meu tinha um Fusca, então esse eu conheço! — Apontei para o carro parado próximo de nós.

O fusca do zelador da Colmeia era seu maior xodó. Perdi a conta de quantas vezes eu, Gustavo e Rafael nos divertimos naquele carro, fantasiando sobre o futuro. Rafael jurava que ia pilotar uma moto e Gustavo tinha o sonho de ter um Fusca azul, idêntico àquele.

— Para sua sorte, eu sou um grande admirador de carros antigos, então vou te encher de curiosidades inúteis sobre eles. Que tal?

— Depende... São curiosidades do tipo "esse aqui corre 150 cavalos" — eu disse, após apontar para um carro antigo e amarelo — ou "esse aqui era do Silvio Santos"?

Ele riu mais uma vez.

— Mais do segundo tipo.

— Então, tudo bem por mim — respondi, rindo do fato de Frederico estar rindo.

— Ok, tá vendo aquela belezinha ali? — Ele se curvou um pouco para ficar do meu tamanho e apontou para um carro bege. — É um Cadillac, o modelo preferido de Elvis Presley. Sabia que ele teve mais de duzentos ao longo da vida?

Uau, aquilo realmente era impressionante.

— Por causa dele, todos os rapazes descolados queriam um. O que é engraçado — o rapaz continuou a falar e me virou para o outro lado —, porque na mesma época o Roberto Carlos lançou aquela música *Calhambeque*, aí o modelo virou febre entre os "pãezinhos" aqui no Brasil — concluiu, apontando para um carro vermelho logo à frente.

Aquilo me fez rir ainda mais, então ele começou a rir também. Assim, passamos horas conversando e rindo. Ele me contava curiosidades aleatórias sobre carros, músicas, famosos e eu o fazia rir com meus comentários. Aquilo era estranho para mim, porque Gustavo me considerava a "esperta" da relação, enquanto ele era o engraçado, bonito, legal e todos os adjetivos positivos que existem na língua portuguesa.

Quase no final da tarde, quando o Sol começou a ir dormir, sentamos em um banquinho um pouco mais longe de toda a fumaça dos carros para tomar os copos de chopp número sei lá quanto.

Entre risadas, Fred parou e me olhou.

Certo, aqui vai um desafio para você: se você adivinhar quantas tatuagens eu tenho, você escolhe algo para eu fazer. Mas, se você errar, eu escolho. O que acha?

Na mesma hora, me lembrei de todos os podcasts de crimes reais que ouvi recentemente com Bruna. *O que diabos ele me pediria para fazer?*

Provavelmente notando meu desconforto, ele intercedeu:

– Tá, isso deve ter soado meio *creepy*, ainda mais considerando todo nosso papo sobre assassinos em série de antes, mas... Eu teria escolhido um beijo, caso você perdesse – ele disse, me encarando nos olhos.

Sem desviar o olhar, chutei um número qualquer, torcendo para errar:

– Sessenta?

Os olhos de Fred se arregalaram.

– Uau, essa foi por muito pouco. Eu tenho sessenta e duas. – Ele deu de ombros, aproximando-se ainda mais.

As borboletas começaram a fazer um rebuliço total em meu estômago. Apesar da lista com longos nomes, eu não havia beijado aqueles rapazes. Eu não havia beijado alguém depois de Gustavo, que foi meu segundo beijo da vida.

Ele levou a mão suavemente até minha nuca, aproximando-me cada vez mais de seu rosto, antes de encostar os lábios macios nos meus e descer os dedos até meu queixo. E, enquanto sua outra mão segurava minha coxa com força, eu sentia que as borboletas sairiam de meu interior a qualquer momento, para fazer uma festa ao nosso redor.

Uau. Eu não me sentia daquela forma há muito tempo. Talvez não tenha me sentido assim nem mesmo com Gustavo, apenas com meu primeiro beijo – que, apesar de eu estar extremamente bêbada na época, eu considerava até então como "o" beijo perfeito.

Meu primeiro beijo com Gustavo não foi bom, porque estávamos no cinema assistindo ao segundo filme de *Jogos Vorazes*, enquanto ele incansavelmente tentava virar minha cabeça para ele. Eu só queria assistir ao filme, então o beijei logo para ele me deixar em paz. Foi um beijo seco, duro, sem química alguma; totalmente diferente daquele com Frederico, molhado, envolvente e delicioso. Eu sentia cada fio de cabelo presente em meu corpo arrepiar e, enquanto sua mão ainda repousava em minha coxa, eu quase disse que o amava. Obviamente não seria verdade, então acabei falando algo ainda mais impulsivo:

— E se a gente fizesse uma tatuagem?! — gritei, interrompendo o momento.

— O quê? — Ele me olhou surpreso, mas ainda entusiasmado.

— É, agora!

Levantei de supetão e saí correndo em direção a uma barraca de flash tattoo que tinha visto mais cedo a uns metros de distância. Fred me seguiu e, quando entramos, uma jovem de cabelos pretos e pele extremamente branca, coberta parcialmente com tatuagens de traços marcados, estava mexendo no celular, sem perceber nossa chegada.

— Eu quero uma tatuagem — falei sem jeito, escondendo as mãos atrás das costas.

— Ah, oi. — Ela olhou para cima e finalmente nos viu. — Bora! O que você vai querer fazer?

A tatuadora abriu uma pasta repleta de desenhos pequenos e médios, feitos por ela mesma, especialmente para aquela exposição. Enquanto olhava para eles, começava a me arrepender da ideia. *Uma tatuagem?* Pior: minha primeira tatuagem? Ela deveria ter algum significado mais profundo do que "beijei um cara, senti um impulso em dizer que o amava, então fiz uma tatuagem".

Em dado momento, comecei a pensar que isso daria uma boa animação para mais uma aventura da *Batata Ana*. Minha mente já não estava mais ali, e sim em um mundo colorido, onde tudo era possível e as leis da física eram inexistentes.

É claro! Eu deveria tatuar a *Batata Ana*. Ela deveria ser minha primeira tatuagem. Só que eu não queria que Fred soubesse sobre meu alter ego... E se as coisas dessem super errado entre nós dois e ele acabasse parando no meu perfil secreto? Ele descobriria logo de cara.

Mordi o interior da bochecha, quase sem querer, e, quando senti a bolha de sangue se formando, pedi para Fred buscar um sorvete para mim, aproveitando que a fila do local estava grande.

— Olha, eu sei que você só deveria fazer seus desenhos e tals — comecei a falar, quase como se fosse um segredo... o que, na verdade, era —, mas será que você poderia fazer um meu? E depois um seu, claro, mas primeiro o meu.

Batata Ana deveria ser minha primeira tatuagem, mas eu não queria compartilhá-la com Fred, nem que ele me achasse uma covarde. Então decidi que faria primeiro a *Batata Ana*, escondida, e depois algum desenho qualquer em algum lugar mais exposto.

É só a primeira que precisa ter significado, não é mesmo?

— Opa, gata, manda aí. — A tatuadora me entregou uma prancheta com uma folha sulfite e uma caneta Posca preta.

— E será que você pode não comentar com ele sobre isso? — pedi, apontando para a saída da barraca com a cabeça.

— Hmm, surpresa pro namorado? — Ela sorriu enquanto começava a preparar o equipamento.

Namorado. Parecia quase natural ouvir Fred ser descrito como meu namorado.

— É... é mais tipo uma coisa interna nossa. Ele vai entender quando ver — menti.

Desenhei um pequeno esboço da *Batata Ana*, com seu lacinho na cabeça, braços, olhinhos e sorriso. Em seguida, entreguei para a mulher à minha frente, que abriu um grande sorriso ao ver meu desenho.

— Ei, é a *Batata Ana*! Eu também adoro ela. — A tatuadora se levantou para preparar o decalque da tatuagem.

Ufa! Ela achou que eu era apenas uma fã, não a pessoa por trás do perfil.

— É, eu e o Fred nos conhecemos nos comentários de um vídeo dela — menti de novo, completamente sem necessidade.

A tatuadora não perguntou muitas coisas além daquilo e optei por fazer a tatuagem escondida na costela, do lado esquerdo. Quando finalmente ficou pronta e abaixei a blusa, Fred retornou com meu sorvete.

— Ah, não! Eu perdi isso? — Ele parecia indignado.

— Na verdade, íamos começar agora — a tatuadora mentiu e deu uma pequena piscadinha para mim.

– Legal! E aí, o que escolheu fazer? – meu "namorado" perguntou, antes de me entregar o sorvete e passar o braço sobre meu ombro.

– Hmm, o guarda-chuva amarelo, por causa de *How I Met Your Mother*. – Apontei para o desenho.

– É, não tinha como você ser perfeita... – Ele deu de ombros e senti minha bochecha corar mais uma vez. – Eu prefiro *Friends*.

Decidi fazer minha segunda tatuagem no antebraço, porque era um lugar mais exposto, mas não tanto a ponto de me deixar enjoada de olhar. Fred permaneceu ao meu lado durante toda a sessão, segurando minha mão caso eu sentisse dor – e, em alguns momentos, até fingi sentir um pouco a mais, apenas para apertá-lo com mais força.

Com as tatuagens feitas, nos dirigimos até uma barraca de hambúrguer. Ele escolheu um de carne, mas, após me ouvir pedir a opção vegetariana, decidiu mudar e fazer o mesmo. Ali, comecei a me perguntar se era possível eu já estar realmente apaixonada durante o nosso primeiro encontro.

Após comermos, fomos até onde seu carro estava estacionado. Fred me ofereceu uma carona, mas preferi ir embora de Uber, porque não queria revelar meu endereço a um cara logo no primeiro encontro. Então, ele ficou comigo até o carro chegar, e nos beijamos mais algumas vezes. Para ser honesta, eu quase não queria me despedir e já estava sentindo sua falta enquanto voltava para casa, sentindo seu cheiro grudado em meu vestido.

É, talvez a vida romântica da *Batata Ana* não precisasse ser apenas uma série de encontros desastrosos.

Capítulo 11

A banda é ruim pra ******* e não estou me divertindo

♪ Arctic Monkeys – Fake Tales Of San Francisco

Setembro

A primavera chegou, mais colorida do que nunca. Meus dias estavam sendo marcados por conversas até de madrugada com Fred, risos disfarçados durante o horário de trabalho, olhares críticos vindos de Alan e um bando de borboletas dançando dentro de mim.

Tive a chance de me encontrar com Frederico apenas três vezes desde a exposição de carros antigos, mas todas as ocasiões foram absolutamente perfeitas. Os mesmos beijos apaixonados, o mesmo aroma que impregnava minhas roupas, a mesma dor nos músculos faciais de tanto sorrir...

Lina ficou contente por mim, embora tivesse sentido inveja porque Fred me acompanhara durante minha primeira tatuagem, e não ela. Entre todos os meus amigos, ela era a que mais detestava Gustavo, a que mais sentiu prazer em jogar todos os pertences do meu ex pela janela e a que ficou mais frustrada por eu não ter pedido uma ordem de restrição contra ele.

Entretanto, tudo isso parecia irrelevante. Eu não pensava mais nem nas garotas mortas, só agradecia por estar viva na mesma época que alguém como Frederico... Até que ele começou a me ignorar.

— Ele deve achar que você nem tá tão a fim assim – Charles sugeriu enquanto olhava minhas conversas com Fred no celular.

— A gente se beijou várias vezes, é claro que tô!

— E daí? Eu já beijei a Bruna várias vezes e nem por isso estou a fim dela – Lina argumentou, bisbilhotando as conversas ao lado de Charles.

Estávamos reunidos na casa dos irmãos naquela sexta-feira à noite, sem plano algum em mente, apenas tentando descobrir por que eu estava levando um *ghosting*.

— Talvez ele seja mais do tipo Matty Healy do que Alex Turner – Bruna interpôs. – Você ouviu as músicas... O Matty deu um perdido na Halsey e na Taylor Swift.

— Não foi o Alex Turner que traiu todas as namoradas? – Charles perguntou, ainda lendo as mensagens.

— Resumindo: todos os homens são babacas e você deveria dar uma chance para mulheres – Lina disse ao se levantar.

— Amigas, a banda dele tá tocando no Bar do Zé agora mesmo! – Charles largou o celular com tudo. – A gente tem que ir lá!

— Pra quê? Pra levar *ghosting* ao vivo? Não, obrigada. – Tentei tirar a ideia da cabeça dele o quanto antes.

— Ah, fala sério... Qual é a pior coisa que pode acontecer? – Meu amigo me olhou de forma encorajadora.

A pior? Ele poderia ser casado, ele poderia ter uma namorada, ele poderia ter um namorado, ele poderia ser exatamente igual ao Matty Healy e comer carne crua ao vivo, ele poderia tocar muito mal... Só que, antes que eu pudesse formular uma frase, Lina nos informou que o Uber já estava a caminho.

Sequer havíamos colocado o pé no bar e eu já queria voltar para casa. Lina e Charles foram em direção ao bar e me senti completamente paralisada pelo medo.

— Ei, você já passou por coisa pior. Tenta focar isso — Bruna disse enquanto segurava minha mão.

— Saudades de quando eu estava obcecada pelo assassino removedor de olhos, e não pelo vocalista de uma banda — resmunguei.

Nossos amigos voltaram com copos nas mãos e nos puxaram para mais perto do palco, enquanto eu só pensava que estava passando a maior vergonha da minha vida inteira.

Fred estava me ignorando, isso era óbvio. E como eu resolveria essa situação indo até o show da sua banda para forçá-lo a falar comigo? Isso seria tão desconfortável para mim quanto para ele.

Virei-me para fugir daquele lugar, mas esbarrei em uma parede que, ao invés de ser feita de tijolo, era feita de carne e osso. Senti o gelo da bebida escorrer para dentro da blusa que Lina me havia emprestado e contive minhas lágrimas.

— Minha nossa, me desculpa! — disse a parede de carne e osso. — Aqui, pega meu casaco.

Olhei para cima e vi que a voz pertencia a um rapaz alto, provavelmente da minha idade, bonito e arrumado, talvez simpático demais para ser heterossexual.

Ele desamarrou o casaco xadrez da própria cintura e me entregou.

— É melhor tirar essa blusa, meu drink tem vinho. — Sua voz estava aflita, mas ele falava de um jeito acolhedor.

Agradeci e fui direto para o banheiro.

— Festa estúpida — murmurei para mim mesma quando me vi no espelho.

Eu nem deveria ter ido, para início de conversa. Agora estava eu ali, coberta de vinho e sabe-se lá mais o quê, usando uma camisa xadrez de um desconhecido.

Tentei me enxugar com papel e salvar o máximo possível da blusa, antes de embolar e guardá-la em minha bolsa. Vesti e abotoei a camisa xadrez, dobrei as mangas e respirei fundo, me perguntando o que eu estava fazendo da minha vida.

Quando voltei para perto do palco, vi Charles aos beijos com o rapaz da camisa xadrez, enquanto Lina e Bruna dançavam e conversavam com outras garotas ali presentes.

De fato, era uma festa estúpida. Decidi ficar ali no canto, observando tudo acontecer de longe, da melhor forma que sabia fazer. Era só pedir um Uber quando eu tivesse uma brecha para me despedir de meus amigos.

As luzes se apagaram, sinalizando que o show começaria em breve. Os acordes de *Brianstorm*, do Arctic Monkeys, começaram e casais pararam de se beijar para dançar com a música, enquanto os rapazes da banda pulavam para lá e para cá no palco. Achei que era uma escolha ousada para abrir o show.

Ali do cantinho, comecei a cantar e dançar. Eles estavam contagiando o público, principalmente Fred. O gostoso tatuado que me fez sentir o que eu não sentia há anos e estava me ignorando há uma semana.

– Boa noite, Campinas! Somos a *The Martini Police* e seremos sua companhia nesta noite! – ele gritou, ao terminar a primeira canção.

Conforme a *setlist* ia seguindo, me lembrava cada vez menos de que estava sentida com ele. Na verdade, não via a hora do show terminar para surpreendê-lo.

Após uma pequena pausa, Fred se aproximou do microfone, enquanto o restante da banda permanecia em silêncio.

– Eu vou dedicar a próxima música para alguém que está na minha vida desde sempre, talvez sem saber o quanto é importante para mim. Sabrina, essa é para você. Eu te amo e sempre te amarei.

Um coro de "awnnn" tomou conta do bar e uma pessoa ao meu lado sussurrou que, assim como Olivia Rodrigo, morreria e mataria para ser a Sabrina.

Segui os olhos de Fred para a plateia, tentando descobrir quem era a Sabrina dele, mas não consegui encontrar uma pessoa sequer, nem mesmo meus amigos. Quando a música começou, senti uma onda de vergonha me empurrar, me puxar e me dar um verdadeiro caldo.

Me senti levada por ela, sem saber se estava sendo jogada em direção à praia ou arrastada de volta ao oceano.

    Frederico estava simplesmente tocando um cover acústico de *Sweet Dreams, TN* – também conhecida como a música mais romântica já escrita por e para alguém. A canção, do *The Last Shadow Puppets*, falava sobre como ele se sentia incompleto sem ela, não conseguia se lembrar de nada sem ela estar ali e sobre como tudo parecia patético sem ela por perto.

    Deixei minha vergonha me guiar até o que pensei ser a saída, mas acabou sendo a área dos fumantes. Logo senti a brisa da noite bater em meu rosto, enquanto meu estômago dava piruetas. De repente, tudo o que tinha comido mais cedo foi parar em minha garganta; em seguida, no canto da porta.

    – Que nojo! – resmungou uma moça que estava fumando ali fora e saiu correndo para o salão, como se meu vômito fosse algo radioativo.

    Talvez fosse. Vomitei até sair apenas bile, mas parecia ser meu próprio coração sendo expelido. O sangue do machucado na parte interna da minha bochecha dava um toque a mais. Era quase poético.

    O gosto metálico do sangue já me fazia companhia há tempos. Aquele hábito começara quando descobri que meus pais paravam de discutir ao me verem com a boca ensanguentada. Só que, mesmo depois do divórcio deles, mantive a mania de morder o interior da minha bochecha toda vez que passava pelo menor dos estresses.

    Respirei fundo e me joguei no chão, ao lado da poça de vômito. Apesar de, naquele momento, ter me sentido a pessoa mais idiota do universo, também fiquei extremamente tocada por aquela música. Eu também me sentia incompleta, também não conseguia me lembrar de nada sem a presença de alguém e também sentia que tudo era patético sem ele.

    Encostei minha cabeça na parede e me lamentei, novamente, por ter feito todas as escolhas erradas que me levaram até ali, até aquele momento, sem ele.

    Desbloqueei o celular e abri o navegador privado, pronta para me torturar com minha última conexão com o meu alguém que fazia tudo ser completo: o Tumblr de Rafael.

Capítulo 12

Estou aqui o tempo todo, esperando na sua esquina

♪ *Billie Eilish – THE DINER*

Apesar da urgência de falar sobre o desastre da noite passada, algo mais importante prendeu nossa atenção na manhã seguinte: mais uma garota havia sido encontrada morta.

– Tô te dizendo... Não tem como ela não ter sido assassinada pelo removedor de olhos – disse Bruna enquanto digitava freneticamente em seu computador.

A nova vítima, ainda sem nome, foi encontrada em um parque próximo ao bairro das Palmeiras, na última quinta-feira. Em um fórum problemático da internet no qual Bruna estava infiltrada, ela conseguiu descobrir que a nova garota também teve os olhos arrancados. Ainda não tínhamos descoberto muitas informações sobre esse caso – diferente dos demais, que já sabíamos tanto que eu me sentia suja e imoral.

A primeira vítima foi Milena, de vinte e quatro anos. Ela era residente de medicina e parecia ser uma garota bastante comum, de acordo com seu Instagram. Suas postagens eram, em sua maioria, selfies e fotos com as amigas em lugares como o Paris 6 e Outback. A última foto, entretanto, mostrava uma imagem desfocada e a legenda dizia que ela precisava de ajuda, pois estava sendo seguida. Ela apareceu morta três dias depois, em 29 de abril.

A segunda foi Vanessa, que tinha vinte e dois anos quando deu seu último suspiro e estava no último ano da faculdade de publicidade e propaganda. Não tinha fotos no feed do Instagram, como uma perfeita representação da Geração Z. Seus destaques eram fotos conceituais, então não sabíamos muita coisa sobre ela além de que fora encontrada sem vida e sem olhos no Bosque Jequitibás, em julho.

— Acho que acabei de encontrar o perfil da Vanessa no Twitter... — Bruna respondeu, olhando fixamente na tela do computador. — Mas é um perfil privado.

— Talvez se conseguirmos acessar de alguma forma...

Três batidas na porta do quarto tiraram nosso foco.

— E aí? — Charles entrou no quarto e se jogou na cama da irmã. — O que estão fazendo?

— Procurando métodos de hackear um perfil no Twitter. — Bruna estava tão concentrada no computador que nem ao menos olhou para ele ao responder.

— Só coisas normais, então — ele caçoou. — Ah, me lembrei: o Otávio quer o casaco de volta — completou, cutucando minha coxa.

— Quem? — perguntei, afastando minha perna dele, que se levantou da cama.

— O cara que eu conheci ontem e que te emprestou o casaco depois de ter derramado vinho em você.

— Ah, claro. Eu coloquei para lavar — menti — e levo para você no trabalho, na segunda. Acha que vai vê-lo outra vez depois de ontem?

— Acho que sim... Tô com um bom pressentimento sobre ele. — As bochechas do meu amigo estavam coradas. — Ele parece querer as mesmas coisas que eu, sabe?

— O quê, beijar desconhecidos na balada? — brinquei e Charles jogou o travesseiro em mim.

— Ele é veterinário e trabalha em um museu. Ai, ele é tão fofinho... — Meu amigo sorria feito um garotinho.

— Cara, você segue a Vanessa! — Bruna se virou para nós, como se tivesse acabado de perceber que estávamos ali. — Vai lá pegar seu celular para vermos o perfil dela.

Após sair do quarto, Charles voltou com o aparelho em mãos e entregou à irmã.

— Ah, meu Deus, acho que vou ter um orgasmo! — ela disse enquanto pegava o celular e via o perfil de Vanessa, agora totalmente aberto para dissecarmos seu conteúdo. — Mas antes de começarmos... — Bruna se voltou para mim. — Hanna, o que rolou ontem? Você sumiu...

— Fred declarou uma música megarromântica para uma menina, como é que você não se lembra disso? — Charles se irritou com a irmã, enquanto me abraçava e eu sentia as lágrimas brotarem nos olhos.

— Tá tudo bem, sério. Eu deveria ter me tocado quando ele começou a me ignorar — respondi, ainda com o rosto escondido nos braços do meu amigo. — Vamos focar o perfil da garota morta, por favor?

Passamos a tarde sem voltar a tocar no assunto Fred, que já estava bloqueado de todas as redes sociais possíveis; inclusive no Spotify. Em breve, ele seria apenas algum personagem da série da *Batata Ana*. Talvez ele se tornasse uma polenta frita: algo que achei que poderia ser bom, mas acabou me decepcionando.

Apesar de ter sido um babaca comigo antes e durante nosso namoro, eu sentia falta de Gustavo em momentos como este. Tinha saudades de acreditar que passaríamos a vida toda juntos, sem que eu tivesse que me preocupar com caras se mostrando algo que não eram e sofrer por isso.

De qualquer forma, os mais de cem mil tweets de Vanessa acabaram nos entretendo durante toda a tarde, sobretudo os últimos. Graças a eles, descobrimos mais um aspecto do possível modus operandi do serial killer.

Vanessa estava recebendo recados anônimos, algumas semanas antes de morrer. Eles chegavam até a vítima como bilhetes, cada hora em um lugar, entregues por pessoas diferentes. A garota falou sobre isso algumas vezes na rede social e algumas pessoas sugeriram que ela fosse até a polícia, mas Vanessa alegava não ser viável, visto que os bilhetes eram impressos e não havia nada que ligassem as mensagens a alguém em específico.

Em uma das postagens, ela postou uma foto de um dos bilhetes, que dizia:

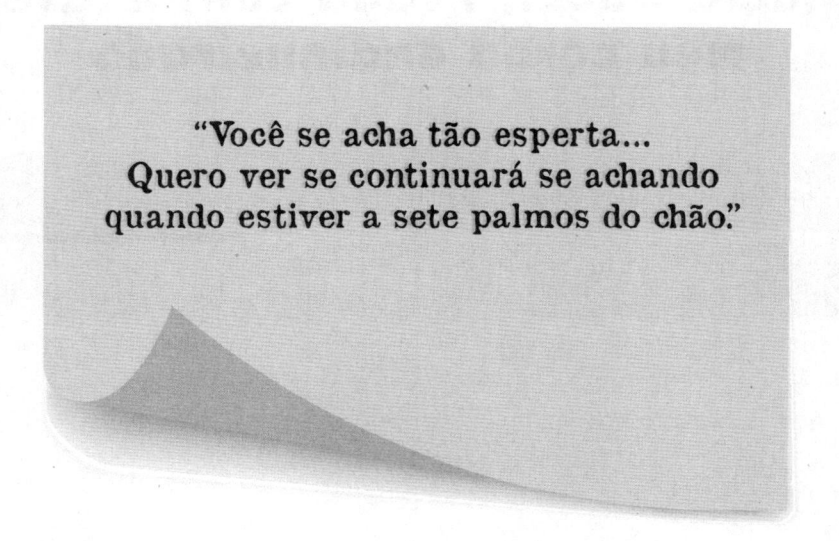

> "Você se acha tão esperta... Quero ver se continuará se achando quando estiver a sete palmos do chão."

De acordo com a vítima, todos os bilhetes eram assim: vagos, porém ameaçadores, entregues por desconhecidos que disseram estar atendendo ao pedido de alguém. Alguém no ônibus, na rua, na praça... Alguém que havia passado despercebido. Alguém que mal existia, pelo visto.

Para nossa surpresa, em um dos tweets havia uma resposta de um perfil contando que uma amiga também estava recebendo bilhetes assim. Segundo aquela pessoa, a garota tinha sido assassinada em abril daquele mesmo ano.

Estávamos formando uma nova linha de informações, contendo pessoas que também sabiam do que estava acontecendo em Campinas. E, à medida que reuníamos informações, as coisas ficavam cada vez mais macabras e realistas.

Talvez fosse mesmo hora de dar uma pausa naqueles encontros.

Capítulo 13

Aquela Gucci, Prada confortável, meu coroa endinheirado

♪ *Queen Herby – Sugar Daddy*

Outubro

As semanas seguintes correram normalmente, ou pelo menos o mais normal possível para alguém com uma vida dupla. Como parei de ir a encontros, resolvi entreter meus seguidores com minhas histórias antigas, o que também foi uma forma de permanecer em alerta e não esquecer de tudo que passei com meu ex.

As pessoas não acreditavam em metade das situações que *Batata Ana* afirmava ter passado com *Frango Frito*, vulgo Gustavo. Decidi representá-lo assim porque é algo que muitas pessoas acham apetitoso, mas eu considerava repugnante, apesar de ter gostado em algum momento.

Graças ao engajamento dos vídeos, eu estava sendo vista e valorizada pela primeira vez na vida. Era um sentimento bom e novo.

Não é que eu fosse feia, nem bonita, apenas... esquecível. Praticamente invisível. Daquele tipo que ninguém se lembra do nome quando vê pela segunda vez.

A *Batata Ana* era outra história. Ela era uma batata diferente de todas as outras e não apenas por causa do seu laço cor-de-rosa na cabeça: ela era autêntica, cheia de vida, fazia comentários sarcásticos... Ela era tudo que eu queria ser, mas no fundo eu ainda era uma batata. Aquela comida que todos gostam, mas que não é a preferida de ninguém. Aquela que vai bem com tudo, mas sozinha acaba ficando sem graça.

Não havia comparação quando se tratava da *Batata Ana*. Se ela chorasse no cinema assistindo a *Percy Jackson e o Mar de Monstros* porque ficou muito diferente dos livros, ninguém a julgaria – pelo contrário, aposto que muitas pessoas se veriam nela. Mas, quando eu chorei, virei chacota na escola por uma semana.

Era bom saber que pelo menos ali, naquele pequeno pedaço da internet, eu conseguia divertir as pessoas e que minhas experiências eram similares a centenas de outras.

E era por isso que eu não deveria ficar ali, chorando as pitangas porque meu relacionamento de anos deu errado, nem porque o cara que eu estava a fim dedicou uma música para outra pessoa, nem mesmo porque meu primeiro amor não atualizou o Tumblr dele. Não, eu deveria ir atrás de novas aventuras que renderiam entretenimento, porque seria bom ter alguém como eu compartilhando as próprias aventuras de quando era adolescente. Talvez tudo tivesse sido diferente.

Aquele pensamento me fez superar o medo do assassino removedor de olhos e me levou até um restaurante de paredes de vidro no alto de uma montanha, com uma excelente vista da noite de Campinas. Eu estava usando um vestido vermelho decotado e um salto preto, quase sem conseguir me manter em pé, em um encontro com um cara que tinha idade para ser pai do meu pai.

Talvez aquele não fosse exatamente o tipo ideal de aventura, mas, quando eu disse para Lina que queria experienciar "algo totalmente diferente", ela levou a tarefa muito a sério. E, bem, eu nunca tinha feito algo parecido até então.

— Pode pedir o que quiser do cardápio, docinho. É tudo por minha conta — disse o coroa sentado à minha frente.

Ricardo era um empresário bem-sucedido que apostou no ramo de imóveis nos anos 1980 e atualmente tinha uma vida de luxo e procurava por jovens no Bumble para bancar. Eu não era do tipo *sugar baby*, mas Lina me jurou que, quando os dois saíram juntos, Ricardo fora extremamente gentil e pagara tudo para ela, além de lhe dar um par de sapatos de presente — que eu estava usando naquele encontro.

Não estava me sentindo nada confortável e, a qualquer momento, eu morderia o interior das bochechas ou sairia correndo dali. O que acontecesse primeiro, eu sairia no lucro.

Então, *ele* chegou.

Olhei para a porta do restaurante no exato momento em que entrou. Ele não olhou na minha direção, mas eu o reconheceria em qualquer lugar, sem importar quanto tempo passamos separados.

Ele caminhou de forma indiferente até o bar do restaurante, com as mãos nos bolsos do casaco jeans escuro. Ainda tinha a mesma aparência de quando o vi pela última vez, há pelo menos seis anos.

Percebi que Ricardo ainda estava falando, mas eu não conseguia encontrar o ar para respirar. Parecia que tudo havia parado, deixando somente eu e ele no mundo inteiro.

— Desculpe, preciso ir ao banheiro — falei de repente, olhando para Ricardo. Foi tempo suficiente para *ele* desaparecer da minha vista.

Peguei minha bolsa e saí em disparada em direção ao banheiro, me sentindo zonza. *Não podia ser real, né?*

Esbarrei na porta do cômodo, forçando-a para abrir. Precisava ligar para alguém, qualquer pessoa! E precisava me acalmar.

Não podia ser ele... Não, não podia ser.

— Nos encontramos outra vez em um banheiro, é isso mesmo? — Era ele.

Com total ar de indiferença, Rafael se apoiou na pia do banheiro quando entrei, arrumando o cabelo e olhando para mim como se eu fosse a única pessoa do universo.

Seu comentário me deixou de pernas bambas. *De qual vez ele estava falando?* Da última, seis anos atrás, quando discutimos no banheiro, no velório de uma antiga vizinha? Ou da primeira vez, quando fiquei bêbada e o puxei para dentro do banheiro, beijando-o e depois fugindo feito uma covarde? As duas vezes haviam sido igualmente ruins, então preferia que ele não tivesse dito nada.

Antes que pudesse pensar em responder alguma coisa, ouvi a voz de Ricardo se aproximando do banheiro. Sem pensar duas vezes, corri para me esconder em uma das cabines e puxei Rafael para entrar comigo. Então, ali estávamos nós dois, escondidos em uma cabine no banheiro de um restaurante chique. Rafael parecia não entender o que estava acontecendo enquanto meu date entrava no banheiro, falando alto no telefone:

— Essa não é muito bonita, mas tem aquele ar de menina virgem puritana, sabe? Aposto que vai me deixar fazer várias coisas...

Rafael ainda me olhava com desconfiança e parecia prestes a falar alguma coisa quando levei minha mão à sua boca. Ele levantou uma das sobrancelhas e, como se não tivesse passado um dia desde a última vez que nos vimos, tivemos uma de nossas típicas conversas telepáticas.

Ficamos naquele espaço apertado durante cerca de cinco minutos, mas, para ser sincera, pareceu uma eternidade. Somente eu e Rafael nos encarando, enquanto um velho babaca falava sobre como seria incrível fazer sexo comigo.

Assim que o banheiro ficou em silêncio, indicando que Ricardo havia voltado à mesa, saímos da cabine.

— Aquele cara estava falando de você? — ele perguntou, ajeitando novamente o cabelo escuro, mais curto do que antes.

Assenti.

— Não estou aqui para julgar ninguém, mas por que você está saindo com um velho? — Sua voz era cômica.

Soltei uma risada.

— Uma amiga minha me colocou nessa — respondi por fim, apoiando o peso do meu corpo na pia.

— Com uma amizade dessas, quem precisa de inimigos? — Rafael copiou meu gesto, ficando paralelo a mim. — Fica aqui, eu já volto.

— Ei, ei, ei! Como assim? — Puxei seu braço quando ele fez menção de sair.

— Você confia em mim?

O olhar que Rafael me lançou parecia inocente.

— Eu deveria? — perguntei desconfiada, levantando uma sobrancelha em sua direção.

— Justo. É, provavelmente não, mas é isso ou voltar para a mesa do cara que... Bom, você ouviu. — Ele deu de ombros.

— Tá, tá. Eu confio. — Me dei por vencida.

— Então fica paradinha que eu já volto.

Rafael desapareceu pela porta do banheiro.

Era realmente ele. Após anos e anos sem vê-lo, Rafael estava ali em carne e osso, dizendo-me para confiar nele, trocando olhares sugestivos, conversas telepáticas...

Será que Rafael lembrava que passamos os últimos anos afastados?

Pensei em ligar para Lina ou Bruna me resgatarem, mas, quando Rafael te fala para esperar, você espera. É assim que funciona. Você confia nele, porque fez isso durante toda sua vida.

— Oi, você tá de salto, né? — Rafael perguntou, ao colocar a cabeça na porta do banheiro.

Assenti novamente.

— Em uma escala de 0 a 10, quão importantes são esses sapatos para você?

— São da minha amiga, na verdade.

— A que te colocou nessa encrenca?

— Ela mesma.

– Ótimo, então coloque os dois aqui. – Ele esticou a mão para me dar uma sacola de papel kraft. – Nós vamos ter que correr daqui a pouco, tudo bem?

Senti uma onda de adrenalina percorrer meu corpo, igual a de quando éramos crianças e tocávamos o interfone dos vizinhos, apenas para sair correndo depois. Nunca entendi por que fazíamos aquilo; mas, se Rafael falava para fazer, nós fazíamos.

Coloquei os sapatos na sacola e me preparei para o comando. Rafael então saiu novamente, deixando-me sozinha e sem sapatos em um banheiro masculino – algo que só fui perceber depois de Ricardo entrar ali.

– Certo, vamos.

Rafael voltou ao banheiro e me puxou pela mão, conduzindo-me para outro corredor, diferente do qual eu havia entrado. Então, ele começou a me conduzir pela cozinha, conversando com os funcionários como se pertencesse àquele lugar.

– Boa noite, Amanda. Então, o pedido da mesa 10 já está pronto e embalado, correto? Entregue esse vinho, faz favor, ao senhor da mesa... – Ele parou e olhou para mim. – Qual é a mesa?

– 13, mesa 13 – respondi, olhando para ele e para a moça ao seu lado.

– Mesa 13, querida. – Ele entregou a sacola com os sapatos para Amanda e, em troca, recebeu uma bolsa térmica, que colocou sobre os ombros.

Rafael me olhou e murmurou um "agora", antes de sair em disparada. E, quando ele fala, você faz, então corri para segui-lo até a porta dos fundos do restaurante, e subimos em uma moto que torci para ser a dele. Pude ouvir alguns gritos vindos do restaurante, mas não tive coragem de olhar para trás. Eu estava na garupa da moto de Rafael, abraçando-o por trás, sentindo o perfume do seu pescoço e o vento no meu rosto.

Nada mais importava naquele momento.

Capítulo 14

Eu acho que você deveria vir morar comigo e nós podemos ser piratas

♪ *Taylor Swift – seven*

Antes daquela noite, eu havia visto Rafael duas vezes. A primeira foi em 2014, quando ele ainda era ele mesmo. A segunda, em 2019, foi quando já havia se transformado em outra pessoa, alguém que não me queria mais por perto.

A última vez que nos vimos como amigos foi em uma festa após o último dia de aula, antes das férias de dezembro de 2014. Eu estava terminando o ensino fundamental, ele, o ensino médio. Rafael, brilhante como era, já havia passado em primeiro lugar em uma faculdade de renome em São Paulo.

Desde o dia em que o cessar-fogo entre mim e Gustavo fora declarado, toda a dinâmica do pequeno grupo mudou, pois Raquel e Pablo reataram, e os meninos se mudaram da Colmeia para o casarão do pai. Lá, algo mudou entre os irmãos, que mal podiam ficar no mesmo ambiente. Para a minha sorte, no entanto, nem a desavença entre os dois e o relacionamento ioiô entre Rafael e Carmen deteriorou nossa amizade.

Com a mudança de Raquel, nossas noites de jogos se extinguiram, então Rafa e eu criamos uma nova tradição: noites de cinema às quintas-feiras.

Rafael não era mais o mesmo e nunca soube por quê. Toda vez que eu tentava conversar sobre isso, ele mudava de assunto e eu sabia que deveria insistir mais, mas não o fiz. Assim, quando o sinal tocou na última aula dele, minha ficha caiu. Aquele era o seu último dia de escola, o último dia do meu amigo como um garoto do interior.

– Hanna, será que você pode, pelo amor de Deus, parar de viajar e prestar atenção no que eu estou falando? – Cecília chamou minha atenção, enquanto eu observava a turma de Rafael sair da sala deles em clima de comemoração até o pátio da escola. – Essa festa vai ser a última chance de beijar ele...

Olhei para minha amiga sem entender. *De quem ela estava falando?*

– O Klaus! Viu? Sabia que você não tava prestando atenção – ela respondeu, impaciente.

Klaus era um intercambista alemão que passou o ano letivo com a turma do terceiro e estava prestes a se formar. E ele só ficaria na cidade até a formatura, em seguida viajaria com a *host family* e voltaria para Alemanha. Cecília e ele estavam flertando há meses, mas nada tinha rolado ainda.

– Eu não sei, Ceci... A festa vai ser na casa da Carmen – resmunguei.

– E daí? Não foi ela que convidou a gente, foi a Gabi – Cecília retrucou enquanto caminhávamos pelo pátio em direção à saída. – E por falar nela... – Minha amiga apontou para a menina, que estava se aproximando.

Gabi, a irmã mais nova de Carmen, estudara conosco desde a primeira série e, apesar de não sermos tão próximas, sempre fizemos parte do mesmo grupo de amigos.

– Posso almoçar na casa de alguma de vocês? – Ela começou a caminhar conosco. – Carmen falou pra mamãe que vai levar todo mundo pra comer lá.

– Só se for na casa da Hanna, amiga. – Cecília apontou para mim. – Minha mãe estava indo dormir quando saí de casa, então...

A mãe de Cecília era um caso à parte. O esposo, pai da minha amiga, havia morrido em um acidente de trânsito, quando nós duas tínhamos dez anos.

Desde então, Mariane havia praticamente desistido da vida.

No começo, ela abusava de calmantes e deixava toda a responsabilidade da casa para Camille, irmã mais velha de Cecília, que tinha apenas treze anos na época. Então, os vícios de Mariane foram piorando, até chegar ao ponto de Camille precisar aprender a dirigir por conta própria aos quinze anos, para poder cuidar de si mesma e da irmã.

Mariane recebia uma pensão do falecido marido e os sogros mandavam uma quantia mensal para ajudar na criação das meninas, mas ela usava boa parte para comprar drogas. Mesmo assim, Camille deu um jeito de manter a ordem na casa – exceto em dias como aquele, em que se permitia ser apenas uma adolescente e comemorar sua graduação do ensino médio com os amigos.

– Meu pai vai levar a gente num restaurante hoje. Vem com a gente, Gabi. – Minha resposta alegrou a garota que nos acompanhava.

Antes de me abandonar, papai era assim: tudo era motivo para celebrar e qualquer conquista era merecedora de um banquete. Ele era o pai perfeito, até deixar de ser.

Ao chegarmos à porta da escola, vimos os formandos em festa caminharem em direção à casa de Carmen. Papai nos esperava em seu sedan preto e se alegrou ao ver Gabi, pois sempre dizia que eu deveria fazer mais amizades, além de Cecília e Rafa. Comemos em um restaurante antigo, onde rimos e fofocamos, e depois ele nos deixou na Colmeia.

Quando chegamos em casa, minha mãe não estava, então pudemos passar a tarde tranquila, sem a presença insalubre dela. E foi naquele clima que minhas amigas me convenceram a ir à festa de Carmen.

Ao chegar, era evidente a imponência da casa, que tinha uma enorme piscina e área de churrasqueira. Na mesma hora que nos viu, Klaus, o intercambista, correu na direção de Cecília, encharcando-a com seu abraço.

— Klaus, tá me deixando ensopada! – minha amiga reclamou, rindo.

Ele então a levou em direção à piscina, enquanto Cecília gritava como uma das garotas que tirávamos sarro.

— O que a paixão é capaz de fazer, né? – Gabi estava do meu lado, provavelmente pensando o mesmo que eu. – Vem, vamos pegar algo para beber.

Nos distanciamos de Cecília e seu crush, indo em direção ao freezer que ficava na parte externa da churrasqueira. Gabi pegou duas latas de Coca-Cola para nós e se encostou na bancada da pia.

— E por falar em paixão... – Ela deu um gole na bebida e apontou com a cabeça para algum ponto atrás de nós.

Olhei para a direção e vi Gustavo se aproximar com alguns de nossos amigos.

— Estou vendo coisas ou Hanna Magalhães realmente está numa festa? – Gustavo brincou.

— Só vim para acompanhar a Cecília – respondi, dando um gole na bebida.

— E ela está entre nós agora? – ele perguntou em tom zombeteiro.

Dei um soco no seu braço, gesto que o fez rir.

— Gabi, estávamos pensando em jogar *beer pong*, o que acha? – perguntou um dos outros garotos.

— Claro, eu ajudo a montar a mesa! – Ela deixou a lata de lado. – Ah, vocês viram minha irmã?

— Não a vi desde que cheguei – Gustavo respondeu.

— Vi ela entrando na casa com o Rafa – outro completou.

O comentário me fez estremecer e mordi o interior da bochecha, torcendo para ninguém ter percebido. Só que Gustavo percebeu.

— Ei, por que não jogam com a gente? – ele sugeriu, tocando em meu ombro.

— Pensando bem... eu passo. – Gabi falou enquanto pegava mais copos para dispor sob a mesa. – É bom que algum morador desta casa fique sóbrio esta noite.

— Eu topo – respondi, tomando coragem.

Gustavo lançou um olhar surpreso em minha direção, enquanto os demais aplaudiam e comemoravam. Em seguida, ele se aproximou de mim e cochichou:

— Sabe que não precisa fazer isso se não quiser, né?

— Mas eu quero.

Apesar de ter soado assertiva, a verdade era que eu nunca tinha bebido antes daquele dia, muito menos jogado *beer pong*. E, mesmo fazendo dupla com Gustavo, nem toda sua expertise foi capaz de me manter sóbria durante as jogadas.

— Acho que preciso usar o banheiro – avisei, quando outros jovens chegavam para participar do jogo.

Estava esperando o banheiro do térreo desocupar quando ouvi gritos vindos do segundo andar, então me aproximei da escada para tentar ouvir melhor. Logo reconheci que a voz era de Carmem, gritando a plenos pulmões com alguém, porém não consegui identificar o que ela estava falando. Quando ouvi o som de passos se aproximando, corri para o banheiro, que finalmente ficou desocupado, e me escondi ali.

Estava terminando de lavar as mãos quando escutei alguém bater insistente à porta.

— Pronto! – respondi ao abrir a porta, apenas para me deparar com Carmen esperando do lado de fora.

— Só pode ser brincadeira... – Ela estava com os olhos vermelhos, inchados e sua maquiagem toda borrada. – Vá embora da minha festa. Agora!

Assenti com a cabeça e me apressei em direção à saída, segurando minhas lágrimas. Antes que eu pudesse alcançar o portão, Gustavo me encontrou e me segurou pelo braço.

— Ei, para onde a senhorita pensa que vai?

— Embora.

— Não vai, não. – Seu tom era firme, mas seu olhar misturava preocupação e algo mais que não consegui decifrar.

Gustavo me puxou até onde os outros estavam e, enquanto o Sol se punha, mais pessoas se juntaram ao som de um violão. Após um tempo ali, eu já havia me esquecido do ocorrido com Carmen, até que ela se aproximou.

— O que você ainda tá fazendo aqui, *indiazinha*? — Ela falava de forma arrastada, como se tivesse passado as últimas horas bebendo e chorando.

— Para de chamá-la assim, isso é racista! — Cecília me defendeu.

Carmen se virou para ela, bancando a ofendida.

— Claro que não! Seria racismo se eu falasse algo do tipo "*mim ser indiazinha, mim* fazer todos se apaixonarem por mim". — Ela começou a andar ao meu redor enquanto me provocava.

— Já chega! — Foi a vez de Gustavo intervir, segurando no braço de Carmen.

— Ah, fala sério! Você também?! — Ela se soltou. — Sério, essa garota tá dando pra vocês ou algo do tipo? Não é possível que o Rafa prefira essazinha e você também!

Aquilo era demais para mim.

Saí correndo em direção ao banheiro, tentando ficar o mais longe possível de Carmen e todo seu veneno. Senti as lágrimas escapando enquanto fugia, mas não me importava mais de escondê-las.

Quando entrei no corredor vazio e fui abrir a porta do banheiro, percebi que estava trancada. Tentei abri-la várias vezes, achando que estava emperrada ou sei lá, até que a danada finalmente cedeu.

Só que, para minha surpresa, o Rafael saiu de lá. E, quando pousou os olhos em mim, seu rosto foi tomado pela preocupação.

— Hanna? Está tudo bem?

Olhei no fundo de seus olhos enquanto as palavras de Carmen ainda ecoavam em minha cabeça. Não sei ao certo se foi o efeito do álcool, a raiva por tudo que ela havia dito ou saber que não o veria com tanta frequência a partir daquele dia... Mas, quando dei por mim, estava com os braços ao redor de seu pescoço e meus lábios colados nos de Rafael.

Entramos no banheiro ainda nos beijando intensamente, mas aí percebi que aquilo não estava certo. Apesar de *parecer* certo, eu não tinha planejado que fosse daquele jeito.

Então eu saí correndo, deixando Rafael para trás.

O mundo ao meu redor parecia completamente turvo e eu não sabia onde me esconder. Então, peguei a primeira garrafa que encontrei na sala de estar e corri em direção à casa na árvore no quintal, pois sabia que o local estaria vazio.

De repente, acordei em um quarto escuro, ouvindo gritos e choros. Não levou muito tempo até meus olhos se adaptarem à luz e perceber que estava no quarto de Raquel, na casa nova deles. E, logo que me dei conta disso, saí de fininho pelo corredor, tentando descobrir mais sobre os gritos que vinham do andar debaixo.

– Você tem ideia do que jogou fora?! Você tinha passado na faculdade, Rafael, com bolsa e tudo mais! – Pablo estava aos berros. – Por que decidiu jogar tudo isso fora?!

Rafael estava de braços cruzados e não parecia disposto a refutar o pai em nenhuma das acusações. *Por quanto tempo eu dormi?*

Do outro lado do corredor, vi a porta do quarto de Gustavo se abrir de mansinho e ele fez sinal para que eu me aproximasse.

– O que está acontecendo? – perguntei em um sussurro, após entrar no cômodo.

Gustavo fechou a porta atrás de si e passou a mão pelos cabelos.

– Uma menina foi parar no hospital. Parece que foi overdose.

– Ué, mas o que o Rafa tem a ver com isso?

– Foi ele quem deu as drogas.

Após aquela noite, Rafael foi encaminhado à Fundação, onde os adolescentes em conflito com a lei eram retidos. Soube que ele não ficou nem um ano por lá, mas aquela foi a última vez que o vi como ele mesmo.

Capítulo 15

Não posso ser sua amiga, então pago o preço do que perdi

♪ *Taylor Swift – Now That We Don't Talk*

Quando éramos crianças, Rafael contava os dias para completar dezoito anos e finalmente poder pilotar sua própria moto. Pensar nele e em tudo que havia perdido por ter sido preso sempre me deixava arrasada.

Por isso, estar em sua garupa, escondendo meu sorriso bobo em suas costas enquanto cortávamos as ruas de Campinas à noite, foi uma das maiores alegrias que já havia experimentado. Mesmo assim, não pude deixar de sentir o vazio surgindo em meu peito.

Passei os últimos anos com uma lembrança amarga de Rafael por causa da última vez que nos vimos, quando ele já não era mais o mesmo. A memória me acompanhava todos os dias em que pensava em Rafael e todos os nossos bons momentos foram envenenados por ela.

Por fim, paramos em um lugar muito bonito, onde era possível enxergar as luzes da cidade abaixo. Estávamos protegidos, longe de todo o mal que rondava a cidade, mas eu ainda me sentia vazia.

Rafael parou a moto e estendeu a mão para eu descer.

— Você ainda é vegetariana? — ele perguntou enquanto abria a bolsa térmica e tirava os pratos embalados.

Fiz que sim com a cabeça, incerta de que conseguiria qualquer som além de um uivo de tristeza.

— E nhoque ainda é sua comida favorita? Espero que sim, porque foi isso que eu pedi. — Rafael me entregou uma sacola de papel kraft, ainda quente.

Como ele podia lembrar todos esses detalhes sobre mim, sendo que, da última vez que nos vimos, ele me disse que não se importava mais comigo? Que as pessoas mudam e a vida segue em frente?

Estendeu uma toalha azul-marinho na grama para nos sentarmos.

— Eu quase não como carne atualmente. Comecei com a segunda sem carne, aí quando vi estava passando todos os dias úteis da semana comendo outras coisas... — Rafael continuava falando enquanto se acomodava na toalha, mas continuei de pé.

— Você disse que não gostava mais de mim — falei de repente.

Meu ex-melhor amigo parou de falar e me encarou com um semblante apático.

— No velório — continuei, tentando me manter firme e resistente ao cheiro do nhoque que emanava na sacola. — Você disse que não gostava de mim.

— Eu não estava falando sério.

Eu havia repassado aquela cena em minha mente muitas e muitas vezes. Antes de dormir, quando ficava triste por alguma coisa, quando ficava feliz... Aquela cena morava no fundo da minha mente.

Estávamos todos de volta à Colmeia, onde Rafael e Gustavo já não moravam há pelo menos seis anos — e eu há uns quatro, depois que papai foi embora e minha mãe comprou uma casa em outro lugar — para prestar nossas condolências pela morte de uma de nossas vizinhas mais antigas.

Foi a primeira vez que vi Rafael desde que havia sido preso. Eu tentei mandar mensagens e entrar em contato todos os dias por pelo menos dois anos, mas ele nunca retornou. Mesmo assim, quando o vi no velório, senti como se nada tivesse mudado. E nos esbarramos no banheiro mais uma vez, como já havíamos feito antes.

Tentei falar com ele, mas fui reprimida por um frio aceno de cabeça.

"Por que você não entrou em contato comigo?", lembro-me de ter perguntado, quando ele saiu em direção ao corredor.

Na hora, Rafael se virou, mas permaneceu distante. "Por que eu deveria?", seu tom era indiferente.

"Você é meu melhor amigo e, até onde lembro, eu também era a sua melhor amiga", retruquei, sentindo meu peito arder.

Ele deu de ombros. "As pessoas mudam, né? O tempo passa."

Lembro a sensação de morder o interior de minha bochecha com força, tentando conter as lágrimas que lutavam para sair.

"Eu não mudei...", minha fala saiu mais como uma súplica.

Rafael parou no meio do corredor e se virou em minha direção, bufando como se não aguentasse mais um segundo sequer daquela conversa.

"O que você quer que eu diga, Hanna? Que ainda somos amigos? Porque não somos. A real é que mal somos conhecidos", foi o que ele disse com desprezo na voz.

Cerrei meus olhos com força e corri para dentro do banheiro, onde despenquei. Na época, eu ainda não sabia, mas aquelas palavras ressoariam por anos e anos na minha mente, me atormentando, tirando sarro de mim.

E ali estava Rafael, bem na minha frente, dizendo que não falou sério naquele dia.

– Eu fui um idiota, tá? Me desculpa – pediu. – Eu não posso voltar no tempo, mas posso te oferecer uma deliciosa refeição, se estiver com fome.

Ele apontou para a toalha no chão e cedi, dando uma pequena risadinha derrotada. Concordei em sentar, mas ainda não estava disposta a falar com ele.

— Para sua informação, só estou sentando aqui porque esse nhoque está muito cheiroso — retruquei enquanto abria a sacola e retirava a embalagem da massa.

— Tudo bem por mim. Posso falar enquanto comemos? Não precisa responder, se não quiser.

Ele me estendeu os talheres e concordei com a cabeça antes de pegá-los, sentindo o aroma do nhoque me envolver.

— Eu estava envergonhado, por isso não quis te mandar mensagem — Rafael falou, em seguida levou um ravioli à boca.

— Envergonhado? — perguntei e desviei o olhar.

— Eu costumava ser um exemplo, né? Não queria ter te decepcionado.

— Você não me decepcionou. — Continuei com o olhar fixo no nhoque, sentindo meu corpo esquentar.

— Então você não liga por eu ter me envolvido com drogas? Ou acha que sou inocente?

— Eu *sei* que você é inocente. — Olhei para ele. — Tentei dizer isso na delegacia, na época, mas ninguém me levou a sério.

Ele deu um meio sorriso.

— E o que te faz ter tanta certeza?

— Você não estava usando a jaqueta de couro naquela festa e aquela foi meio que a única "prova" que tinham para te acusar. — Continuei comendo, como se estivesse falando sobre um assunto corriqueiro, com uma pessoa qualquer.

Eu sabia que ele não estava usando uma jaqueta de couro naquele dia, pois fazia mais de 30 °C e senti sua pele diretamente em contato com a minha quando nos beijamos.

— Acho que o pessoal só entrou em consenso em te acusar porque, sabe... — continuei — você mudou muito naquele ano, ficou ainda mais isolado...

— Eu sei. — Ele também falava de forma casual. — Mas, para falar a verdade, até hoje eu não sei de onde vieram aquelas drogas que encontraram embaixo da minha cama.

— Você suspeita de alguém? — perguntei, tentando não parecer uma daquelas fanáticas por crimes reais que acham que tudo é mais do que parece.

— Foi algum tipo de pegadinha que deu errado, eu acho. Adolescentes têm um humor meio idiota, né?

Rafael parecia realmente não se importar mais com aquela história — pelo menos não agora, ao saber que eu acreditava na sua inocência.

— Mas eu sempre suspeitei do meu irmão e dos amigos dele.

Parei de comer e o encarei, boquiaberta, enquanto Rafa continuava a falar:

— Tipo, eles sempre faziam umas piadinhas e pegadinhas meio idiotas na época. E não é como se o Gustavo não tivesse deixado claro, diversas vezes, que me odiava...

— Isso não é verdade. Ele te amava, ou melhor, te idolatrava até. — Minhas palavras saíram atropeladas.

Não poderia ter sido Gustavo, porque ele ficou arrasado com tudo que aconteceu. Seu irmão era seu maior exemplo, seu maior ídolo. A dor de perdê-lo que nos uniu e fez tudo acontecer da maneira que aconteceu.

Rafael riu.

— Eu não sei o que meu irmão te falou, mas... Durante o último ano em que convivemos, Gustavo só queria saber de ficar no computador e reclamar de mim para nossos pais. — Ele usava o garfo para brincar com a comida distraidamente. — Na verdade, uma das últimas vezes que conversei com ele foi para falar de você.

Enrubesci e ele percebeu, mas apenas continuou a falar:

— Seu pai contou que teria que se mudar. E é claro que eu não iria te deixar sozinha com a narcisista da sua mãe...

Meu pai o amava, inclusive foi seu advogado de defesa no caso das drogas, então é claro que lhe contaria sobre a mudança. Minha mãe, por outro lado, sempre o considerou má influência, e Rafael sabia disso. Ele sabia tudo o que minha mãe sentia por mim, por Itapira e por toda sua realidade naquela época.

Minha mãe veio de uma família rica do Sul do País; na faculdade, conheceu papai e engravidou por acidente. Meus avós ficaram irados quando souberam que ela estava se relacionando com um homem indígena (sim, eles eram esse tipo de pessoa) e foram contra o relacionamento, chegando a sugerir que ela me abortasse.

Ela foi contra os dois, pelo amor que dizia ter pelo meu pai na época, porém aquilo parecia mais um ato de rebeldia do que amor de fato. E aquilo ficou claro no minuto em que nasci, porque os mesmos preconceitos de seus pais estavam incrustados nela. A verdade é que minha mãe sempre se incomodou com o tom da minha pele, com meus cabelos pretos e com o fato de eu não parecer em nada com ela, uma mulher branca, loira e de olhos azuis.

Toda sua repulsa foi o motivo do meu nome americanizado. Ela sempre quis me afastar de minhas origens e afastar até meu pai de quem ele era. Apesar de saber que ele era de origem indígena, nunca pude entender sobre minhas raízes porque ela nunca deixou, era um tópico proibido em casa. Não sabia nada sobre a família do meu pai e não tinha nada dele, nem mesmo o sobrenome. Araci havia sido arrancado de mim, deixando-me apenas com o Magalhães na certidão de nascimento.

Por anos, senti raiva de Rafael por ter me abandonado com alguém que me odiava na mesma época em que meu pai saiu de casa. Mas ali estava ele, dizendo que nunca faria isso, mesmo que tivesse feito.

— No minuto que saí da Fundação, voltei para Itapira e, como eu sabia que não poderia voltar para casa, fui até a Colmeia. Então, vi você e o Gus conversando e rindo.

Uma facada no peito teria doído menos.

— Eu sempre quis ver vocês dois se dando bem... — Sua voz estava embargada. — E não quis interromper, então desci e fiquei sentado no pátio.

A ideia de Rafael ter estado a poucos metros de distância, quando eu mais queria tê-lo por perto, fez meus olhos se encherem de lágrimas.

— Eu fiquei esperando Gus aparecer, então perguntei se ele tinha alguma coisa a ver com as drogas e ele disse que não. Depois perguntei o que vocês estavam fazendo ali, o que tinha acontecido nos meses em que estive fora... E meu irmão me contou que estava completamente apaixonado por você... que sempre tinha sido, na verdade.

Rafael já não estava mais comendo. Sua postura estava reta, as feições eram sérias e ele olhava diretamente para mim. Meu corpo, que há pouco tempo estava quente, ficou frio, como se alguém tivesse jogado um balde de água gelada em mim.

— Então, meu irmão disse que começou a me odiar quando percebeu que não tinha a menor chance contigo por minha causa, e porque sabia que Pablo sempre ia gostar mais de mim.

Ele tentou disfarçar com uma risadinha, mas eu sabia que falar sobre aquilo era doloroso.

— Enfim... O Gus prometeu que cuidaria de você, então acreditei. — Rafael balançou a cabeça, como um cachorro se chacoalhando depois do banho. — Eu fiquei tão puto quando vocês foram para a faculdade e vi que ele não estava cumprindo com o que prometeu... Chegou num ponto em que fiquei bravo até com você por se permitir ser tratada assim.

Soltei uma risadinha abafada.

— Isso é basicamente o que meus amigos me falaram durante todos os últimos anos. — Finalmente consegui me expressar, ainda tentando segurar as lágrimas.

— Então já gosto deles. — Rafael se levantou e pegou a bolsa térmica. — Um brinde aos seus amigos!

Ele tirou uma garrafa de champanhe da bolsa e, mesmo chorando, eu caí na risada.

— Fala sério! Você estava guardando isso aí esse tempo todo?

— Só estava esperando a oportunidade certa para abrir. — Rafa também riu. — Só que não temos copos, então precisaremos dividir a garrafa.

Ele a abriu e deu um gole, depois passou para mim. Eu ri e também tomei a bebida gelada e borbulhante, o que me fez rir outra vez.

Rafael sentou-se do meu lado.

— Me desculpa, tá? Não devia ter deixado você sozinha com sua mãe narcisista e com meu irmão sociopata. — Ele colocou a mão sob minha perna e senti meu corpo esquentar.

— Tá tudo bem. Tipo... eu poderia estar pior, né? — respondi, virando em sua direção.

— Pior do que num encontro com um velho que achou que você era uma prostituta?

Rafael levou a mão à boca como se estivesse horrorizado e retribuí com uma cotovelada em sua costela.

— Mas, e aí, tem falado com alguém da escola? — Tentei mudar de assunto. — A Carmen e tal?

Ele fez uma careta e negou com a cabeça. Então, mudamos de assunto mais uma vez e passamos a noite toda conversando sobre tudo o que havíamos perdido na vida um do outro nos últimos dez anos.

Rafael me contou que, após conversar com Gustavo, decidiu aceitar a proposta de Pablo e embarcou para São Paulo na manhã seguinte. Seu pai havia arrumado um estágio para ele com o avô da Cecília, um deputado estadual — e foi assim que Rafael se tornou amigo inseparável de Camille, a irmã mais velha de Cecília. Ele também me contou que foi praticamente obrigado pelo avô de Camille a fazer a faculdade de direito, mas que odiou cada minuto daquele curso.

Depois, contou sobre o quanto foi difícil ver Cecília se mudar para São Paulo para estudar e como era estranho estar tão próximo dela e tão distante de mim; além de ter ficado magoado ao saber que nossa amizade havia se desfeito. Então, contou sobre como seu coração ficou partido quando Camille, sua melhor amiga na época, foi transferida para Londres; e como tudo mudou quando Mariane, a mãe das garotas, quase morreu de overdose — estando Camille já na Europa. Na época, segundo ele, Cecília quase não suportou a dor, então Rafael acolheu a família da amiga como se fosse sua.

Ele me deu detalhes de como abdicou de toda a carreira promissora como assessor do deputado para cuidar de Mariane e mantê-la sóbria, mudando-se de bom grado para Campinas, porque a mulher estava cansada da correria de São Paulo. Lá, Mariane decidiu abrir uma padaria e os sogros compraram todos os equipamentos necessários, reformaram o estabelecimento... só para ela se cansar daquilo pouco tempo depois. Assim, meu ex-melhor amigo tomou a frente dos negócios.

— Apesar de ser meu, continua sendo dela, sabe? Está no nome dela, foi a família dela que investiu em tudo... Eles não são minha família de verdade e, mesmo se fossem, isso não seria garantia nenhuma — Rafael lamentou. — Por isso eu também estou fazendo alguns bicos como entregador, porque eu quero ter um pé-de-meia próprio.

Conversamos sobre a faculdade, sobre meus novos amigos e nossos hobbies. Ele me contou que ainda gostava de tocar violão e manter a leitura em dia e eu falei sobre meus desenhos, que estava mais confiante sobre meus traços, mas não cheguei a contar sobre a *Batata Ana*. Eu o atualizei sobre a Taylor Swift e expliquei porque ela estava regravando seus álbuns. Ele me atualizou sobre a mudança de gênero do Arctic Monkeys e passamos um tempo assistindo a vídeos antigos do canal *Epic Rap Battles of History*, entre risadas, comentários sobre as rimas e imitações das vozes.

Só me dei conta de que o tempo existia quando vi um clarão surgir no horizonte para anunciar que o dia estava amanhecendo.

— Eu preciso ir... Tenho que trabalhar daqui a pouco. — Me levantei às pressas.

— Não sem antes pararmos para tomar um café na minha padaria — ele me convidou, segurando minha mão.

Aceitei e montei em sua garupa pela segunda vez em menos de vinte e quatro horas. Rafael me levou até a padaria, que ainda estava fechada, mas já exalava o aroma de pão fresco. Quando destrancou as portas e entrou comigo, seus funcionários o cumprimentaram com animação e me olharam com curiosidade. Então, ele me levou até uma mesa e me entregou um cardápio. Após fazermos os pedidos, Rafa se sentou ao meu lado e retomamos a conversa, como se o tempo não tivesse passado, como se fôssemos os mesmos de dez anos atrás.

Queria que aquele momento durasse para sempre, que pudéssemos viver eternamente naquela bolha de felicidade. Estávamos tomando café da manhã juntos, depois de passarmos a noite em claro conversando... Eu sentia como se estivesse em um sonho, como se estivesse nas nuvens.

No entanto, como o mundo não funciona da maneira que queremos, Rafael me deixou em casa por volta das sete. E, assim que ele se foi, senti um vazio no peito, como se nunca mais pudesse ser tão feliz quanto havia me sentido nas últimas horas.

Capítulo 16

Antes de morrer, quero fazer algo legal

♪ *The Drums – Money*

Quando abri a porta do apartamento, fui envolvida por um abraço apertado.

— Ai meu Deus! Que bom que você tá viva! — Lina dizia enquanto me apertava.

Ela me soltou em seguida e deu um soco no meu braço. Naquele momento, percebi que seus olhos estavam vermelhos e inchados.

— Onde você se meteu?! Tem ideia do quanto eu fiquei preocupada?!

— Me desculpa, eu perdi a noção do tempo — disse, sem jeito, esfregando o local atingido.

Minha amiga bufou e sentou-se no sofá.

— Você dormiu com ele?

— Claro que não, você tá louca? — Dei uma risada e fui em direção à cozinha para pegar uma água.

Lina me seguiu e perguntou:

— Onde você estava, então?

Tomei um gole de água, numa tentativa de disfarçar minha felicidade.

— Encontrei alguém que não via há tempos, aí acabamos conversando a noite toda e perdemos a hora.

Deixei o copo na pia e fui ao banheiro, ainda tentando conter minha felicidade.

— Com quem? — Lina andava atrás de mim como uma criancinha.

— Olha, amiga... Eu tô muito atrasada. Podemos conversar depois? — perguntei ao parar na porta do banheiro.

— Ah, mas é claro! Você passou a noite fora com alguém que não via há anos, mas claro que podemos conversar depois — Lina ironizou. — Você só pode estar maluca mesmo!

— Ok, ok! Mas eu ainda preciso me arrumar pro serviço.

Minha amiga entrou no banheiro comigo e lancei um olhar feio a ela.

— Pode fazer suas coisas, não vou atrapalhar. — Ela se sentou na tampa da privada e cruzou as pernas. — Foi a Cecília?

Lina nunca a viu, mas sentia como se a conhecesse de tanto que eu falava nela. De acordo com minha melhor amiga mais recente, não era justo que eu já tivesse outra melhor amiga supergata no passado, pois aquele papel era exclusivamente dela.

— Não, mas era da mesma época — disse enquanto escovava os dentes.

— Seu pai? — Ela levantou uma das sobrancelhas.

Neguei com a cabeça.

— Se você disser que foi o Gustavo, eu juro por Deus que vou...

— Não foi o Gustavo — interrompi —, foi o irmão dele.

Lina soltou um grito abafado e se levantou de supetão.

— HANNA MAGALHÃES! E você ia esperar voltar do trabalho para falar isso?

Minha amiga sabia o quanto Rafael era importante para mim. Não era como se eu tentasse esconder, fora que nunca parei de pensar ou falar dele. Eu só evitava o assunto com Gustavo porque, de acordo com meu ex, era um tema muito delicado.

— Eu sei. Desculpa, é que... eu mal consigo acreditar. — Foi o que respondi, depois de enxugar o rosto e me virar para ela.

— Vocês se beijaram? – Lina segurou minhas mãos.

— É claro que não! – Dei risada. – Ele nem deve se lembrar daquela vez.

Soltei nossas mãos e fui para o quarto, ainda com Lina me seguindo. Lá, ela se adiantou e correu até meu armário para escolher a roupa que eu usaria no trabalho.

— E como vocês se encontraram? – ela perguntou, ainda olhando para as opções de looks.

Sentei na cama e contei tudo o que havia acontecido na noite anterior, desde o terrível encontro com o tal *sugar daddy* e ter sido salva por Rafael, até o piquenique à luz do luar e nossas conversas.

— Ai, isso foi a coisa mais romântica que eu já ouvi em toda minha vida... – Lina suspirou. – Você já mandou uma mensagem para ele?

Naquele momento, percebi que não havíamos trocado nossos números e tive vontade de chorar. Lina me acalmou, lembrando que eu poderia ir à padaria a qualquer momento e falar com ele.

Eu não estava disposta a perdê-lo de novo. Não era como se pudéssemos retomar de onde paramos naquela festa em que tudo mudou, já que eu havia passado quase uma década namorando seu irmão. Mas, independentemente da forma que Rafael escolhesse ficar, eu estaria feliz por tê-lo por perto, pois não imaginava mais uma vida sem a presença dele.

Achei que a alegria me acompanharia durante o dia todo, mas quando cheguei no trabalho minha chefe me esperava.

— Hanna, que bom que chegou! – Catarina se virou em minha direção, falando com toda a classe possível. – Poderia me acompanhar até minha sala, por favor?

Gelei. Charles me lançou um olhar preocupado e Alan fez um sinal obsceno com as mãos, dizendo que eu estava encrencada. Segui minha chefe até seu escritório e ela se acomodou em sua poltrona, antes de apontar para uma das cadeiras em frente à mesa.

— Sente-se, por favor – ela pediu.

Obedeci e só então percebi a presença de uma mulher que devia ter uns quarenta e poucos anos, sentada em uma poltrona no canto da sala.

— Essa é a Aline. Ela é a responsável pelo setor jurídico da empresa. — Catarina percebeu que eu estava olhando para a outra mulher e nos apresentou.

Aline, que segurava uma pasta aberta em seu colo, apenas me cumprimentou com a cabeça.

— Então, Hanna... Acredito que nunca conversamos a sós, não é mesmo? — O tom de minha chefe era suave.

Neguei com a cabeça, enquanto meus dedos pareciam lutar no meu colo, onde minhas mãos repousavam.

— Bom, o motivo para eu ter te chamado aqui é porque tenho notado o bom trabalho que tem feito na empresa.

Catarina começou a folhear algumas revistas em sua mesa e continuou a falar:

— Um material realmente muito bom. Mas, para ser sincera, tem algo em especial que me atraiu...

Minha chefe voltou a atenção para o computador e começou a digitar alguma coisa. Em seguida, virou o monitor para mim... E ali estava meu alter ego.

— *Batata Ana*. Que ideia incrível! E todas as histórias são suas?

Meu instinto me dizia para negar, dizer que nada daquilo era meu, mudar de assunto...

— Mais ou menos...

Mas ele nunca foi lá essas coisas.

— Realmente, muito bom. Estávamos pensando em fazer um podcast sobre relacionamentos ou algo do tipo há um tempo, e aqui está, uma de nossas próprias colaboradoras com uma ideia genial e um talento de outro mundo!

Catarina parecia sincera em suas palavras... Então por que eu ainda sentia que estava em apuros?

— Gostaríamos de trazer a *Batata Ana* para compor nosso acervo. O que acha? Ah, e é claro que você seria paga de forma proporcional — minha chefe propôs, se reclinando no encosto da cadeira.

— Isso seria legal. — Minhas palavras foram contra tudo o que eu queria realmente dizer.

— Ótimo! — Catarina bateu palminhas. — Mas precisamos resolver algumas pendências antes. Aline?

Bastou minha chefe mencionar seu nome para Aline deixar de ser um enfeite na sala e se sentar ao meu lado. Então, ela tirou alguns papéis da pasta que estava em seu colo e entregou para Catarina, que começou a folheá-los. Meus olhos pareciam estar acompanhando uma partida de ping-pong e a tensão no ar era capaz de me cortar em mil pedacinhos.

— Estamos com uma crise, algo que com certeza vamos superar, mas achamos melhor te incluir na discussão.

Catarina me entregou os papéis e, para minha surpresa, eram páginas e páginas de cópias de bilhetes diversos, todos endereçados a mim.

> Você já está morta.

> Achou mesmo que poderia escapar de mim?

> Sabe meu jeito preferido de comer batata? Cortada em tiras fininhas...

Senti minha visão escurecer ao me deparar com todos aqueles xingamentos e ameaças, até que a voz de Catarina voltou a preencher o espaço, ainda que parecesse distante:

— ... Então não há nada para se preocupar! Aline está cuidando de tudo. Contratamos um investigador, que já está no caso e irá te encontrar na sua casa daqui a pouco.

Tentei voltar minha atenção a elas, apesar de minhas mãos tremerem e minha boca estar com gosto de ferro.

— Aconselhamos que não poste novos vídeos e evite sair de casa — Aline falou pela primeira vez desde o início da reunião. Sua voz era grossa e seu tom sério.

— Ah, e se possível, vamos deixar toda essa história em off — minha chefe complementou. — E, quando tudo estiver resolvido, faremos um grande *comeback* da *Batata Ana*, agora sob os cuidados da revista!

Catarina parecia entusiasmada, enquanto eu sentia como se uma bola de fogo estivesse presa na minha garganta.

— Considere esse período como uma espécie de férias, tá bom? Cortesia nossa — ela voltou a falar, com a mão no coração.

— Quando isso... quando... elas? — Tentei formular uma frase, mas as palavras pareciam ter perdido o sentido.

— As cartas? Há cerca de uns cinco dias. Correto, Aline? — Catarina olhou para a outra mulher, que confirmou com a cabeça. — Então é isso. Hanna, você já pode ir para casa e esperar pelo Joaquim. Entraremos em contato quando essa pendência estiver resolvida.

Eu queria dizer alguma coisa, mas, além da bola de fogo em minha garganta, meu peito doía e o ar parecia prestes a sumir de meus pulmões.

Pendência? Minha vida ser ameaçada era uma "pendência" para minha chefe — que, aliás, continuava sorrindo, enquanto meu mundo estava desabando?

PARTE 2

Capítulo 17

Não consigo dormir, porque tem muita coisa acontecendo

♪ Talking Heads – Psycho Killer

Outubro (Hoje)

Enquanto terminava de contar sobre meus encontros desastrosos para o investigador Joaquim, sentia o olhar de julgamento de Lina pairando sobre mim e tentava, com todas as minhas forças, ignorá-lo.

Não podia acreditar que aquilo estava acontecendo.

Há apenas algumas horas, sentia como se tudo fosse voltar aos eixos. Meu dia estava todo planejado: eu iria para o trabalho, aturaria meus afazeres banais e correria para a padaria do Rafael, onde todo meu destino mudaria.

E, para o bem ou para o mal, minha sorte realmente mudou.

– Bom, então recomendo que você desative o canal e fique em casa o máximo possível.

Joaquim se levantou do sofá após dizer aquilo, como se o assunto estivesse encerrado.

— Você acha que isso pode estar ligado com os casos da Vanessa e da Sabrina? — perguntei.

O investigador me olhou surpreso.

— É muito cedo para afirmar qualquer coisa...

— Elas também começaram a receber bilhetes com ameaças — retruquei.

— Senhorita, como eu disse, é muito cedo para afirmar qualquer coisa — ele insistiu. — Entraremos em contato em breve, mas pode me ligar caso precise de algo.

Joaquim me entregou outro cartão com seu próprio número de celular e saiu, deixando-me sozinha com Lina pela primeira vez. E ela continuou sentada no sofá, folheando cada cópia da pilha de bilhetes. Naquele momento, me senti como uma garotinha que foi pega fazendo algo escondido e não sabia onde enfiar a cara.

— Sério, não acredito que você escondeu isso de mim — falou com o rosto ainda voltado para os papéis, sem nem sequer dirigir o olhar a mim.

— Eu acabei de ficar sabendo.

Tentei me aproximar dela, porém Lina desviou-se de mim com raiva.

— Não estou falando disso! Por que não me contou que é famosa?

Pisquei os olhos com força. *É com isso que minha amiga está preocupada?*

— Essa é minha profissão, lembra? — ela perguntou, em um tom ofendido. — Se você estava viralizando, o mínimo era ter me avisado!

Lina era modelo, mas, como isso não estava lhe dando o retorno financeiro esperado, ela se lançou no mundo das influenciadoras digitais... e isso também não estava dando certo. Minha amiga tinha pouco mais de vinte mil seguidores no Instagram, onde compartilhava tudo, absolutamente tudo, do seu dia a dia: dicas de lugares para ir em Campinas, roupas, maquiagem, estilo de vida... Mas, até aquele momento, nenhuma grande marca havia entrado em contato com ela, algo que Lina considerava uma ofensa.

Talvez não fosse o melhor momento para compartilhar que a marca de shampoo que ela usava havia entrado em contato com a *Batata Ana*...

– O que você esperava que eu fizesse? Uma história da *Batata Ana* com a Lina? – ironizei, mesmo que ela estivesse chateada.

– Bom, você meio que fez, né?

Ela pegou o celular e o primeiro vídeo no perfil narrava a história de como a melhor amiga de *Batata Ana*, a *Barbie Padrão*, estava a convencendo a voltar ao mundo dos encontros.

– O quê? Foi isso que aconteceu. – Dei de ombros.

Lina soltou um suspiro de indignação e se levantou.

– Você é a pessoa mais ingrata que eu conheço – ela praticamente cuspiu as palavras.

Joguei-me no sofá e encarei a pilha de bilhetes, tentando ignorar a atitude completamente sem noção e mesquinha da minha amiga. Não era possível que eu virasse uma das vítimas de um caso pelo qual fiquei obcecada por meses, certo? Essas coisas não acontecem na vida real. Seria coincidência demais.

Quando senti que já havia decorado cada frase de cada bilhetinho mal redigido em *Comic Sans* – uma estranha escolha de fonte –, algo se conectou em minha cabeça: havia alguém que reconheceria minhas histórias de longe. Alguém que passou anos tentando me dissuadir da minha arte, tentando me convencer que aquilo não era uma carreira.

Ri de mim mesma por ter ficado preocupada com isso. É claro que eu não sou um alvo do serial killer campineiro!

Naquele momento, senti que fui atingida por um raio de criatividade, então corri para meu quarto. Ao chegar, me sentei de frente para minha mesa digitalizadora e comecei a desenhar o roteiro, que surgiu de forma tão simples quanto respirar.

◀◀ ❙❙ ▶▶

— Me diz que você não foi demitida, por favor! – Charles entrou em casa com um olhar desesperado. – O Alan está dizendo para todo mundo que você foi demitida e não vou aguentar ficar lá só com ele. É sério, eu prefiro me jogar da sua sacada agora mesmo!

Ele se sentou no sofá, e eu estava prestes a postar o vídeo que passei o dia todo produzindo. Bruna veio atrás do irmão, quieta e quase invisível.

— Vai, me conta o que rolou – ele insistiu.

— Bom, a Catarina meio que me ofereceu uma promoção...

O rosto de Charles se iluminou e eu gostaria que as novidades parassem por ali mesmo, mas continuei:

— Porque ela viu minha conta no TikTok e gostou muito do formato...

— A *Batata Ana* chegou até ela? – Charles me interrompeu, boquiaberto. – Eu jurava que ela nem usava o TikTok, ou só consumia uns conteúdos meio blasé, sei lá.

Lancei um olhar feio para Bruna.

— Você contou pra ele?

— Ah, fala sério, Hanna! – Meu amigo cruzou as pernas no sofá e abraçou uma almofada. – Você achou mesmo que seus vídeos não iam aparecer na minha *For You*?

— Não apareceram no da Lina. – Olhei para o chão, me sentindo envergonhada.

— É por isso que ela está brava? – Bruna perguntou, com um olhar de julgamento.

Assenti.

— Típico... – Charles balançou a cabeça em negativa.

Apesar de sermos um grupo sólido de amigos, Charles e Lina não se davam perfeitamente bem. Eles conviviam e meio que se *toleravam*, mas nunca vi uma conexão mais sólida. Era algo meio Phoebe e Chandler, que nunca tiveram uma história juntos.

— Ah, na verdade, tem mais uma coisa... – Tentei falar, mas saiu mais como um sussurro.

Em seguida, peguei as folhas deixadas por Joaquim e entreguei a eles.

— Tem alguém mandando isso no escritório há quase uma semana, mais ou menos.

Percebi a expressão de Charles mudar e a cor sumir do rosto de Bruna. No entanto, antes que eu pudesse explicar, Lina abriu a porta do quarto e saiu marchando de lá.

— Ah, ótimo, tá todo mundo aqui! — Ela estava segurando um caderno e parou no meio do sofá, com uma das mãos apoiada na cintura. — Só pra colocar em termos para que você entenda o que você fez comigo, Hanna: é como se eu fosse a nova diretora da Pixar e não tivesse te contado!

Charles e Bruna permaneceram absortos nos papéis, mas minha amiga não pareceu notar e continuou falando, com a voz cada vez mais acelerada e aguda:

— E o pior é que você me colocou como a vilã da história, como se *eu* tivesse arrumado todos aqueles idiotas para você!

— Você acha que isso pode ter a ver com esses assassinatos que estão rolando? — Charles questionou.

Tentei respondê-lo, mas Lina me interrompeu:

— O quê? Vocês não estão levando isso a sério, né? — Ela olhou para os irmãos com um semblante confuso.

— O que tem aqui para *não* ser levado a sério? Hanna ser cortada em fatias, feito uma batata? — Charles se levantou indignado, fazendo alusão a uma das ameaças nos bilhetes.

— Isso é coisa de *hater*. É o que acontece quando se viraliza na internet... Se tivesse falado comigo, eu teria ajudado. — Ela direcionou a última frase a mim.

— Fala sério, garota! Quem iria tão longe para descobrir onde ela mora, pra começo de conversa? — meu amigo retrucou.

Lina olhou para cada um de nós na sala, tentando achar alguma resposta. Quando não encontrou nenhuma, sua expressão passou de raiva para medo. Muito medo.

O silêncio pairou no ar, cortante como uma faca afiada. Então eu soltei uma risada, deixando meus amigos confusos.

— Isso não tem nada a ver com o assassino removedor de olhos! — expliquei. — Não que isso seja engraçado, claro que não é... Mas é bem óbvio quem mandou isso.

Levantei-me do sofá de supetão, pronta para dar uma de Sherlock Holmes.

— Isso foi obra de uma pessoa que tem motivos para querer que eu apague todos os vídeos do perfil. Alguém que conhece a maioria das histórias da *Batata Ana* e o traço dos meus desenhos...

Fiz uma pausa dramática, antes de concluir:

— É óbvio, meus caros Watsons, que isso é trabalho de Gustavo Arruda.

Os três olharam para mim, embasbacados.

— Ele não tem, tipo, um filho recém-nascido pra cuidar? — Lina foi a primeira se manifestar. — Sem ofensa, gata, mas nem eu acho que ele perderia tempo com isso.

Bruna olhou para mim e pressionou os lábios, respirando fundo. Ao perceber o movimento, incentivei minha amiga a falar seja lá o que estivesse entalado em sua garganta.

— A terceira garota morta... eu ainda não descobri a identidade dela, mas olha só... — Ela puxou o celular da bolsa. — Eu descobri outra menina que estava pesquisando sobre o assunto, e parece que ela era amiga da Vanessa. Ela postou isso no Twitter.

Bruna me passou o celular e Charles e Lina se amontoaram ao meu redor, tentando ter uma visão melhor. Na tela, havia uma série de tweets marcando diversas emissoras de televisão e jornais, implorando para que dessem mais atenção aos casos e afirmando a existência de uma conexão entre eles.

— Ela também tinha acabado de sair de um relacionamento longo, assim como a Vanessa e a Milena. E também estava indo a encontros com pessoas que conhecia pela internet — Bruna falava devagar, mostrando que não desejava saber disso.

Charles segurou o ar e consegui perceber que ele estava tentando não cair no choro.

— Porra! — Lina gritou e se levantou com um pulo. — Então eu te fiz ir a um encontro com um psicopata? Isso é culpa minha... é tudo culpa minha...

— Não, não é culpa sua, não dá para saber se eu saí com o assassino. Quero dizer, ainda acho mais provável ser coisa do Gustavo... — Tentei acalmá-la.

— Ele tem um bebê para cuidar, Hanna! — O rosto de minha amiga estava vermelho. — Ai meu Deus, e agora?!

Ela se jogou no sofá, apoiando a cabeça entre as mãos.

— O que o policial te disse para fazer, amiga? — Charles perguntou, ainda segurando a cara de choro.

— Ficar em casa. E Catarina pediu para deixar a história em off. — Consegui sentir minhas pupilas se dilatarem. — Mas olha só, eu fiz um vídeo...

Tentei pegar meu celular, mas Lina deu um tapa na minha mão e berrou, a plenos pulmões:

— VOCÊ TÁ CORRENDO RISCO DE VIDA E AINDA PENSA EM FAZER VÍDEOS?!

Charles concordou com a cabeça, mas Bruna permaneceu impassível.

Por incrível que pareça, ela parecia estar calma.

— Essa outra garota que estava investida nos casos... Poderíamos tentar entrar em contato com ela — sugeriu. — Talvez ela saiba mais coisas e possa nos ajudar.

— Nos ajudar como, exatamente? — Lina soou irritada.

— Não sei... A conectar os pontos, talvez? — O olhar de Bruna revezava entre todos nós. — Talvez possamos fazer algo de útil para ajudar a encontrar esse maluco.

– Concordo com a minha irmã. – Charles olhou para Lina, que parecia a ponto de explodir. – É melhor do que ficar parado esperando o pior acontecer.

– Não vai acontecer nada, porque eu sei que é o bundão do Gustavo que tá fazendo isso. Não tem motivo para ficarmos em pânico – retruquei.

Então, entrei no TikTok e publiquei o vídeo.

– Pronto. Agora ele vai ver o que é bom para tosse. – Cruzei os braços.

– O que você fez?! – Bruna me encarou com os olhos arregalados.

– Postei o vídeo. Ele não tem o direito de me censurar! – respondi, com um tom infantil que não consegui disfarçar.

– Você tá maluca?!

Minha amiga se levantou e se aproximou, furiosa como nunca presenciara antes. Em seguida, tentou arrancar o celular da minha mão, mas eu não deixei.

– Apaga isso! Agora! – ela ordenou. – Você acha que eu não saberia se fosse o Gustavo? Acorda, Hanna! Ele te ameaçou, ele agrediu o meu irmão! É claro que eu não ia deixar ele solto por aí, sem saber o que anda fazendo!

Ficamos todos em silêncio e ninguém se atreveu a se mexer. Acho que nem mesmo o Charles já a tinha visto tão brava assim.

– Ele está em Campinas, morando com algum amigo que eu ainda não descobri quem é, mas ele e a Alice terminaram – ela continuou. – E sim, Gustavo está muito ocupado cuidando do filho para ficar mandando mensagens ou bilhetes para você. Agora faz um favor e apaga essa bosta de vídeo que você acabou de postar, porque eu tenho quase certeza que, sim, você está sendo alvo da porra do removedor de olhos!

Balancei a cabeça e devolvi o celular para Bruna, que mexeu no aparelho com a raiva de cinco mães furiosas pelo filho não ter levado o casaco que elas mandaram, ou duas avós depois de saberem que o neto não almoçou. De repente, algo mudou e o semblante dela passou de ira total para preocupação.

— Tá vendo só o que você fez?

Ela virou o celular para mim, onde pude ler um comentário no vídeo:

> Péssima jogada, batatinha.
> As coisas poderiam ter sido diferentes...

⏪ ⏸ ⏩

Eram quatro da manhã. Charles já tinha cansado de insistir para sua irmã ir embora, então foi dormir no meu quarto. Lina adormeceu no sofá, ouvindo um podcast para tentar compreender a mente de um serial killer. Bruna também caiu no sono em algum momento enquanto buscava mais informações sobre o perfil que fez aquele comentário, mas a mensagem sumiu logo depois que o vimos.

E eu ainda estava lá.

Eu não dormia há mais de quarenta horas, mas estava totalmente sem sono. Era como se o controle ilusório da situação fosse escapar dos meus dedos se eu dormisse.

Saí para o terraço e observei as luzes da cidade. *Como tudo podia mudar tão rápido, em menos de vinte e quatro horas?* Ontem, a essa hora, eu estava com Rafael, sem saber que estava recebendo aqueles bilhetes. Às vezes, a ignorância era mesmo uma dádiva.

Não sabia como me tranquilizar naquele momento, nem o que fazer com as minhas mãos ou com os meus pensamentos. Se eu fumasse, ia querer um cigarro.

Fiz uma lista mental de todos que poderiam ter razões para me enviar aqueles bilhetes. *Será que as meninas mortas fizeram o mesmo?* Será que elas pensaram o que eu estava pensando naquele momento? Será que, naquele mesmo instante, tinha um maluco planejando me matar, ciente de que estava na minha cabeça? Ou será que a minha teoria inicial estava certa e eu não tinha com o que me preocupar?

Nunca desejei tanto estar certa.

Peguei o celular e respirei fundo. Eu sabia que, se pensasse muito, perderia a coragem, então digitei o número que já tinha decorado e enviei a mensagem de uma vez por todas.

Capítulo 18

A pior coisa que eu já fiz foi o que eu fiz com você

🎵 *Taylor Swift – betty*

Gustavo me respondeu imediatamente.

Ele havia parado de me mandar mensagens e de me ligar há algum tempo, mas é claro que estaria acordado e disponível às quatro da manhã de um sábado... ao contrário de quando namorávamos. Certa vez, quando fiquei gripada e sozinha em Itapira, num fim de semana em que minha mãe viajou, ele sequer deu as caras. Naquela época, Gustavo nunca tinha tempo para mim, nem quando deveria ter.

Não era uma boa ideia perguntar ao meu ex-namorado tóxico se ele estava me mandando bilhetes ameaçadores, mas marquei de encontrá-lo na padaria do outro lado da rua. Eu sabia que o estabelecimento ficava aberto de madrugada, já que eu morava perto da rodoviária, onde o movimento era maior mesmo à noite.

Olhei para os meus amigos adormecidos no sofá e coloquei o meu casaco, sem saber se aquilo era o certo a fazer. No entanto, eu precisava garantir que não estava correndo perigo de verdade. Então, respirei fundo e peguei o elevador, tentando esquecer da última vez que Gustavo esteve ali, assim como as marcas dos seus socos na porta da sala e seu grito que me atormentou por tanto tempo.

Mesmo que eu tivesse ficado meses em casa, dizendo que tinha medo de encontrá-lo depois das suas ameaças, eu sabia que era mentira.

Eu nunca temi pela minha vida quando estava com o Gustavo, nem mesmo quando o sangue do Charles manchou o chão da minha sala. Para falar a verdade, eu tinha medo de não saber quem eu era sem ele.

Mas agora, no escuro da madrugada, com o aroma de pão e café frescos no ar, tive a certeza de que havia agido certo ao terminar nosso relacionamento e sabia que me encontrar com ele era o certo.

Sentei-me em uma das mesas e peguei um café, porque meu corpo desligaria a qualquer momento, feito um Sim após ficar longas horas sem dormir. Então, recitei cada palavra que eu queria dizer a ele na minha mente, mas senti toda a minha coragem escapar do meu corpo, como o espírito de um desenho animado assustado, quando vi o cabelo castanho-claro do Gustavo aparecer entre as árvores do outro lado da rua.

Inspirei e expirei com força, sentindo o sangue surgir em minha boca.

Parecia que eu estava perdendo a capacidade de respirar.

Ele estava vindo em minha direção e era tarde demais para voltar atrás.

Quando Gustavo parou em frente à minha mesa, vi que seu semblante estava abatido e o cabelo estava mais longo, mais desarrumado que antes. Ele estava vestindo um moletom preto e parecia não ter dormido naquela noite, pois seus olhos estavam pesados, com olheiras profundas.

Então, éramos dois.

— Oi — ele disse sem jeito. Em seguida, apontou para a cadeira do outro lado da mesa. — Posso me sentar?

Assenti com a cabeça, incapaz de dizer uma palavra.

— Tô muito feliz que você me chamou. Tenho tanta coisa pra te falar...

Mordi o interior da bochecha com ainda mais força. *Cadê todas aquelas palavras que ensaiei? Por que elas me abandonaram? E por que ele está tão cheiroso?*

— Eu só quero pedir desculpas. — Gustavo mexia sem parar no cabelo. — Desde que meu filho nasceu, não consigo parar de pensar em como fui um babaca durante toda minha vida, especialmente com você. Eu... eu só quero ser um bom exemplo para ele.

Não desviei o olhar do meu ex e vi que algo realmente havia mudado nele. Seu rosto estava diferente, sem aquela expressão raivosa que costumava ter.

— Eu me deixei levar. Não que isso seja desculpa, sei que não é... — Vi as lágrimas surgirem em seus olhos esverdeados. — Eu fui criado por um carrasco, para ser um carrasco, mas não é isso que quero ser.

Com a voz embargada, Gustavo levou as mãos ao rosto. Não era isso que eu esperava quando o chamei para vir ali.

— Eu tentei... impressionar o meu pai por... tanto tempo que acabei... virando ele — meu ex continuou, entre soluços. — Eu só percebi quando chegou num ponto em que eu não me reconhecia mais e tudo tinha ficado cinza demais para eu distinguir o certo do errado. Mas nada, nada disso justifica a forma como te tratei, muito menos o que fiz com o Charles.

Talvez todo aquele papo seria uma desculpa esfarrapada e ridícula, mas eu conhecia o pai de Gustavo e sabia exatamente do que ele estava falando.

Pablo era um homem terrível. Ele tratava a esposa que nem lixo, desdenhava dos vizinhos, desprezava seus funcionários e sempre fez Rafael e Gustavo lutarem por sua validação, incentivando a competição entre os filhos, como se tudo fosse uma guerra. Nunca entendi como Raquel pôde voltar com ele depois de tudo que vi e que Rafael me contou. Todos sabiam que Pablo não prestava, que era infiel e não era um bom homem em vários aspectos. E, ainda assim, ele tinha a mulher mais incrível do mundo ao seu lado.

— A primeira vez que ele me olhou com orgulho foi depois da primeira vez que a gente terminou. Você lembra? — Gustavo parecia um filhote de cachorro ferido enquanto falava.

Nosso primeiro término aconteceu durante minha primeira semana na faculdade. Gustavo estava em alguma festa e tinha bebido demais, então tentou me ligar várias vezes e me mandou centenas de mensagens, mas eu estava ocupada demais desassociando da realidade e desenhando em um quarto escuro para responder.

Foi a primeira vez que Gustavo me traiu.

— Eu nunca me senti tão mal em toda minha vida, Hanna. Eu sei que você não tem motivo algum para acreditar em mim, mas naquela época eu queria me enfiar em um buraco e nunca mais sair. — Ele estava praticamente cuspindo as palavras. — Eu jamais pensei que ficaria com você, muito menos que te trairia. Você sabe que eu sempre te amei... E, naquele dia, eu fiquei tão triste por você não responder que acabei fazendo a maior besteira de minha vida. Mas quando eu contei para meu pai...

Ele enxugou os olhos com o dorso da mão.

— Ele ficou orgulhoso, como se eu tivesse feito alguma coisa certa pela primeira vez na vida. E, quando falei que ia te contar e pedir perdão, todo o orgulho do meu pai foi embora, aí ele mandou eu não fazer nada daquilo. Ele disse que a culpa era sua por não ter respondido e eu... eu acreditei.

Gustavo abaixou a cabeça, envergonhado. Em seguida, respirou fundo, antes de continuar:

— Mas estou tentando fazer as coisas certas agora. — Ele tentou sorrir. — Alice achou melhor se mudar para Campinas para ficar mais perto dos pais, porque eles ajudam bastante com o bebê. Nós decidimos continuar apenas como amigos, então eu tô ficando na casa de um amigo até encontrar um lugar para mim.

— Você teve algo a ver com a prisão do Rafael? — Aproveitei seu momento de vulnerabilidade para perguntar o que sempre quis saber.

— É claro que você perguntaria primeiro sobre ele... — Meu ex balançou a cabeça em negativa, soltando um riso fraco e triste. — Mas não, Hanna. Eu não tive nada a ver com aquilo.

Ele deu alguns socos na mesa e olhou para o teto.

— Eu sei quem fez isso com ele e sei que ter passado todos esses anos em silêncio faz de mim um idiota. Mas tenta crescer com o irmão mais velho perfeito, inalcançável, que tem tudo que você quer e não dá a mínima... Ele não tentava nada e conseguia tudo: os amigos, o reconhecimento, a garota...

Gustavo parou de falar e apoiou os cotovelos na mesa.

— Eu sinto tanta saudade do Rafa que chega a ser ridículo. E eu não quero que meu filho cresça sem ter o tio por perto, porque, mesmo sem saber como meu irmão está hoje em dia, eu tenho certeza de que ele é melhor que eu. Eu até tentei falar com ele, sabe? Mas é claro que o Rafa não me respondeu. Eu também não responderia...

Ficamos em silêncio por alguns segundos. Pela primeira vez desde que chegara, Gustavo pareceu perceber que havia outras pessoas ao redor e que talvez alguém tivesse ouvido seu discurso. Constrangido, ele mostrou um sorriso amarelo quando voltou a olhar para mim.

— Espero muito que você possa me perdoar algum dia, Hanna. Não quero que o Carlinho cresça sem te conhecer e sem ter você na vida dele.

Meu ex fez menção de estender a mão até mim, mas reprimiu a ação.

Dei um gole no café já frio, engolindo o sangue junto. Era a primeira vez que eu escutava o nome de seu filho.

— Carlinho, é? — Foi tudo que consegui dizer.

— Carlos Eduardo. Não fui eu quem escolhi — Ele sorriu e não consegui evitar sorrir também.

Ameaçamos falar ao mesmo tempo, então ele me deu a vez... o que, novamente, era algo inédito.

— Hmm... Na verdade, eu te chamei aqui pra falar sobre outra coisa — disse, sem jeito.

Então, respirei fundo e desbloqueei o celular para abrir meu perfil no TikTok.

– Acho que isso deve ter aparecido pra você, né? – perguntei.

Ele assentiu com a cabeça, mas continuou sorrindo.

– Isso é incrível, Hanna! Eu reconheci seu traço assim que vi. – Ele soava genuíno. – Tô muito feliz que você decidiu contar suas histórias, em vez de torcer para a Taylor Swift ler suas DMs e escrever sobre você.

Minhas bochechas ficaram vermelhas na mesma hora.

Jamais imaginei que ele se lembrasse disso. Desde adolescente, eu usava o *direct* da Taylor Swift como meu diário, sonhando que um dia ela visse as mensagens e se inspirasse em mim para escrever uma canção. Quando o *Folklore* saiu, eu jurei que ela tinha de fato feito isso ao ouvir *Mirrorball*.

– Então você não ficou bravo? – perguntei.

– É claro que não. Na verdade, acho que você foi até muito generosa me representado como um frango frito. A maioria das pessoas gosta, sabia?

Por um instante, fiquei aliviada ao ver que ele não tinha ficado irritado com os vídeos, mas um calafrio logo me percorreu. Se ele não estava com raiva de mim, então quem estava enviando as cartas?

Minha visão ficou turva. Se não era Gustavo... Então eu estava correndo risco de verdade.

– Hanna, tá tudo bem?

Foi quando vi a luz do sol entrar na padaria, então meus amigos logo acordariam e viriam me procurar.

– Você precisa ir – disse, por fim.

Gustavo me encarou por um momento e assentiu.

– Gus, só mais uma coisa... Você tá sabendo de algo sobre uns assassinatos que estão rolando por aqui?

Ele encolheu os ombros.

– É o que acontece em uma cidade grande, né?

Balancei a cabeça e forcei um sorriso. Gustavo sorriu de volta antes de ir embora, me deixando sozinha e com uma certeza: *estou correndo perigo.*

Capítulo 19

Socorro! Eu ainda estou naquele restaurante

♪ Taylor Swift – right where you left me

Quando retornei ao apartamento, meus amigos ainda estavam apagados. Fui para meu quarto e me joguei na cama, encarando o teto por bons minutos.

Apesar de ter descrito os últimos encontros como desastrosos e ter adicionado uma pitada de drama extra em cada um dos vídeos, não imaginava qualquer um daqueles caras sendo responsável por mandar as cartas, nem pelos assassinatos das outras garotas. Mas, se tivesse que escolher, Augusto seria, de longe, o primeiro que eu consideraria um psicopata.

Eu não comia carne desde pequena, porque sempre tive dó dos animais. E, apesar de minha mãe nunca ter permitido bichinhos em casa, crescer ao lado de Nicky – o cão comunitário da Colmeia – mudou minha forma de ver os animais. Por isso, descobrir que Augusto criava animais para corte já era ruim, mas o fato de serem pequenos coelhos indefesos e brincalhões tornava tudo pior.

Só que, apesar de julgá-lo e achar seu caráter questionável, ele desmaiou quando viu o sangue em minha boca, portanto eu não imaginava como seria capaz de assassinar aquelas jovens e arrancar os olhos delas sem ver pelo menos um pouco de sangue. Além disso, eu acho que ele não se daria ao trabalho de enviar todas aquelas cartas e perseguir vítimas. Acho que, se Augusto fosse um assassino, ele não faria o "trabalho sujo" e pagaria alguém para resolver seus problemas; assim como fazia com os coelhos, vendendo-os para outra pessoa matar.

Depois de refletir, cheguei à conclusão que, de uma escala de zero a dez, diria que a possibilidade de ser Augusto o responsável por esses ataques era um sólido quatro. Não totalmente impossível, mas extremamente improvável.

Para Tiago, eu aumentaria essa possibilidade para sete, considerando que ele me fez acreditar que o encontro estava indo bem, porém me deu um calote e não falou mais comigo, nem para pedir desculpas. Sem falar que ele era um DJ viajado, badalado, que conhecia várias pessoas e tinha vários contatos, então talvez até tenha esbarrado com as outras garotas em algum momento.

Depois dele, teve o cara que voltou com a ex no meio do encontro. Totalmente pirado e fora da casinha, mas aparentemente superapaixonado pela Ana Laura. Estava tentando me lembrar do encontro... *Ele disse algo sobre ter traído Ana Laura com sua estagiária. E se a estagiária fosse uma das garotas? E se ele estivesse se livrando de todas as garotas que poderiam ser um empecilho para ele voltar com sua esposa? Ok, talvez ele seja ainda mais suspeito que Tiago...* Nota oito.

Nem queria pensar em Frederico, o rapaz que eu achei estar perdidamente apaixonada... Até que, quando eu menos esperava, ele dedicou a canção mais romântica de todos os tempos para outra garota. Eu não achava que ele teria motivos para querer me ver morta e, para dizer a verdade, até me entristecia um pouco saber que sequer devia estar pensando em mim. Bom, pelo pouco de delírio que me restava, eu daria nota dois. Talvez ele estivesse se martirizando por ter me perdido e dedicou uma música a outra pessoa apenas para não deixar muito claro que pretendia me matar.

Ok, nem eu acreditava nisso.

Enquanto eu anotava todos meus pensamentos em um bloco de notas no celular para compartilhar com meus amigos mais tarde, comecei a sentir o peso das quase quarenta e oito horas acordada me atingir em cheio. Percebi que estava na hora de dormir quando o aparelho caiu com tudo em meu rosto.

Virei de lado, permitindo que meus olhos se entregassem ao cansaço e a calmaria se instalasse em minha mente... Até que escutei uma voz que não poderia esquecer, nem ao menos se tentasse:

— Ah, você finalmente acordou! Eu estava começando a me perguntar se você ainda estava viva...

Vi a silhueta sentada ao meu lado na cama. Ela estava curvada, mas consegui ver, com clareza, seu decote totalmente inapropriado e os cabelos loiros descoloridos escorrendo pelos ombros.

— Mãe?! O que você está fazendo aqui? — Pulei assustada da cama.

— Também senti saudades, querida — ela respondeu, sendo agradável de uma forma passiva-agressiva —, mas a verdade é que eu estava preocupada com você.

— *Ugh*... Quem foi que te ligou? — Coloquei minhas mãos no rosto.

— Óbvio que não foi você. E meu aniversário foi na semana passada, sabia?

— Não, não foi.

— Foi o aniversário do meu silicone, então foi uma data importante. Uma das grandes... — Ela agarrou os próprios seios para balançá-los. — Mas, enfim, eu não guardo rancor, então vim te ver, mesmo que você esteja há semanas sem me ligar.

— Eu estou bem. Você pode ir agora.

— Não, você não está bem. Saiu em mil encontros e não rolou sequer uma rapidinha? Eu pensei que você tivesse ficado menos santinha, depois de tantos anos com o Gustavo. Especialmente namorando aquele pedaço de mau caminho...

— Mãe, pelo amor de Deus! Você tá falando do meu ex-namorado.

— E daí? Ele cresceu e virou um gostosão! Eu sou mulher, eu noto essas coisas. — Minha mãe soltou isso casualmente, como se não fosse a coisa mais perturbadora que já ouvi. E olha que estava recebendo ameaças de morte...

— Ok, você quer falar mais alguma coisa?

— Ai, Hanna! Cruzes, você está sempre tão nervosa...

Senti um arrepio percorrer minha espinha. Sempre odiei que ela pronunciava meu nome como "hênna", igual à tatuagem que as pessoas fazem na praia.

— Você está aqui por causa das cartas? — perguntei, tentando me manter calma.

— Não. — Ela fez um gesto com as mãos, como se não fosse grande coisa que eu estivesse sendo ameaçada. — Não leve para o lado pessoal, querida, mas... Não acho que alguém se importaria tanto com você a ponto de ir tão longe, sabe?

Não podia acreditar que estava ouvindo isso.

— Quero dizer, toda essa confusão... — minha mãe continuou. — Pra começar que essas cartas não vieram pelo correio, então alguém teve que entregá-las pessoalmente, né? Por que alguém se desdobraria tanto assim só para te dar um pedaço de papel? Sem contar que esse stalker teria que tentar se esconder para não ser notado, porque as pessoas poderiam fazer uma conexão... argh. Cansei só de imaginar.

É sério que ela havia vindo até aqui só para me dizer essas coisas?

— Você simplesmente não é tão importante assim...

Encarei a porta, pronta para expulsá-la do quarto. Mas, quando me virei, não era mais minha mãe que estava lá.

— Ah, *indiazinha*... Sempre se achando o centro do universo, não é mesmo? — disse a adolescente sentada no mesmo local que minha mãe estava, há poucos segundos.

Carmen continuava com a mesma aparência de dez anos atrás: cabelos pretos um pouco acima do ombro, olhos enormes com lápis preto na linha d'água e sempre com um batom escuro demais para se usar na escola, destacando seus lábios sempre rachados, mas de uma forma meio sexy, parte da estética "garota do Tumblr" que era moda na época.

— O que você quer? — perguntei, incapaz de me mover.

— O que eu quero? — Ela se inclinou para trás. — E desde quando isso importa? Esse é o show da Hanna, sempre foi. Mas eu fui a única a perceber isso.

Engoli em seco.

— Então, deixa eu te perguntar: o que você está fazendo? — Ela falava como uma duplicata de Katherine Pierce[2], daquela série "The Vampire Diaries". — Todas essas cartas, essa comoção, esses fantasmas do passado... O que você está ganhando com isso?

— Do que você está falando? — Me virei para ela, que riu.

— Ah, vamos lá, Pocahontas! Já faz séculos, uma eternidade desde a última vez que vi você e até mesmo o Rafael. Para ser sincera, eu mal lembro que ele existe... Mas você ainda pensa que tudo isso é parte de um grande plano só para te destruir. *Você ainda está naquele restaurante.*

Ela acha mesmo que pode simplesmente citar uma letra da Taylor Swift assim, sem mais nem menos?

Carmen se levantou e se aproximou.

— Você sabe em qual curso eu me formei? O que eu faço da vida? Se estou casada? Se tenho filhos? Onde eu moro? — Ela fez uma pausa, como se esperasse que eu respondesse. — Claro que não, porque você nunca pensa em nada além de si mesma. E adivinha: eu não tenho nada a ver com você e nem lembro que você existe.

— Então o que você está fazendo aqui? Quem te deixou entrar?

— Quem me deixou entrar? — Carmen parecia estar se divertindo. — Ah, querida... Eu nunca saí.

---

2 Na série, duplicatas são seres humanos místicos que nascem fisicamente idênticos aos três primeiros Imortais (Silas, Amara e Mathias).

E, quando ela estava próxima o suficiente para eu quase sentir seu hálito em meu rosto, eu acordei, suando. Já era noite e meu quarto estava iluminado pela luz da lua entrando pela janela.

Fui atingida por um mal-estar quando tentei me levantar da cama, como se o meu corpo não quisesse sair dali. Conforme a ficha caía e as peças iam se conectando, tive ainda mais vontade de continuar deitada. Contudo, me lembrei de algo que minha mãe falara durante meu sonho/pesadelo:

"*Essas cartas não vieram pelo correio, então alguém teve que entregá-las pessoalmente.*"

Pelo menos em sonho ela me ajudava.

Capítulo 20

Eu sei que você sente como se um pedaço seu estivesse morto por dentro

♪ *Harry Styles – Matilda*

Saí do quarto, completamente atordoada, e encontrei Lina sentada no sofá, com as luzes apagadas enquanto assistia a algum filme antigo na televisão.

– Oi – disse sem jeito.

Ela correu em minha direção, envolvendo-me em um abraço apertado. Depois de me soltar, indagou:

– Como você está?

Dei de ombros e fui até a cozinha, procurando algo para comer, e Lina me acompanhou.

– Bruna e Charles foram embora? – perguntei, vasculhando a geladeira.

– Charles levou a irmã para fazer tranças. Disse que era bom ela sentir um pouco de dor para se distrair.

— Eu não queria envolver vocês nisso...

— Não queria envolver a gente nisso? Nós somos sua família, Hanna. Seus problemas são nossos problemas e nossos problemas são seus. Estamos juntos nessa, tá?

Naquele momento, senti a culpa do mundo inteiro pesar sob os meus ombros. Gostaria de poder resolver tudo isso sozinha, sem correr o risco de colocá-los em perigo, mas sei que eles nunca topariam isso, porque éramos uma família. Como todos tínhamos problemas com nossas famílias biológicas, encontramos refúgio um no outro.

Os pais de Bruna e Charles não aceitaram muito bem quando o filho se assumiu gay, e Bruna prontamente ficou do lado do irmão mais velho. Os dois cortaram relações com os pais há alguns anos. E, desde então, os outros irmãos eram os únicos parentes com quem ambos mantinham contato, mas eles eram bem mais velhos que meus amigos e não moravam na cidade, portanto pouco se viam.

Lina não falava com os pais desde que se mudara de Santos para Campinas. Para falar a verdade, durante todos os anos que nos conhecemos, ela deve ter voltado para lá em apenas três ocasiões, mas nunca falávamos sobre isso. Minha amiga conseguia ser bem fechada quando queria.

E, como eu sabia que Lina não gostava de momentos emotivos ou de demonstrar o amor através de palavras, tentei mudar de assunto:

— Tá a fim de pedir uma pizza?

Ela sorriu e soube que estava feliz por falarmos de outra coisa. Então, pedimos o de sempre: uma pizza grande de quatro queijos. E, enquanto esperávamos, ela me contou que estava assistindo *Caçada ao Assassino BTK*, por recomendação de Bruna.

— Ela meio que me passou como uma lição de casa. – Minha amiga riu. – Ah, eu também tentei entrar em contato com a garota daqueles tweets, mas ela ainda não me respondeu.

— Já temos alguma atualização sobre a identidade da terceira garota? – perguntei e Lina negou com a cabeça. – Faz quase um mês, como conseguiram manter isso em segredo?

— Nossa suspeita é que a família dela deva ser super-rica, aí subornou os jornais para não divulgar sua identidade.

— Ou ela não é tão importante assim... — repeti as palavras ditas pela minha mãe no sonho.

O rosto de Lina foi tomado por uma expressão estranha.

— O quê? Só não acredito na teoria da família dela ter comprado toda a imprensa — respondi, na defensiva.

— Não é tão estranho assim... Aconteceu um caso desses lá em Santos há alguns anos.

Fiquei quieta porque ela não costumava falar sobre o tempo que morou lá.

— Uma garota de família bem rica teve uma overdose enquanto ainda estava no ensino médio — minha amiga continuou —, aí os pais dela encobriram o caso todo e depois disseram que a garota foi fazer um intercâmbio de última hora. Ninguém nunca ficou sabendo da verdade...

— São casos bem diferentes, Lina.

— Eu sei, mas pensa só: essa garota teve uma overdose em uma festa com os adolescentes mais ricos da cidade presentes e, ainda assim, o dinheiro comprou o silêncio de todo mundo — ela falava com o tom de voz totalmente diferente de seu habitual. — O que eu quero dizer é: se tem alguém com dinheiro e influência o suficiente querendo cobrir todo esse rolo, confia em mim... Ele será coberto.

Ela deu play no filme e ficou em silêncio por um tempo.

— Lina... Isso aconteceu com você? — Arrisquei perguntar. Seus olhos continuaram fixos na tela e senti que tinha ultrapassado seus limites. — Desculpa, isso não é da minha conta.

— É claro que é da sua conta, eu acabei de falar que somos uma família. É só que... — Ela se virou em minha direção. — Foi uma situação bem merda.

Ali estava a Lina que eu conhecia.

— Não foi de propósito, sabe? Eu tinha acabado de ter uma briga colossal com minha melhor amiga...

— Ei, achei que eu fosse sua única melhor amiga. — Cutuquei-a.

— Eu também tive uma Cecília em minha vida, Hanna. — Ela sorriu. — Também éramos amigas desde crianças e também brigamos e deixamos de nos falar. Mas o motivo de pararmos de nos falar foi um pouco diferente. Eu meio que... me declarei para ela, mas ela não gostava de mim.

Fiquei abismada. Lina já se declarou para alguém? Lina já foi apaixonada por alguém? E não foi retribuída?

— Ok, pode segurar esse queixo. — Ela jogou uma almofada em mim. — Eu era completamente apaixonada por ela, tá bom? E ela era completamente heterossexual.

Não sabia o que falar, então segurei sua mão em um gesto de solidariedade.

— Um belo dia, decidi me declarar e recebi o maior balde de água fria, então fui para uma festa na praia e acabei exagerando um pouco demais nas bebidas.

Minha amiga parou de falar e olhou para o chão. Percebi que uma enxurrada de lembranças a atingiu quando ela deu um sorriso torto, antes de continuar:

— Os bombeiros tiveram que se mobilizar para me encontrar no mar, mas meus pais conseguiram encobrir toda a situação. Depois disso eu terminei de fazer o ensino médio na Inglaterra, mas foi longe de ser um intercâmbio. Na verdade, eu morei com a minha avó... E essa foi a tentativa dos meus pais de me fazerem "tomar jeito". — Ela fez aspas com os dedos.

— E como você veio parar em Campinas? — perguntei, pensando que talvez fosse a brecha para finalmente saber mais sobre sua vida.

— Consegui um contrato com uma agência de modelos e vim para cá no mesmo mês que fiz dezoito anos, mas fiquei com medo — ela falou com sinceridade e sem fazer qualquer piadinha, o que era algo inédito.

— Talvez meus pais tivessem uma porcentagem de razão e eu era meio descontrolada mesmo, porque na primeira festa que fui sem supervisão, acabei no hospital. Foi aí que decidi começar uma faculdade, fazer alguma coisa que me deixasse com os pés no chão... Então conheci o grupo de nerds mais certinhos do planeta e fiz deles minha família.

Sorrimos uma para outra.

— E é por isso que você não está sozinha nessa, Hanna, e nunca vai ficar. Ter vocês três foi a melhor coisa que já aconteceu na minha vida e, por vocês, eu vou até a Lua para lutar com todos os *stormtroopers* que forem preciso.

Ela segurou minha mão com força e senti uma lágrima escorrer pelo meu rosto. Então, a campainha soou e Lina se levantou para buscar nossa pizza, enquanto fiquei sorrindo sozinha, pensando no quão sortuda eu era por ter a melhor família do mundo ao meu lado.

Capítulo 21

Por favor, por favor, por favor, não me faça derramar lágrimas quando acabei de fazer uma maquiagem tão linda

🎵 *Sabrina Carpenter – Please Please Please*

O relógio marcava três da tarde de uma quarta-feira quente de outubro, e estávamos sentadas na sala de casa pensando sobre a morte.

Já havia se passado cinco dias desde que Catarina me entregara as cartas, mas, de alguma forma, eu sentia que meses me distanciavam do último encontro que tive com Rafael, naquela sexta-feira de manhã em que planejei meu futuro e me senti no controle de tudo.

Agora era Bruna quem estava no comando e cada um dos meus amigos tinha uma tarefa. A dela consistia em destrinchar todos os fóruns possíveis na internet, dos mais podres aos mais bizarros, em busca de todos os detalhes da vida de nossos principais suspeitos. Charles estava no trabalho, tentando conseguir a filmagem das câmeras de segurança da semana anterior, para descobrirmos quem tinha entregado as cartas na portaria do prédio. Lina ainda esperava alguma resposta da garota dos tweets – que não postava nada desde o último sábado – e consumia conteúdos de *true crime* excessivamente.

Enquanto isso, eu estava trabalhando em minha lista de suspeitos. Não contara nada aos meus amigos sobre meu último encontro com Gustavo, mas sabia que a probabilidade de ele estar por trás disso tudo era nula. Mesmo assim, não o excluí da lista porque precisava manter a pose.

A lista estava organizada da seguinte forma:

Nome	Origem	Motivação	Probabilidade
Gustavo	Meu ex-namorado	Literalmente disse que queria me matar	4 (está ocupado com o bebê, mas não podemos descartar)
Augusto	Fui a um encontro	Cria coelhos para comer, praticamente um psicopata	4 (tem medo de sangue)
Tiago	Fui a um encontro	Me deu um calote	7 (meio esquisito)
Frederico	Fui a um encontro	Me deu um gelo e depois descobri que namora	2
Ricardo	Fui a um encontro	Dei um calote	6 (mas as cartas chegaram antes do encontro)
Rodrigo	Fui a um encontro	Voltou com a ex-namorada durante o encontro	8 (maluco)

Alan	Trabalho com ele	Me odeia por ser melhor que ele	3 (é um bunda mole)
Carmen	Ex-namorada de Rafael	Fazia bullying comigo	1 (não imaginamos uma mulher fazendo isso)
Minha mãe	Me deu à luz	Me odeia	1 (não imaginamos uma mulher fazendo isso)

— Você deveria acrescentar ele aí. Sabe disso, né? — Lina falou do sofá, após lançar um olhar para minha lista.

— Quem? — perguntei sem olhar diretamente para ela.

— Você sabe muito bem quem... O Rafael.

Na mesma hora, percebi que o nome tinha efeitos diferentes em mim e em Bruna. Enquanto eu sentia minha espinha arrepiar e as borboletas no meu estômago ficarem doidinhas, Bruna parou de digitar e voltou sua atenção para a sala e perguntou para Lina:

— Por que ela deveria acrescentar ele?

— Ué, ela viu o Rafael semana passada. Acho que todo mundo deveria ser considerado suspeito até que se prove o contrário, né? — Minha amiga pausou o filme e se endireitou no sofá.

— Quando foi isso? — Bruna perguntou, séria.

— Alô? Eu estou bem aqui na sala — protestei, porque as duas estavam ignorando minha presença.

— Na quinta, logo depois do encontro com o velhote. Não acredito que ela não te contou. — Lina parecia feliz por ter sido a única a saber sobre Rafael.

— Estávamos ocupadas demais esta semana para isso, né? — respondi, tentando cortar sua animação.

— Você deveria ter me contado, Hanna. — Bruna finalmente olhou para mim e sua expressão estava séria demais para sua aparência fofa. — Ele poderia ter motivos reais para te matar.

Em seguida, ela se levantou e veio em minha direção, estudando a tabela que eu acabara de preencher. Em seguida, apontou para o penúltimo nome na lista e continuou:

— Provavelmente tem mais motivos que a Carmen.

— Quem é Carmen? — Lina perguntou, também ficando próxima de mim.

— A ex-namorada do Rafael.

— Fala sério! Por que ela ia querer te matar? — Minha amiga deu risada.

— Ela fazia bullying comigo e eu retratei ela como uma vaca nos vídeos — respondi na defensiva, mas era a verdade. Eu a desenhei, literalmente, como uma vaquinha.

— Ah, mas você também fez isso comigo.

Lina se afastou e senti dor em sua voz. *Talvez eu tenha mesmo pegado pesado com ela.*

— Vamos manter o foco, por favor? — Bruna tomou a liderança da conversa. — Não acho que seja uma garota fazendo isso, Hanna.

— Mas pode ser o Rafael... — Lina insistiu. — Vai, inclui ele aí na sua lista.

— Garotas podem ser assassinas em série — respondi, tentando distraí-la.

— Com certeza, mas arrancar os olhos e abandonar corpos em parques? Acho brutal demais — Bruna opinou.

— Não teve nenhum tipo de violação sexual, não é?

Percebi que Lina estava orgulhosa de ter prestado atenção nos detalhes e saber mais que Bruna, a esperta do grupo.

— Nem todo crime é sexual — Bruna rebateu.

— Se ele for um sádico, é, sim — Lina argumentou, e percebi o quanto ela estava empenhada em estudar sobre o assunto.

— Mas nós não sabemos se ele é um sádico, né?

— Ah, fala sério! Ele está mandando cartas perturbadoras para as meninas e arrancando os olhos delas! Tá na cara que ele é um sádico.

Bruna respirou fundo e brincou com uma de suas tranças, mostrando que estava perdendo o resto de paciência que ainda tinha.

— O cara pode muito bem ser emotivo e ter prazer em planejar o crime — ela insistiu —, mas sem necessariamente ter a intenção de molestar a vítima.

As duas continuaram argumentando sobre o perfil psicológico do assassino e deixei de prestar atenção após alguns minutos.

Eu ainda estava perdida em meus próprios pensamentos quando alguém bateu à porta de casa. Na mesma hora, senti um arrepio percorrer meu corpo e olhei para minhas amigas, que também estavam assustadas.

— Estão esperando por alguém? — Bruna perguntou.

— Você tá doida? Quem a gente estaria esperando? — Lina se levantou do sofá e foi em direção à porta.

Senti que estava colada no chão, incapaz de me mover. A cada passo que minha amiga dava em direção à porta, meu coração errava uma batida.

— Ah, oi — ela disse, soltando a respiração num suspiro.

Quem estava à porta era Marcella, nossa vizinha do apartamento da frente. Uma solteirona na casa dos quarenta anos que vivia com seus adoráveis cães, Tico e Teco.

— Oi, garotas. — A vizinha sorriu. — Aqui, um rapaz na calçada pediu para entregar isso a vocês.

A mulher estendeu uma carta para Lina, que congelou.

— Que rapaz? — Bruna se levantou depressa para se aproximar das duas.

— Eu não conheço — Marcella respondeu, simpática. — Eu levei o Tico e o Teco para passear. Aí quando voltei, ele perguntou se eu morava no prédio e se eu poderia entregar isso para vocês.

Minhas amigas estavam paradas na porta, encarando a carta nas mãos de Lina.

— E isso acabou de acontecer? — perguntei, ainda sentada.

— Sim. Nós acabamos de chegar — minha vizinha falou, totalmente alheia ao que estava acontecendo.

Quando dei por mim, saí em disparada do apartamento e entrei no elevador, sem saber ao certo o que fazer. E, ao chegar no saguão do prédio, continuei correndo até chegar à calçada. Lá, procurei por algum rosto conhecido, pelo maldito rapaz que abordou minha vizinha. O maldito removedor de olhos que estava me atormentando e se achava o máximo.

Sentia meu peito doer e meu coração bater rápido demais enquanto olhava de um lado para o outro e avançava pela calçada. Que ele me matasse logo, que acabasse com a porcaria dessa tortura!

Minha respiração ainda estava ofegante quando a mão de alguém pousou sobre meu ombro. Em seguida, ouvi a voz de Lina:

— Que porra é essa, Hanna?!

— Eu... eu não sei. — Dei de ombros, porque realmente não sabia. Ao me virar, vi que o rosto da minha amiga estava vermelho.

— O que você esperava que fosse acontecer?

— Eu não sei!

— Podemos, por favor, ligar para a polícia?! — Lina gritou mais alto do que eu e percebi os olhares das pessoas na rua.

— Vamos ligar para o Joaquim — respondi, tentando fazer minha respiração voltar ao normal, o que parecia que nunca mais ia acontecer.

Eu ainda estava em modo sobrevivência, acreditando que qualquer pessoa que passasse pela rua pudesse ser meu futuro assassino. Como se, a qualquer momento, a calçada ficasse suja com meu sangue, enquanto ele me cortava em pedacinhos. Talvez até já tivesse feito isso.

Quando voltamos para o apartamento, não vimos mais nossa vizinha no corredor e supus que ela devesse ter desistido de esperar por nós.

Lina correu para o seu quarto, dizendo que ia pegar algumas coisas para mim, e Bruna estava guardando meus pertences em uma mochila, com pressa. Ela começou a me bombardear com perguntas, mas não conseguia prestar atenção em suas palavras porque só pensava na carta que recebera. Eu precisava saber o que ela dizia, quem era o remetente e o que ele queria de mim.

Deixei Bruna falando sozinha e me aproximei do envelope. A carta estava no sofá, parecendo inofensiva, mas eu sabia que não era.

Sentei-me ao lado dela e a abri com cuidado, temendo o pior.

> **Acha mesmo que não te encontraria na sua casa?**
>
> **Você não pode escapar de mim, batatinha.**
>
> **Logo, logo, você também estará esparramada pelo chão com a mão no coração.**
>
> **Ou talvez eu o guarde de lembrança...**

Terminei de ler e senti um calafrio na espinha.

Ele sabia o que estava fazendo. E eu não tinha para onde correr, porque ele estava sempre um passo à frente. Ele estava me observando e eu já estava morta por dentro.

Ele já tinha vencido.

Ouvi minhas amigas me chamando, mas não respondi. Eu já não estava mais ali.

Capítulo 22

Eu não me sinto mal, eu só não sinto nada

♪ Jão – Super

Estávamos no carro indo para a casa de Bruna, pois já não era mais seguro ficar no outro apartamento. Eu temia que nenhum lugar fosse, mas minha amiga insistiu que lá estaríamos mais seguras, então achei que me convenceria.

Não sabia mais no que acreditar. Já não me sentia mais como eu mesma, não me sentia mais como ninguém.

Não era a primeira vez que aquilo acontecia, mas provavelmente seria a última.

Bruna e Lina continuaram conversando durante toda a viagem, mas eu estava longe, pensando em como o efeito borboleta podia ser uma droga às vezes.

De alguma forma, toda essa situação acabou sendo culpa do meu pai. Se ele não tivesse ido embora, para começo de conversa, eu não teria sido obrigada a sair de casa para ficar longe da minha mãe narcisista. Se ele não tivesse ido embora, eu teria aguentado a ausência do

Rafael. Mas não, ele desapareceu quando eu mais precisava, e isso fez com que Gustavo fosse a única pessoa disponível. Nem com Cecília eu podia contar, porque ela havia me traído friamente.

E, se eu nunca tivesse namorado o Gustavo, não teria perdido os melhores anos de minha vida em um relacionamento tóxico, no qual me perdi de mim mesma e me tornei apenas uma figurante de minha própria vida.

Se isso nunca tivesse acontecido, se eu tivesse continuado sendo a protagonista de minha história, nunca teria concordado em ir a encontros com desconhecidos. E, se nunca tivesse ido a esses encontros, não teria produzido os vídeos e postado nas redes sociais, nem me tornaria alvo de um psicopata.

Mas tudo aquilo aconteceu, e agora todos meus amigos estavam em perigo.

Quando chegamos ao sétimo andar do prédio de Bruna e ela destrancou a porta, escutei um grito. *Então era assim que morreríamos?*

— O que você tá fazendo aqui?! — Minha amiga levou as mãos aos olhos.

Charles e Otávio estavam de pé na sala, vestindo as roupas com pressa.

— O que *vocês* estão fazendo aqui? — o irmão de Bruna indagou, com bastante ênfase no "vocês".

— Eu moro aqui! — ela respondeu, ainda cobrindo os olhos.

— Você passou os dois últimos dias no apartamento delas — Charles continuou enquanto vestia as calças, tentando se manter em pé.

— Bom, eu voltei. — Bruna estava impaciente. Lina, por outro lado, estava estranhamente quieta.

Charles bufou e Otávio começou a falar:

— Não se preocupa, benzinho, já estou de saída... — Ele se voltou para meu amigo e colocou a mão em um dos seus ombros, antes de deixar um beijinho em sua bochecha. — A gente se fala, tá bem?

Otávio pegou sua bolsa, que estava na cômoda ao lado da porta, e caminhou em direção à porta.

— Oi, Hanna! Eu ainda estou esperando minha camisa, viu? — Seu tom era amigável quando ele parou na minha frente. — Tchau, meninas, vejo vocês depois.

Me senti culpada por ainda não ter lavado a porcaria da peça de roupa. Já havia passado mais de um mês desde que Otávio e Charles começaram a sair, mas eu continuava procrastinando a tarefa.

Para ser honesta, era muito difícil olhar para ele e não me recordar do primeiro dia em que nos conhecemos, no show em que Fred declarou seu amor para outra mulher. Por isso, eu nem tinha tocado na camisa, apenas a enrolei no canto do guarda-roupa e deixei lá, como tentava fazer com a maldita lembrança daquela noite.

— Que droga, Charlie! Por que estavam aqui? — Bruna entrou bufando no apartamento.

— E iríamos pra onde? — Ele se jogou no sofá, parecendo frustrado. — Ainda não conheci o pessoal que mora com o Otávio.

— E daí? Vocês não poderiam ir pra, sei lá, qualquer outro lugar? — Minha amiga estava com a cara fechada.

— Não estou entendendo qual é o grande problema de ter vindo pra cá. — Charles cruzou os braços. — E nem o que vocês tão fazendo aqui.

— Chegou uma carta na casa delas — Bruna respondeu enquanto zanzava pelo apartamento, ajeitando a decoração da sala.

Na mesma hora, meu amigo perdeu toda a postura de bravo que tentou sustentar e correu na minha direção.

— Ai meu Deus, Hanna! Você tá bem?

Lina soltou uma risada irônica.

— Claro! Por que não estaria? — Seu tom estava cheio de sarcasmo e desprezo. — Só tem um maluco perseguindo ela e mandando cartas pra nossa casa, nada de mais...

Bruna parou de ajeitar a sala para se jogar em uma das poltronas e copiei seu movimento.

— Desculpa, eu só... — Charles coçou a cabeça. — Sei lá, não sei o que fazer.

— Talvez não trazer um estranho pra sua casa seja um começo, né? — Lina cruzou os braços e o encarou, furiosa.

— Ele não é um estranho!

— Mas é claro que é! Vocês se conhecem há o quê, um mês?! — Minha amiga perdeu a paciência e bateu o pé.

— E daí? Você não é a melhor pessoa pra falar sobre isso. — Charles baixou a cabeça e se afastou dela.

— Como assim?

— Não fui eu que levei a Hanna em um monte de encontros com desconhecidos da internet. — Ele apontou o dedo na minha direção. — É você que não tem responsabilidade alguma!

Lina soltou um suspiro de descontentamento.

— Você quer mesmo falar de irresponsabilidade? Foi você que saiu todos os dias pra ficar com seu namoradinho, como se nossas vidas não estivessem desabando!

Charles bufou ironicamente e deu as costas para ela.

— É sério, você é a pessoa mais egoísta que eu já conheci! — Lina já estava aos berros. — Sabia que eu terminei tudo com a Poti no mesmo dia em que fiquei sabendo sobre as cartas?

— E daí? Você ia terminar com ela de qualquer jeito — Charlie retrucou.

— Não! Não era assim com ela! — Minha amiga se virou para mim. — Hanna, as coisas não eram diferentes com a Poti?

Eu estava tão alheia ao que acontecia, tão absorta em meus pensamentos, que mal consegui abrir a boca para responder:

— Com quem?

Lina emitiu um som ainda mais descontente.

— Ok, Charles, eu admito: você não é a pessoa mais egoísta que eu já conheci. — Ela sorriu de um jeito estranho, parecendo uma maluca. — Com certeza, essa medalha vai para Hanna.

— Ah, para de falar de egoísmo, garota! — Charlie a empurrou. — Foi *você* que praticamente me arrastou para fora do armário quando eu não estava pronto para sair. *Você* obrigou Bruna a te beijar, porque ela "não poderia terminar o ensino médio sendo uma BV". – Ele fez aspas com os dedos. – Foi *você* que arrumou todos esses encontros para Hanna... Ai, será que devo continuar? Porque, acredite, ainda tem muita coisa pra falar!

As veias da testa de Charles pareciam a ponto de explodir. Era evidente que ele estava reprimindo tudo aquilo há muito tempo.

– Sério? Vocês também pensam isso de mim? – Lina perguntou, olhando para mim e para Bruna.

Minha amiga negou com a cabeça, mas me mantive imóvel, ainda tentando processar tudo o que acabara de acontecer. Percebendo meu silêncio, Lina apenas nos encarou e assentiu com um sorriso estranho no rosto, então saiu do apartamento e bateu a porta com força atrás de si.

Charles respirou fundo e encostou a testa em uma das paredes da sala. Em seguida, socou a parede ao lado do rosto e gritou de dor.

– Eu deveria ir falar com ela – disse, enquanto massageava a mão.

– Acho que você já falou demais – Bruna retrucou, sem olhar para o irmão, e saiu pelo corredor.

Eu e Charles ficamos sozinhos na sala e continuei sem reação.

– Você deveria saber quem é a Poti – meu amigo falou depois de um tempo.

Em seguida, ele foi para o próprio quarto e bateu a porta com força.

– Eu sei quem ela é – respondi para mim mesma, após ter feito todos meus amigos brigarem por minha causa.

Naquele momento, decidi que não poderia deixar que aquela situação machucasse Lina, Bruna e Charles também. Se alguém tinha que arcar com as consequências, esse alguém deveria ser somente eu.

Capítulo 23

Você foi golpeada, foi o seu fim

♪ *Michael Jackson - Smooth Criminal*

— Ela pediu um tempo — Bruna avisou ao voltar para o apartamento, pouco mais de uma hora depois. Em seguida, encarou o irmão, que estava de volta à sala, e falou com firmeza:

— Nada daquilo era verdade, sabia?

Charles olhou para ela, confuso.

— A Lina não te obrigou a sair do armário, ela te *incentivou*. E você não tá mais feliz agora?

— É, mas...

— Eu não terminei — Bruna o interrompeu. — Ela também não me obrigou a beijá-la, eu que não queria terminar o ensino médio BV e comentei isso com ela na época. E quanto à Hanna... — Minha amiga fez uma pausa, antes de continuar: — Se Lina não tivesse feito o que fez, ela provavelmente ainda estaria trancada em casa, com medo de sair. E, mesmo que a situação não seja das melhores agora... — Bruna olhou pra mim. – Amiga, você não teve tipo, o triplo de experiências nesses últimos três meses do que teve na vida toda?

Apenas assenti, sem dizer nada.

– É. E, se você não tivesse ido nesses encontros, nunca teria tido coragem para pôr seus desenhos pra jogo.

Charles, que olhava em minha direção, se voltou para a irmã.

– É, você tá certa. Agora me sinto horrível por isso.

Bruna deu de ombros.

– Se ela quer um tempo, vamos dar um tempo a ela. Mas, quando tudo isso passar, você tem que se desculpar. – Minha amiga apontou a faca para o irmão. – Estamos entendidos?

– Entendido, chefe – ele brincou. – Ok, eu estava terminando de fazer uma torta, você poderia fazer um brigadeiro?

Era engraçado o quanto Bruna era mais madura que o irmão, mesmo sendo a mais nova; assim como era reconfortante estar com eles... Até que um pensamento me atormentou: *e se todos se machucassem por minha causa? Por que eu os envolvi nisso?*

Aquela preocupação não me deixou pregar os olhos durante a noite.

No dia seguinte, Charles saiu com o namorado e Bruna decidiu que nós duas precisávamos de uma pausa no conteúdo de assassinos em série, então declarou que o dia seria exclusivamente para maratonarmos *The Office*.

– Já viu aquela teoria que o Toby é o estrangulador de Scranton? – minha amiga perguntou enquanto assistíamos a um episódio da sexta temporada.

– Sim, mas não sei se levo muito a sério.

– Bom, acho que faz sentido em algumas partes... principalmente levando em conta o quanto ele é estranho.

– Se formos levar em conta alguém esquisito ser um provável assassino, meu voto vai no Alan.

– E que tal o Otávio? – Bruna riu. – Aquele cara é bem estranho, né?

– Ah, você só diz isso porque ele tá namorando seu irmão. – Cutuquei-a com o pé.

— Não só por isso — Minha amiga pausou a série. — É que ele parece, sei lá, um estereótipo de gay dos anos 1980.

Soltei uma gargalhada.

— É sério — ela insistiu. — O Otávio parece uma versão do Freddie Mercury, só que menos descolada.

— Você só está com ciúmes — falei por fim e Bruna deu de ombros.

Passamos o resto do dia maratonando a série, totalmente à toa. Por algumas horas, consegui esquecer que havia alguém querendo me matar.

Estávamos no episódio que o *Date Mike* aparece quando o celular de Bruna tocou.

— Calma, Charlie, fala mais devagar! — Ela estava ao telefone com o irmão enquanto eu pausava a série. — Você tá onde? Tá, mas cadê o Otávio? Ah, droga... Tá bom, para de chorar, eu já tô indo, ok? Fica aí.

Bruna se levantou de repente, bufando.

— Eu falei que aquele cara era estranho, não falei? Ele simplesmente deixou o Charlie sozinho no *happy hour* do pessoal do trabalho dele — Bruna explicou, andando até o quarto.

— E o Charles tá chorando com os amigos do Otávio? — perguntei. Aquilo não era um bom sinal.

— Não, ele tá escondido no banheiro do bar! — minha amiga gritou do quarto. — Eu vou lá buscar ele e comprar uma pizza pra gente no caminho, pode ser?

Assenti com a cabeça, mas a verdade é que eu estava com medo de ficar sozinha.

— Vai ficar tudo bem, ok? Ninguém mais sabe onde você está e a segurança daqui é bem melhor que a do prédio de vocês — Bruna disse ao pegar a chave do carro. — Sem querer ofender, é claro.

Em seguida, ela saiu, me deixando completamente sozinha pela primeira vez em dias. Puxei a coberta para mais perto de mim, como se um pedaço de pano fosse me proteger. Pensei em voltar a assistir à série, mas nem mesmo Michael Scott estragando um encontro seria capaz de me distrair agora. Então decidi tomar um banho.

Assim que abri o chuveiro e a primeira gota caiu no meu rosto, o interfone do apartamento começou a tocar. Na mesma hora, senti minha espinha gelar e não consegui me mexer.

Será que é agora que eu morro?

Permaneci imóvel embaixo do chuveiro, com medo demais para sequer pensar em fazer qualquer coisa. Sentia que, a qualquer momento, minhas pernas falhariam e eu cairia.

Respirei fundo e me forcei a terminar o banho enquanto o interfone continuava tocando. Se eu fosse morrer, que pelo menos morresse cheirosa e arrumada. Sim, eu estava me arrumando para meu próprio assassinato.

Fui em direção à sala e peguei o interfone, telefonando para a portaria e perguntando quem e por que haviam me ligado tantas vezes.

– Um motoboy passou por aqui e deixou seu pedido – disse o porteiro. – Ele tá aqui na portaria, pode vir buscar?

Motoboy. A princípio, cheguei a cogitar que Rafael pudesse estar envolvido naquilo... Mas não podia ser, podia?

Bruna não disse que havia uma encomenda para ser entregue. *Talvez a Lina?* Talvez ela pudesse ter mandado algo como um pedido de desculpas.

Cheguei à portaria e o porteiro me entregou o pedido, que abri ali mesmo.

Batatas. E um bilhete:

> So, Annie, are you okay?
> Are you okay, Annie?

Só havia aquela frase escrita e não entendi o significado, então repeti em voz alta, tentando ver se fazia algum sentido ao verbalizá-la. Em resposta, o porteiro começou a assobiar um ritmo familiar e o encarei, confusa.

– Desculpa perguntar, mas você sabe o que é isso? – perguntei.

– É *Smooth Criminal*, do Michael Jackson. Eu era um grande fã dele... Pena que morreu tão jovem, né?

O porteiro começou a cantarolar no ritmo, enquanto eu pegava meu celular para pesquisar sobre a música, tentando decodificar a mensagem por trás do bilhete. Então, vi que a letra falava sobre um assassinato sem suspeitos.

Ele havia me encontrado, portanto eu não estava segura. Nem eu, nem Bruna, nem Charles ou Lina. Ninguém estava seguro.

Minha visão ficou turva e sabia que precisava sair dali. Então, respirei fundo e fiz a primeira coisa que me veio à cabeça: abri o iFood.

Capítulo 24

Você tem um sorriso que poderia iluminar a cidade inteira

♪ Taylor Swift – You Belong With Me (Taylor's Version)

Esperei na calçada em frente ao prédio por alguns minutos, torcendo para que Bruna e Charles demorassem para chegar. Eu definitivamente não queria ter aquela conversa com eles, por isso escrevi um bilhete e deixei com o porteiro, pedindo para ele entregar aos meus amigos quando pudesse. No papel, eu expliquei que precisava de um tempo para pensar, porém sem dar muitas informações sobre o que acabara de acontecer. Talvez fosse melhor para a integridade dos meus amigos.

Pedi a promoção do dia na padaria de Rafael, sem saber se ele trabalhava como entregador lá durante ou até mesmo depois do horário comercial. Era minha única opção. Se aquilo não desse certo, eu só teria um pão de linguiça e nenhum lugar para ir.

Avistei a moto chegando e senti meu corpo inteiro formigar, torcendo para ser ele. Em vez da mochila do iFood, o motociclista estava parando na guia com uma pequena bolsa térmica em mãos. Ele não tirou o capacete, então comecei a ficar com medo e, conforme ele se aproximava, dei alguns passos para trás.

— Se queria me ver, era só ter me mandado uma mensagem.

O entregador tirou o capacete e finalmente consegui me acalmar ao constatar que era mesmo Rafael. Na mesma hora, corri em sua direção e lhe dei um abraço.

— O que foi? — ele perguntou, quando nos afastamos.

Tentei segurar as lágrimas, mas Rafa me conhecia melhor do que ninguém e logo percebeu que eu estava um caco.

— Hanna, o que foi? — Havia urgência em sua voz.

— Será... será que você pode me dar uma carona? — perguntei, tentando não chorar.

— É claro. Pra onde?

— Qualquer lugar — respondi, olhando para o chão.

Para qualquer lugar que *ele* não pudesse me encontrar.

— Hanna, está tudo bem? — Rafael colocou a mão em meu ombro e neguei com a cabeça. — Numa escala de 0 a 10, quão ruim?

Quando éramos crianças, usávamos aquilo para medir o nível dos nossos problemas e saber o tamanho da encrenca em que estávamos metidos.

— 10 — respondi, olhando para ele.

Nunca usávamos o número mais alto, então os olhos de Rafael se arregalaram e ele logo entendeu o nível de urgência sem que eu dissesse mais nada. Em seguida, me entregou o capacete que estava usando e deixou o conteúdo da bolsa térmica com o porteiro fã do Michael Jackson.

Assim, subi em sua moto pela segunda vez em menos de uma semana e nem parecia real o quanto tudo mudara desde a primeira.

Rafael estava sem capacete, cortando os veículos pelas ruas movimentadas — afinal, era a noite de uma quinta-feira — como se aquilo não fosse um problema. Depois de um tempo, chegamos a uma rua arborizada e ele diminuiu a velocidade para entrar em uma garagem de um prédio alto. Não sabia para onde Rafa estava me levando e confesso que estava começando a ficar desconfiada quando descemos da moto.

Ele não falou nada e começou a andar, então eu fiz o mesmo, seguindo-o em direção ao elevador, onde permanecemos em silêncio. Quando chegamos em um dos últimos andares, Rafael saiu do elevador e casualmente destrancou a porta do apartamento da esquerda, antes de entrar. Eu só ia atrás dele, ainda sem entender nada.

Quando estávamos lá dentro, Rafa apontou para um dos sofás presentes no amplo apartamento e foi em direção à cozinha.

– Aceita uma água? – ele perguntou.

Murmurei um "sim" e me sentei no sofá mais próximo. Rafael voltou da cozinha e me entregou uma garrafinha de água gelada, em seguida se acomodou na outra ponta do sofá cinza e extremamente aconchegante.

– Então... quem começa? – Ele abriu a garrafinha que estava em mãos e apoiou os cotovelos nos joelhos.

Ainda não sabia o que pensar e estava incapaz de relaxar, então não disse nada.

– Não é meu, se é isso que você está se perguntando – Rafa começou. – Os avós de Cecília deram os dois apartamentos desse andar para as netas, mas como nenhuma delas decidiu ficar por Campinas, eles ficaram comigo e com a Mariane, que mora do outro lado do corredor.

Ele apontou com a cabeça para a direita e tomou um gole de água.

– Então... – ele voltou a falar, depois de engolir a bebida – definitivamente não é meu. E essa é uma das principais razões para eu continuar trabalhando como entregador: para dar um jeito de comprar esse apartamento ou arranjar outro lugar para mim.

Ouvi Rafael se ajeitar no sofá e não ousei encará-lo, mas senti seu olhar em mim.

– Sua vez – ele disse, ao colocar a garrafinha no chão.

Relaxei meu corpo pela primeira vez desde que desci até a portaria do prédio de Bruna e permiti soltar um suspiro abafado, o gosto de sangue já se tornando normal na minha boca. Puxei uma das almofadas do sofá e pressionei em meu rosto.

– Eu nem sei por onde começar...

Então, lembrei que ainda estava com o bilhete que acabara de receber e entreguei para Rafael, que o olhou com cuidado.

– Isso é um trecho de *Smooth Criminal*? – ele perguntou, olhando do bilhete para mim.

– Então todo mundo conhece essa música? – Bufei. – Olha só... eu meio que... ando recebendo uns bilhetes desse tipo há alguns dias...

– Com músicas do Michael Jackson? – Rafael perguntou e me devolveu o papel.

– Não, mais do tipo... com ameaças de morte.

Ele balançou a cabeça em negativa e soltou um riso frouxo, como se eu tivesse acabado de contar uma piada boba.

– Sobre o que é essa música? – perguntei, num tom de repreensão.

– Sobre um possível assassinato.

– E quem cometeu? – Me aproximei dele.

– Não sei, mas... peraí, Hanna, isso não é o suficiente para afirmar que é uma ameaça de morte, né? – ele soou confuso.

– Isso por si só não, mas os outros dez bilhetes que recebi nas últimas semanas, sim. E eles são bem piores do que esse, bem mais gráficos e muito descritivos – respondi, me encostando no sofá novamente.

Rafael balançou a cabeça outra vez, mas agora parecia tentar espantar um pensamento ruim.

– Mas por que você está recebendo isso? – ele perguntou, por fim.

Dei de ombros.

– Está ficando pior. Eu comecei a receber no trabalho, depois na minha própria casa e agora... fugi ontem mesmo para a casa de meus amigos e, adivinha só? Acabei de receber isso. – Apontei para o bilhete no sofá.

Rafael se levantou de súbito e passou a mão no rosto.

– Meu Deus... – Ele começou a dar voltas ao redor sofá. – Você já falou com a polícia?

– Sim, mas... Nós não queremos que isso se torne público – respondi, envergonhada.

– "Nós"? – Rafael parou.

— Minha chefe. E eu acho até melhor, sabe? — Me acomodei no sofá, que agora parecia estar repleto de pregos. — Já faz um tempo que algumas jovens foram assassinadas aqui na região e uma delas também recebeu bilhetes antes...

Rafael segurou o sofá e respirou fundo.

— Olha, eu tenho uma lista de suspeitos... — Peguei meu celular para lhe mostrar.

— Ah, claro, porque isso resolve toda a situação. — Rafa largou o sofá e percebi que seus dedos haviam deixado marcas no lugar onde estava apertando.

— Não é o que estou dizendo, é só que...

— Por que me chamou, Hanna? — ele me interrompeu abruptamente.

— Eu... eu não sabia em quem confiar. — Senti-me como uma garotinha ao dizer aquilo. — Essa pessoa descobriu onde eu estou há menos de vinte e quatro horas e só meus melhores amigos em todo o mundo sabiam onde eu estava.

— E você acha que pode confiar mais em mim do que nos seus melhores amigos do mundo todo? — Havia confusão na voz dele.

Queria dizer que sim, mas a verdade era que não sabia mais nada sobre Rafael, que respirou fundo e se sentou ao meu lado no sofá, gesto que me deixou nervosa.

— Olha... Essa provavelmente foi uma ideia horrível, ok? — Ele colocou a mão em meu joelho e senti meu corpo arder. — Não porque não pode confiar em mim, porque sabe que pode, mas seus amigos devem estar desesperados agora.

Apenas assenti, olhando fixamente para o tapete.

— Você poderia ao menos mandar uma mensagem para eles, avisando que está bem. — Rafael abaixou a cabeça para tentar entrar em meu campo de visão, o que me fez soltar uma risadinha.

— Tá bem, mas eu não quero voltar para lá hoje. — Comecei a tirar e colocar a capinha do meu celular compulsivamente. — Você pode me levar para algum hotel ou algo do tipo?

— Espera... Você disse que havia uma lista, né? Agora eu quero ver – ele zombou.

Em seguida, Rafael se encostou no sofá e eu desbloqueei meu celular, ignorando as notificações de mensagens dos meus amigos.

— Olha só, você vai achar que é loucura, mas desde que... – *Argh, é tão desconfortável falar sobre o Gustavo com ele!* – Desde que fiquei solteira, eu comecei a ir a alguns encontros e a fazer alguns desenhos sobre minhas experiências ruins...

Abri o aplicativo do TikTok e entreguei o celular para Rafael antes de concluir:

— E acabou que algumas pessoas começaram a curtir os vídeos.

Ele olhou para o celular e depois para mim, boquiaberto.

— Algumas pessoas? Hanna, tem mais gente aqui do que em Itapira inteira, ou melhor, em toda Baixa Mogiana combinada! – Seu sorriso ia de orelha a orelha enquanto deslizava pelo meu perfil.

Rafael assistiu aos vídeos desde o começo, um por um, e continuou sorrindo em alguns, soltando risadas de vez em quando e bufando em outros momentos. O sorriso dele era tão bonito que quase pude esquecer tudo o que estava acontecendo e focar no fato de estarmos nos divertindo em uma noite de quinta-feira, como nos velhos tempos.

— Tá, então se eu tivesse que chutar alguém, provavelmente seria o cara dos coelhos. – Rafa me devolveu o celular depois de ter maratonado os vídeos.

— Não é? Mas ele tem pavor de sangue, então não acho que poderia ser ele. Para arrancar os olhos de alguém, um pouco de sangue tem que sair, né?

Rafael parou e me encarou, assustado.

Claro, eu tinha me esquecido dessa parte.

— Ahn... Sabe as garotas que falei agora há pouco? Que foram encontradas mortas? Bem, elas foram encontradas sem os olhos – expliquei, sem jeito.

Ele passou a mão na testa, massageando as têmporas.

– Fala sério, cara, isso só fica pior... – Suspirou. – Sabe de uma coisa? Na real, eu me culpo por tudo isso. Eu nunca deveria ter acreditado na palavra daquele bostinha. "Nunca ia te machucar". Sei!

– Rafa, não foi sua culpa, eu...

– Deixa disso, Hanna – ele me interrompeu, impaciente. – Você por acaso teria começado a sair com o Gus se eu não tivesse ido embora?

Fiquei desconfortável.

– Isso não quer dizer que...

Mais uma vez, fui interrompida:

– Ah, fala sério! Se você não tivesse namorado com o Gustavo e ele não fosse um babaca, vocês não teriam terminado e você não teria ido a esses encontros sem sentido. Isso é um perfeito exemplo de um efeito borboleta desastroso.

Ele se levantou novamente para andar de um lado para o outro e continuei no sofá, imóvel e desconfortável, porque tinha pensado o mesmo.

– Eu não deveria ter me afastado de você – Rafa continuou. – Você era minha garota e eu te deixei sozinha. Eu acreditei no Gustavo quando ele disse que cuidaria de você, porque a verdade é que eu estava um desastre naquela época... Mas você ainda era minha garota. Ninguém poderia cuidar de você melhor do que eu.

Rafael estava de pé na minha frente, despejando todas aquelas palavras em cima de mim, o rosto vermelho e a urgência na voz mostrando que tudo aquilo esteve entalado durante muito tempo em seu peito.

– Me desculpa por ter te decepcionado tantas vezes e, de certa forma, te colocar nesta situação. E foi mal, eu estou tentando ser o alívio cômico para você, mas não consigo. Também não consigo deixar de achar que isso está relacionado ao Pablo, o que torna tudo pior, porque eu deveria ter te tirado de lá, te levado comigo... Mas, não, eu te deixei lá, sabendo tudo o que sei sobre eles!

Ele estava praticamente cuspindo as palavras e senti cada molécula do meu corpo virar gelatina. Era como se eu tivesse desaprendido a falar e a organizar meus próprios pensamentos.

— Todo o negócio dele é uma lavagem de dinheiro. — Rafa se jogou em uma das poltronas e colocou a mão sob os olhos. — Ele é a porra de um laranja.

O pai de Rafa e Gustavo sempre foi o tipo de cara esquisito, que enriqueceu da noite para o dia. Ele apareceu um belo dia numa cidade do interior, sem conhecer ninguém, mas logo todos passaram a respeitá-lo. Eu e as outras crianças do condomínio sempre tivemos medo dele e meus pais nunca entenderam como o mercadinho de esquina que ele abriu poderia ter lhe rendido tanto dinheiro do nada.

— No fim das contas, talvez todos já sabiam, mas iriam fazer o quê? — Rafael continuou falando. — Eu não sabia disso na época, mas, quando peguei ele batendo em mamãe um dia... aquilo me deixou irado.

Eu me lembrava de ver Pablo possesso com Raquel, naquele dia em que ganhei a cicatriz na testa, mas no auge de meus oito anos talvez eu não tivesse entendido o que estava prestes a acontecer.

— Tentei coletar o maior número de provas possível e estava só esperando o meu aniversário de dezoito anos para ir até a delegacia e mostrar tudo — Rafa continuou. — Pablo merecia ser preso, pelo menos isso.

Ele falava com urgência e eu escutava tudo com atenção.

— Mas o bostinha do meu irmão encontrou tudo e mostrou para ele. Aquele puxa-saco... — Rafael olhou para cima, como se suplicasse para o teto o engolir. — Eu sempre fiz de tudo para o Gustavo nunca conhecer a ira dele. Toda vez que meu irmão cometia um erro, eu ia lá e fazia algo pior, para que todo o ódio do Pablo fosse direcionado a mim, e não a ele.

Senti vontade de pular em Rafael, abraçá-lo e pedir para que ele parasse de falar sobre aquilo, mas não o fiz.

— Eu passei dezessete anos da minha vida apanhando por sentir que era o que eu merecia, por sentir que tinha o dever de proteger meu irmãozinho... Mas então eu vi Pablo batendo em mamãe e tudo mudou. Inclusive, me desculpe por não ter ido assistir a *Divergente* com você naquele dia. Eu estava saindo para te encontrar no cinema quando vi a cena.

Naquele momento, Rafael estava colocando tudo o que seu eu de dez anos atrás não pôde colocar para fora, e agora eu entendia o porquê de muitas coisas.

— Eu sempre o odiei, mas ver aquilo... ver aquilo me fez ter vontade de destruí-lo. — Ele continuava olhando fixamente para o teto, deixando as palavras fluírem. — E, quanto mais eu tentava, mais aquilo ia me destruindo junto.

Não conseguia ver a conexão com tudo o que ele estava falando e a minha situação atual, nem com as garotas mortas, mas permiti que Rafa continuasse falando. Aquilo devia estar sendo catártico para ele.

— Quando o Gus encontrou as evidências que eu estava coletando, ele decidiu mostrar tudo para o pai. Achou que aquilo deixaria Pablo orgulhoso ou algo do tipo, mas ele apenas me manipulou e bateu em nós dois. — Rafael soltou um riso irônico. — Mas nem consigo ter pena do Gustavo, não depois de ter sido incriminado pelas drogas.

Senti vontade de interceder e falar o que meu ex havia me dito há alguns dias, mas continuei em silêncio.

— Depois que contei tudo isso para seu pai, quando eu já estava na Fundação, ele me disse que estava investigando o Pablo há alguns meses. Alguém do governo havia entrado em contato com ele, porque Pablo fazia parte de um esquema de corrupção maior do que apenas a lavagem de dinheiro do mercadinho.

Ele parou de falar por alguns segundos e suspirei. Aquilo era demais, tantas informações que eu mal conseguia raciocinar.

— Mas seu pai teve que parar de investigar esse caso quando decidiu ser meu advogado, e Pablo percebeu que ele estava em sua cola e o obrigou a vazar da cidade, ficar o mais longe possível... De certa forma, também me culpo por isso. — Ele encolheu os ombros.

Meu pai foi embora porque estava investigando um sistema milionário de lavagem de dinheiro? É... definitivamente, muita informação de uma vez só.

— Desde então, tento entrar em contato com mamãe sempre que posso e colher uma informação ou outra para mandar para o seu pai.

Me sinto um bosta por ter estragado toda a operação e por saber que Pablo está livre por aí, continuando a fazer tudo que sempre fez.

Rafael se aproximou de onde eu estava, mas não chegou a se sentar.

– Meu ponto é... Ele sempre teve gente o suficiente envolvida em suas operações para "liquidar" qualquer situação. – Rafa fez aspas com os dedos e na mesma hora entendi que ele quis dizer *matar*.

Eu estava em completo estado de choque.

– Você pintou uma imagem muito ruim do Gustavo nesses vídeos, mesmo que bastante precisa – Ele apontou para meu celular. – Eu não sei até que ponto meu irmão está envolvido com o pai nessas atividades, mas eles não deixariam isso barato.

Ele está dizendo o que acho que está dizendo?

– Você acha... você acha que seu pai está querendo me "liquidar?" – perguntei, falando pela primeira vez em muito tempo.

– Eu não sei... Mas é muita coincidência, né? – Rafa voltou a se sentar. – Você ter estado envolvida com essa família durante anos e agora, quando finalmente está livre, começar a receber essas ameaças.

– Mas e as outras garotas?

– Por que você acha que é a mesma pessoa? Por que tem tanta certeza de que são crimes interligados? – Ele apoiou a cabeça entre as mãos.

– Porque seria muita coincidência, né? – respondi, parafraseando-o.

Rafael olhou para o chão e consegui sentir sua angústia. Guardar tudo aquilo, durante todos aqueles anos, não deve ter sido nada fácil.

– Eu acho que devemos ligar para o seu pai – ele falou por fim, o que me pegou desprevenida.

– Por quê? – Soei mais irritada do que gostaria.

Ele olhou fixamente para mim e senti minhas pernas tremerem.

– Seu pai sabia de tudo isso sobre Pablo – Rafa falou, como um pedido de desculpas escapando por seus dedos.

– E ainda assim você me deixou com eles.

Não sabia em qual momento tinha apenas aceitado tudo o que Rafael me disse como verdade, mas normalmente era assim que funcionava.

— Arthur disse que te levaria junto...

— Você e meu pai são inacreditáveis! — Foi minha vez de levantar. — Vocês sabiam esse tempo todo que eu vivia na porra de um filme de máfia e me deixaram lá?

— Olha só, minha mãe também está do nosso lado... — Rafael saiu do sofá e me seguiu. — Foi por isso que ela voltou com Pablo, para início de conversa.

— Grande bosta! Isso não começou justamente por ela estar em perigo?

— Mas as coisas estão diferentes agora. Nós nunca achamos que você estivesse de fato com problemas...

Rafael tentou me segurar, mas eu estava muito brava para falar com ele agora e sentia o gosto de sangue ainda mais forte em minha boca.

— Bom, mas eu estou! E quer saber? Agora realmente acho que a culpa seja sua — cuspi as palavras nele.

Rafael pareceu murchar, como se eu o tivesse acertado em cheio.

— Eu sei. Eu não tenho como me desculpar e você nem deveria ter que me perdoar por nada disso. — Ele se apoiou na bancada da cozinha. — Mas eu realmente acho que devemos ligar para o seu pai, porque ele vai saber o que fazer.

Ficamos nos encarando por alguns segundos. Senti meu sangue ferver de ódio, ao mesmo tempo que as borboletas em meu estômago davam piruetas, implorando para eu parar com aquele drama e correr até ele, para abraçá-lo com toda a força do mundo e recuperar todo o tempo perdido.

— Tanto faz — disse, por fim. — Tem algum lugar onde posso dormir aqui? Vou embora logo pela manhã.

— Pode dormir no quarto da Cecília... — Rafael parou de falar ao perceber que ruborizei. — Não é nada assim, tá legal? Não está acontecendo nada entre nós e nunca aconteceu.

— Você não precisa se explicar para mim, nós não temos nada. — As palavras saíram da minha boca sem emoção, mas a verdade é que eu estava irritada por Cecília ter seu próprio quarto na casa dele.

Ele me guiou até o quarto de paredes bege com detalhes vermelhos, bem do gosto da minha ex-melhor amiga.

– É uma suíte, então se quiser tomar um banho, tem toalhas e roupas limpas aqui. – Ele me mostrou ao redor do cômodo. – E, olha, eu sei que é muita informação... Me desculpe...

– Pare de se desculpar, isso já está ficando irritante.

Rafael se apoiou no batente da porta.

– Certo. Vou preparar algo para jantar caso você esteja com fome, ok?

Ele se retirou, me deixando sozinha no quarto da garota que costumava ser minha melhor amiga. Respirei fundo e comecei a vasculhar ao redor, sentindo como se estivesse me intrometendo na vida de Cecília e, ao mesmo tempo, que aquele cômodo era meu por direito.

Cada roupa que ela deixara ali, cada perfume, cada pedaço daquele quarto era uma atualização sobre a atual vida da Cece. E eu não sabia que sentia tantas saudades dela até abrir a gaveta de bugigangas na estante de maquiagem.

Ali dentro, encontrei um pedaço de nosso passado, um passado que nem ao menos sabia que Cecília ainda guardava. Eram pequenos ímãs de geladeira com fotos que fizemos no último ano do ensino médio para toda a turma do terceiro ano; mas Cecília cuidadosamente tinha separado apenas as fotos em que aparecíamos juntas.

Capítulo 25

Pare o mundo, porque quero descer dele com você

♪ *Arctic Monkeys – Stop The World I Wanna Get Off With You*

Já estava de banho tomado, já havia vasculhado cada canto do quarto de Cecília e tentava ignorar o cheiro maravilhoso vindo da cozinha, porque estava brava demais para conversar com Rafael.

Ele simplesmente havia jogado uma bomba em meu colo e eu não conseguia parar de pensar em um detalhe específico de tudo o que ouvi. E sabia que deveria focar o fato de meu ex-sogro ter um esquema de lavagem de dinheiro gigantesco, além da grande probabilidade de ele estar envolvido nos bilhetes que estava recebendo.

Mas, não, não era nisso que eu estava pensando, porque só conseguia focar Rafael ter me chamado de "sua garota" duas vezes. *Quer dizer que ele gosta de mim? Ele gostava de mim durante esse tempo todo?* Eu jamais teria aceitado sequer receber Gustavo em casa para fazer aquele maldito trabalho de geografia (e eu tinha certeza de que havia sido o momento em que Rafael nos viu juntos em casa) se soubesse que Rafa gostava de mim.

Entediada, sentei na cama e comecei a refazer minha lista de suspeitos, em uma tentativa de tirar Rafael da minha mente. Tentei filtrar os candidatos a possível stalker, incluindo uma categoria a mais: quais dos suspeitos sabiam o local em que eu morava (até onde eu sabia), o que diminuía consideravelmente o total.

A lista então ficou assim:

Nome	Origem	Probabilidade	Sabe meu endereço?
Gustavo	Meu ex-namorado	4	sim
~~Augusto~~	~~Fui a um encontro~~	~~4~~	~~não~~
~~Tiago~~	~~Fui a um encontro~~	~~7~~	~~não~~
Frederico	Fui a um encontro	2	sim
~~Ricardo~~	~~Fui a um encontro~~	~~6 (mas as cartas chegaram antes do encontro)~~	~~não~~
~~Rodrigo~~	~~Fui a um encontro~~	~~8~~	~~não~~
Alan	Trabalho com ele	3	sim
~~Carmen~~	~~Ex-namorada de Rafael~~	~~1~~	~~não~~
Minha mãe	Me deu à luz	1	sim
Rafael	Meu ex-melhor amigo	0 (Lina me obrigou a colocar)	sim

Era uma idiotice Rafael estar na tabela, mas, como eu ainda estava com raiva dele, decidi deixar. Também tinha certeza de que Gustavo não estava por trás disso, porque ele pareceu bastante sincero na última vez que conversamos... *Droga, talvez eu devesse ter contado isso para o Rafa.* Contudo, pensando bem, ele só desconfiaria mais ainda que o irmão estava envolvido em tudo aquilo.

Entre os demais suspeitos – Fred, Alan e minha mãe –, confesso que pendia mais para acreditar que era algum tipo de piada sem graça de minha mãe. Talvez ela tivesse ficado sabendo do caso das outras garotas e quis me colocar medo... Ou talvez Alan estivesse tentando me assustar para me isolar mais uma vez? Ele não sabia sobre a promoção que Catarina me oferecera, então talvez achasse que, se eu ficasse ausente por mais um período, ela me demitiria.

Quando minha barriga roncou mais alto que a voz em minha cabeça, que insistia em pensar no Rafael, percebi que realmente precisava comer alguma coisa. Depois do café da manhã, não comi mais nada e agora pensava que deveria ter aproveitado aquelas batatas que vieram com a carta.

Respirei fundo e tentei me distrair, mas o cheiro divino vindo da cozinha ainda impregnava todo o quarto. Era quase uma da manhã e Rafa provavelmente devia estar dormindo, então arrisquei sair do quarto para filar uma boia.

Estava tudo escuro no corredor e na sala, então a luz do luar era a única a iluminar o apartamento. Entretanto, eu não estava sozinha: Rafael estava deitado no sofá virado para a varanda. Eu não sabia se estava dormindo ou não, mas tentei fazer o mínimo de barulho possível para não atrair sua atenção.

– Fiz risoto. – Escutei ele falar do sofá. – Tá na geladeira, e os pratos estão no armário acima do fogão.

Rafa se sentou no sofá e voltou o olhar para minha direção. Não queria conversar, só comer e voltar para o quarto.

– Continuou pesquisando sobre a origem da sua família? – ele perguntou do outro lado da bancada que dividia a sala de jantar e a cozinha.

Neguei com a cabeça.

— Conheci um primo do seu pai, um tempo atrás. Ele fez um doutorado sobre a ramificação do povo Kayapó, que migrou para Mogi Mirim há séculos. Ele estava procurando por familiares há alguns anos, e então Arthur...

— Por que está me dizendo tudo isso? — interrompi Rafael abruptamente, irritada.

— Para você saber que eu não deixei de pensar em você por um dia sequer nesses últimos dez anos.

Ele me olhou de baixo para cima e eu virei gelatina.

Queria dizer para Rafael se afastar, para desaparecer... Mas, para ser sincera, eu sempre quis ouvir aquelas palavras de sua boca. Nos últimos dez anos, ele nunca saiu dos meus pensamentos e eu verificava seu Tumblr, a única rede social que Rafa atualizava de vez em quando e a única coisa que me mantinha ligada a ele.

Naquele momento, eu só queria correr em sua direção e abraçá-lo, mas não precisei fazer isso porque, antes que eu pudesse formular um pensamento, ele estava bem diante de mim.

Minhas mãos instintivamente encontraram o calor reconfortante de sua face, trazendo-o para mais perto. Seu braço deslizou suavemente por trás de minha cintura, puxando-me para si. Nossos rostos se aproximaram e pude sentir a doce corrente de sua respiração acariciar meu rosto.

Antes que eu pudesse estragar o momento dizendo qualquer coisa estúpida, ele me beijou e senti uma onda de energia percorrer meu corpo, meu coração batendo tão forte quanto da primeira vez que nossos lábios se encontraram naquela festa, anos atrás.

Rafael me levantou com apenas um braço e me colocou na bancada da cozinha. Coloquei a mão em suas costas e, ao sentir o calor de sua pele, deixei escapar um gemido que me deixou automaticamente envergonhada.

Eu não tinha mais controle sobre o meu corpo, era como se eu não estivesse nem ao menos na superfície terrestre. Como se fôssemos as únicas coisas remanescentes em todo o universo, flutuando e voando para longe... Mas então ele se afastou e senti como se estivesse caindo.

— Desculpa — falei na mesma hora.

— Não, não precisa se desculpar, é só que... Não foi assim que eu planejei — ele começou e não consegui esconder a expressão decepcionada em meu rosto. — Tipo, eu não quero que nossa primeira vez seja assim... com alguém tentando te matar.

Soltei uma risada abafada e entrelacei minhas pernas em sua cintura, puxando-o para mais perto.

— E como exatamente você imaginou que seria? — perguntei, para provocá-lo.

Rafael suspirou profundamente, como se estivesse sofrendo.

— Não faça isso comigo, é quase tortura... — Continuei olhando para ele, fingindo inocência. — Bem, para começar, não teria ninguém tentando matar minha garota...

Senti meu cérebro congelar quando ele me chamou de "minha garota" novamente. Devo ter deixado transparecer, porque Rafa passou o braço por cima de meu ombro e me abraçou.

— Ei, você não estava procurando alguma coisa pra comer? — Ele me soltou e quase senti falta de seu corpo contra o meu. — Senta aí que vou melhorar seu prato, senhorita.

Então, observei Rafael separar o risoto em um prato e decorá-lo com queijo ralado.

— Eu não sei onde isso vai parar... — Ele apontou para nós dois. — Mas eu preciso que você saiba que eu não sou igual ao meu irmão, nem ao meu pai.

Como se ele precisasse me dizer...

— Eu sei disso. Eu te conheço, Rafa. Não importa o quanto você tenha tentado me afastar naquela época, eu sempre soube quem você era.

— Que bom. — Rafael sorriu. — Pronto, só tome cuidado porque está quente. Amanhã de manhã te farei algumas panquecas, tá bem?

Rafa me observou enquanto eu comia e riu quando me queimei por não esperar esfriar. Depois ele me ofereceu um pouco de pudim e lavamos as louças juntos. Tudo parecia simplesmente certo.

– Quer assistir a algo? – Rafael perguntou. – Estou querendo ver aquele documentário da Taylor Swift desde o dia que você me explicou o motivo dela ter regravado os álbuns antigos...

Esse garoto não pode ser real.

Sorri e o abracei com força, então nos deitamos no sofá. Estávamos assistindo ao documentário, com nossos corpos entrelaçados e minha cabeça apoiada em seu peito. Eu prestava atenção em cada batimento, em cada inspirada de ar, em cada nota de seu cheiro... Não queria me esquecer de nada daquilo, nunca.

– Ei, falando em *Speak Now*, isso me lembrou de uma coisa...

Ele pausou o documentário e se levantou rapidamente para sair da sala, em seguida voltou com um papel em mãos e me entregou.

– Lembra-se disso? É o nosso contrato de casamento. – Rafa se sentou ao meu lado e virou a folha. – E nunca assinei o divórcio, então caso algum dia você decidisse se casar com Gustavo, esse seria meu recurso. Eu diria que você não poderia se casar com ele, porque já era casada comigo.

– Eu não acredito que você guardou isso... – Senti as lágrimas se formarem em meus olhos outra vez.

– Eu fiquei muito triste quando você me deu isso. Naquela época, eu achei que finalmente poderia rolar alguma coisa entre nós, mas aí do nada você me entregou o papel do divórcio...

Ele se enroscou do meu lado novamente, mas eu o afastei.

– O que você quer dizer com isso?

– Quero dizer que eu tava esperando qualquer brechinha sua pra gente acontecer. Eu... não queria ser o cara mais velho se aproveitando da garota com quem cresci. – Rafa levantou as mãos em súplica. – Por isso estava esperando você tomar a iniciativa.

Dei uma cotovelada nele.

— E eu tomei, mas você não falou nada depois — respondi, sem saber ao certo se Rafael se lembrava.

— Ah sim, quando você estava bêbada e me beijou no banheiro de uma festa? — *Ok, ele se lembrava.* — Eu meio que não tive a chance de falar com você depois daquilo, porque você estava apagada quando te encontrei de novo, aí precisei te levar para casa e tudo mais. Depois daquilo, eu fui preso.

— Pera aí, foi você que me levou embora?

— Claro que fui eu. Quem mais seria?

Fiquei em silêncio. Gustavo sempre me disse que tinha sido ele. Foi um dos motivos que me fez aceitar vê-lo como algo a mais, para começo de conversa.

— Ah, Gustavo... — Rafael voltou a se apoiar no sofá, antes de depositar um beijinho em minha testa e me acomodar em seus braços. — Ele é tipo o Jacob da nossa história.

Caí na gargalhada quando ele falou isso e me enrosquei mais ainda ao seu lado, onde sempre havia sido meu lugar.

⏪ ⏸ ⏩

Acordei com a campainha tocando. O Sol já estava alto lá fora, então apostei que já passava das sete da manhã. Rafael acordou confuso e se levantou, indo em direção à porta.

— Mariane? — ele perguntou, com a mão apoiada na maçaneta.

— Rafael Arruda? — A voz de um homem soou do outro lado da porta. — Aqui é o investigador Joaquim Barbosa. Estamos aqui com um mandado de busca relacionado a um caso de homicídio de três mulheres e ameaças a uma quarta. Pedimos sua compreensão e colaboração para realizarmos nossa tarefa de maneira eficiente e em conformidade com a lei.

Capítulo 25

Tudo porque eu gostei de um garoto

♪ *Sabrina Carpenter – because i liked a boy*

Fiz de tudo para explicar a Joaquim que ele estava cometendo um engano e que não havia a menor possibilidade de Rafael ser responsável por aquelas mortes, muito menos pelos bilhetes, mas o detetive seguiu irredutível.

Aparentemente, Rafael já era considerado suspeito por ter sido registrado na portaria dos prédios das garotas, pouco antes delas terem sido assassinadas. O fato de Bruna ter ligado para eles e informado sobre o meu paradeiro foi apenas a gota d'água.

Óbvio que minha amiga estava me rastreando pelo celular, ela era supercontroladora e entendia mais de tecnologia do que todos nós. Contudo, pelo que eu me lembrava, apenas aceitei que ela ativasse o "buscar" de meu celular caso eu perdesse o aparelho, não para me espionar. De qualquer forma, ela o fez – e bastou um telefonema para Joaquim informando o endereço de onde eu estava para que eles somassem dois mais dois e declarassem Rafael como culpado.

E ele ter passagem só aumentou ainda mais as suspeitas dos investigadores. *Típico.*

Eu estava sentada na sala de espera da delegacia quando Bruna chegou, aflita, e veio em minha direção às pressas.

— Hanna, me desculpa, eu não sabia...

Ela começou a falar, mas a cortei imediatamente:

— Depois.

Bruna assentiu e se sentou ao meu lado, parecendo incrivelmente culpada.

Pouco tempo depois, mais uma pessoa chegou à sala da delegacia: meu pai, com seus cabelos negros e compridos escorrendo pelos ombros e um terno azul. Ele veio em minha direção, com seu porte formal e sua postura robusta, enquanto tentei manter a pose firme, porque não queria que meu pai pensasse que eu estava feliz em vê-lo.

— Oi, filha — ele disse, tentando me abraçar, mas me afastei.

— Como chegou tão rápido? — perguntei, porque não fazia nem mesmo uma hora que o havia chamado para ajudar Rafael, que estava sob custódia.

Da última vez que nos falamos, ele ainda morava em Curitiba e, até onde sabia, não tinha um jatinho para ir voando para Campinas.

Meu pai se engasgou, então percebi que havia outra pessoa vindo atrás dele. Era um rapaz mais ou menos da minha idade, embora já tivesse alguns fios de cabelos brancos. Ele se apresentou, mas não dei a mínima, pois queria ouvir o que meu pai tinha a dizer.

— Será que podemos falar sobre isso depois? — ele perguntou, segurando meu braço com delicadeza. — Na verdade, temos muito o que falar... Só vou resolver essa situação primeiro, ok?

Continuei a encará-lo passivamente até que meu pai atravessou a porta para outro corredor, deixando-me sozinha com Bruna e o estranho.

— Tudo que eles têm contra o Rafa é circunstancial, não podem mantê-lo preso por muito tempo — o rapaz falou de forma desajeitada enquanto se sentava ao lado de Bruna nas cadeiras desconfortáveis.

Os dois começaram a bater um papo-furado, mas eu estava tão irritada com tantas coisas ao mesmo tempo que nem me dei ao luxo de tentar ser simpática.

— Você não acha nem um pouco estranho ele ter sido registrado no prédio das duas? — Escutei Bruna perguntar ao estranho.

— Você ouviu o que ele disse, é circunstancial — respondi, ainda olhando firme para a frente.

Minha amiga ficou em silêncio por um tempo, até que falou, mais baixo:

— Mas ainda é um pouco estranho...

— Circunstancial — repeti com o mesmo tom de antes e Bruna soltou o ar pelas narinas.

— Você nem sabe o que significa circunstancial — ela retrucou, o que fez o estranho soltar uma risada.

Fitei-o de forma ríspida.

— Desculpe. Meu nome é Lucas, eu trabalho com seu pai. — Ele se endireitou e esticou a mão para mim.

Antes que eu pudesse responder qualquer coisa, meu pai voltou até a sala de espera até onde estávamos sentadas. Colocou as mãos nos quadris e explicou a situação:

— Vou pagar a fiança e Rafael vai responder em liberdade, mas, para falar a verdade, eles não têm caso algum. Ele é motoboy, então deve ter se registrado em todos os prédios desta cidade...

Desde que me abandonara, meu pai tinha envelhecido muito. Sabia que era normal, afinal já se havia passado dez anos, mas ele aparentava ser bem mais velho que sua idade real, principalmente por conta da preocupação em seu olhar.

— Gostaria que tivesse me contado sobre isso, Hanna — ele disse, por fim.

Dei de ombros.

— Sua mãe está sabendo disso? — Meu pai continuou me olhando com preocupação.

— Por que estaria?

Sei que estava parecendo uma adolescente birrenta, mas meus pais causavam esse efeito em mim.

— Porque ela é sua mãe.

— Grande coisa. — Olhei para os lados, na tentativa de evitar que nossos olhares se cruzassem.

Meu pai respirou fundo e senti que ele ia começar um discurso, mas percebeu uma movimentação do outro lado do corredor e se distraiu. Então, se abaixou para entrar no meu campo de visão.

— Será que podemos, por favor, conversar sobre isso? Rafa me disse que te atualizou sobre algumas coisas... Temos muito o que conversar.

Ainda que relutante, concordei.

— Aí vem ele.

Meu pai se levantou e foi em direção à porta, por onde Rafael estava sendo guiado por um guarda corpulento, e iniciou uma breve conversa com o oficial, que, curiosamente, decidiu liberar as algemas do Rafa. *Precisava mesmo algemá-lo?*

O guarda ostentava uma expressão profundamente séria quando meu pai estendeu-lhe a mão e os dois se cumprimentaram antes de se afastarem na direção oposta à de Rafael, que se encaminhou para mim, acariciando o próprio pulso. Me levantei imediatamente e o abracei com força, desejando que tudo aquilo ficasse para trás.

— Como você está? — perguntei, após soltá-lo.

— Já estive pior. — Ele sorriu e ajeitou minha franja. Em seguida se voltou para Bruna: — E você deve ser a garota responsável pela minha prisão.

Minha amiga ficou corada.

— Me desculpe...

— Não precisa, eu teria feito o mesmo. Eu falei pra Hanna que não era uma boa ideia simplesmente desaparecer assim. — Rafael passou o braço sobre meu ombro. — Mas você ainda é a garota que me fez passar uma noite na prisão.

Eu o conhecia o suficiente para entender que, daqui em diante, Bruna nunca mais teria paz. Rafael sempre iria pegar no pé dela por aquilo, não porque estivesse realmente irritado, mas porque era típico dele.

— Lucas, e aí? — Rafael estendeu a mão para o rapaz que acompanhava com meu pai.

— Vocês se conhecem? — indaguei.

— Fizemos faculdade juntos e Lucas decidiu seguir com a carreira... — Rafa explicou, com a voz baixa. — Agora será que alguém poderia, por favor, me levar para casa? Preciso tomar um banho rápido e me livrar desse cheiro de cadeia! — Seu tom ficou mais alto enquanto ele agitava as mãos ao redor do corpo.

— Eu te levo! — Bruna se ofereceu prontamente.

Ele torceu os lábios e fingiu sussurrar para mim:

— Eu deveria confiar nela?

Dei de ombros.

— Nem eu sei — respondi, conforme a seguíamos para fora da delegacia.

Capítulo 26

Hoje estou pensando nas coisas que são mortais

♪ Billie Eilish – bury a friend

Estávamos na metade do caminho para a casa de Rafael, com Bruna dirigindo em alta velocidade e eu no banco do carona, ainda a evitando.

Ninguém dizia nada e o único som era o da rádio tocando qualquer coisa no volume baixo, preenchendo o vazio enquanto o ar condicionado ventilava o espaço.

Fomos interrompidos de nosso silêncio pelo toque do celular de Bruna. Era uma chamada de vídeo de Charles e, como ela estava dirigindo, atendi.

– Ai meu Deus, que bom que você está bem! Eu tava doido atrás de notícias! – Meu amigo começou a despejar palavras assim que me viu, mas não deixei de notar que estava sussurrando e o fundo atrás dele parecia ser composto por azulejos de banheiro. – Minha irmã tá por aí?

— Estou dirigindo. — Bruna apenas inclinou a cabeça para tentar ver a tela do celular, mantendo-se firme na direção. — Charlie, o que tá pegando?

Ele coçou a cabeça e olhou para baixo, parecendo envergonhado.

— Acho que fiz merda.

— O que rolou? — perguntei.

— Ontem, depois que o Otávio me deu um perdido lá no barzinho, eu jurei que nunca mais ia ver ele...

Não podia acreditar no que estava ouvindo. *Acabei de passar horas na delegacia e Charles estava falando sobre seus problemas amorosos?*

— Mas quando mandei uma mensagem falando isso, ele pediu para eu ir até a casa dele, para conversarmos melhor. E daí que vim, pronto para terminar tudo entre nós dois.

Charlie parou de falar drasticamente, parecendo prestar atenção em qualquer som vindo do lado de fora de onde quer que ele estivesse.

— E, bom, tinha uma razão pro Otávio não ter me convidado pra ir na casa dele... Ele mora com o Fred.

Bruna parou o carro no meio da rua e puxou o celular da minha mão, enquanto eu sentia minha mente congelar.

— Charlie, o que isso quer dizer? — A voz da minha amiga não escondia seu nervosismo.

Escutei barulhos de buzinas vindos de todos os lados.

— O que você contou pra ele, garoto?! — Ela estava quase gritando.

Charles abaixou a cabeça novamente e mordeu o lábio.

— O suficiente — ele praticamente sussurrou.

Bruna segurou um grito abafado.

— Me manda o endereço agora! Estou indo te buscar — minha amiga disse, antes de jogar o celular em mim.

— NÃO!

Ao perceber que havia falado um pouco alto demais, Charles voltou a sussurrar:

— Ele não me ameaçou nem nada do tipo, mas deixou bem claro que vou ter que ficar para a festa de hoje à noite... E, irmã, estou com medo do que pode acontecer se eu falar que não.

Nunca tinha visto meu amigo tão vulnerável.

— Que festa é essa? — perguntei, sentindo que estava me intrometendo em um assunto que não me dizia respeito, mesmo que fosse sobre mim.

— Eles vão dar uma superfesta de Halloween aqui hoje. Pensei que podia até ser uma oportunidade pra, sei lá, eu dar uma olhada pela casa e ver se encontro algu...

— Fala sério, Charles! — Bruna o interrompeu. — Você é o pior fofoqueiro do mundo, não vai conseguir investigar nada sem levantar suspeitas. Me passa o endereço e o horário dessa festa que vou até aí.

— Tá bom. Acho melhor deixarmos a localização ligada, sabe, só por precaução — ele disse, antes de desligar a chamada.

Voltamos ao silêncio, mas o ambiente do carro estava carregado por outra aura.

— Quem é Fred? — Lucas perguntou, quebrando o clima tenso.

— Fred é o ex-namorado da terceira garota morta. — Bruna simplesmente jogou essa bomba, do nada.

— Quando pretendia me contar isso? — questionei.

— Assim que descobri, mas, quando cheguei em casa, você tinha sumido. — Minha amiga me fuzilou com o olhar. — Quando fui buscar Charles no bar ontem, recebi a informação que faltava, que era a identidade da terceira garota. Depois disso, foram dois palitos para descobrir que ela namorava o Fred.

Eu estava completamente incrédula.

— Bom, então isso, combinado com o fato de que ele mora com o Otávio... Temos a confirmação que ele é o assassino das garotas, né?

— Só porque ele é ex-namorado de uma delas? Não faz sentido — Rafael opinou.

— O Rafa acha que o pai dele tem algo a ver com tudo isso — expliquei para Bruna.

— Mas o que Pablo teria a ver com Fred? – ela perguntou.

Os dois começaram a debater, até que gritei:

– SERÁ QUE TODO MUNDO PODE CALAR A BOCA?

Eram muitas informações para absorver em um só momento. Nunca quis que meus amigos se envolvessem naquela merda e agora Charles estava na boca do lobo.

– Olha, eu nem considerava ele um suspeito de verdade, sabe? Ele não era estranho que nem o cara dos coelhos, ou pensava que eu era uma prostituta... – comecei a falar, sem olhar para eles. – Saímos juntos por cerca de um mês, só que aí ele começou a me ignorar, e o Charles achou que seria uma ótima ideia ir no show da banda dele, mas não foi. Na verdade, ele cantou uma música muito romântica e dedicou para uma garota chamada Sabrina... E agora sabemos que ela era a ex-namorada dele, que foi assassinada na mesma semana.

Todos estavam em silêncio e o carro ainda estava parado no meio da rua.

– Vamos precisar de fantasias para ir a essa festa – concluí.

– Peraí... Existe uns 98% de chance desse cara ser o assassino e você quer ir a uma festa dele? – Rafael perguntou.

– Charles está correndo perigo – respondi sem filtro.

– E que tal chamarmos a polícia?

– Sério, Rafa? Eles te prenderam por nada...

– Só me prenderam porque *alguém* disse que eu tinha te sequestrado. – Ele olhou para Bruna.

– Eu já pedi desculpas... – minha amiga murmurou.

– Rafa, a gente vai com ou sem você – declarei.

– Seu pai me mataria se soubesse que deixei você ir a uma festa com um assassino...

– Você não precisa ir.

– E ela não vai sozinha, vai comigo – Bruna interveio, com um tom decidido.

– Sem ofensa, mas você tem o quê? Um metro e cinquenta? Como vai se defender de um serial killer?

Ele tinha razão. Contudo, mesmo sendo pequena e frágil, Bruna tinha uma coragem que eu admirava.

— Hanna... — Rafa chamou minha atenção. — Não posso te perder de novo.

— E muito menos eu — minha amiga completou, trocando a marcha no carro. — Olha, eu nunca tive amigos, ok? Eu quase nem falava com a minha família, então por muito tempo foi só eu e o Charles, mas eu conheci a Hanna e tudo mudou. Ela não é apenas minha melhor amiga, é como se fosse minha única amiga em todo o mundo, sabe? Não vou deixar nada acontecer com ela, nem com meu irmão. E eu te prometo, Rafa, que vou te recompensar pela noite na prisão e que vou manter contato com o Joaquim, se algo acontecer.

Rafael respirou fundo.

— Ok, então vou com vocês — ele disse, e senti um alívio na mesma hora.

Bruna então se aproximou do meu ouvido e sussurrou:

— Se você contar que eu falei isso para a Lina, eu juro que eu mesma termino o trabalho do Fred.

Caí na risada, tentando aliviar a tensão. Ela também era minha melhor amiga e eu não queria perdê-la. Nem a ela, nem a Rafael, nem a Charles, nem a Lina, nem a mim mesma.

Quando finalmente chegamos no prédio do Rafa, me senti novamente como um peixinho fora d'água naquele mundo de luxo. E, apesar de conhecê-lo muito bem e saber que não era o caso, ele parecia se encaixar perfeitamente naquela atmosfera.

— Pensei que você tinha dito que ele era motoboy — Bruna cochichou, provavelmente pensando o mesmo que eu.

— Ele é, mas é uma situação meio complicada... — Tentei explicar, mas sabia que seria em vão. Eu mesma ainda estava tentando processar todas as informações.

Entramos no elevador com vista panorâmica para a área de lazer, que conseguia ser ainda mais bonita do que todo o restante do edifício.

Eu estava boquiaberta, e fiquei mais ainda quando chegamos ao andar do Rafael e encontramos a porta de seu apartamento aberta.

Ele deu alguns passos à frente e ergueu o braço, sinalizando para pararmos. E, mesmo se eu quisesse me mover, meus músculos não colaborariam comigo.

Rafa se aproximou do apartamento e, de repente, escutei gritos vindos de dentro. Antes que eu pudesse processar completamente a situação, já estava lá dentro.

– Que cê tava pensando, cara?! – Vi uma mulher socando o peito dele. – Minha mãe me ligou, histérica, dizendo que você foi preso! – Naquele momento, quem estava histérica era ela. – É verdade isso?! Por que você não me ligou?! Você está...

Antes que ela pudesse terminar a frase, a jovem incrivelmente bonita virou a cabeça na minha direção, com a expressão de quem tinha visto um fantasma. O que, de alguma forma, era verdade.

Quando aqueles olhos castanhos que eu reconheceria em qualquer lugar se encontraram diretamente com os meus, senti vontade de correr até ela e abraçá-la. Eu queria contar sobre o quanto sentia sua falta durante todos esses anos, pedir desculpas e dizer que ela estava certa e que eu deveria ter confiado nela, porque eu a amava desde que me lembrava.

Contudo, não pude dizer nada. Isso porque, naquele momento, ela estava me olhando com muita raiva.

– O que *ela* está fazendo aqui? E usando as minhas roupas?

Ela ainda estava me encarando e eu conseguia sentir o desprezo e o nojo no seu olhar.

Definitivamente, não era daquele jeito que eu pretendia me reencontrar com Cecília.

Capítulo 27

Ela sabe o quanto estou orgulhosa por ela ter sido criada?

♪ Olivia Rodrigo – hope ur ok

Rafael e Cecília estavam conversando em um dos quartos, enquanto Bruna estava mergulhada em seu telefone. Naquele momento, eu me sentia como quando meus pais discutiam e me deixavam sentada em algum canto, como se, de alguma forma, eu fosse o motivo da briga. Só que agora era realmente o caso.

— Não estou querendo ser chata ou estragar a festa, mas já são quase quatro da tarde. A festa deve começar em cerca de três horas e ainda não temos uma fantasia — Bruna começou a falar, parecendo a Lina.

Eu sorri. Era realmente estranho perceber que acabamos nos tornando uma combinação das pessoas que gostamos.

— O quê? — ela murmurou, confusa.

Apenas balancei a cabeça e, antes que eu pudesse dizer mais alguma coisa, a porta do quarto onde Rafa e Cece estavam conversando se abriu.

— Ei, garota que me botou na cadeia. Quer me ajudar na cozinha?

— Eu já disse que sinto muito... — Bruna respondeu e o seguiu para o cômodo.

Cece permaneceu onde estava, de braços cruzados e parecendo brava comigo. Eu queria pedir desculpas por tantas coisas naquele momento...

— Rafa me contou o que está rolando com você. — Ela ainda parecia dura como uma rocha quando abriu a boca. — Ainda tenho muitos problemas contigo e não acho que vocês saírem juntos de novo seja uma boa ideia. Pra *ele*. — Cecília se apressou em completar a frase. — Mas também não quero te ver morta.

Assenti com a cabeça e ficamos quietas por um tempo.

— Você sabe que isso é sério, né? — Cece quebrou o silêncio e se sentou no outro sofá.

Tentei falar algo, mas era como se eu tivesse desaprendido a coordenar meus pensamentos, mesmo com tantas coisas que eu queria dizer.

— A Gabi trabalha num jornal por aqui e ela tá bastante preocupada com esses casos...

Olhei para ela, chocada. Então a imprensa sabia do que estava acontecendo, afinal.

— Ela me disse que o delegado pediu para eles não falarem nada por enquanto, que só ia causar um mal-estar geral... — Cece parou e respirou fundo. — Mas talvez fosse melhor que mais pessoas soubessem.

Concordei com a cabeça outra vez, ainda incapaz de falar algo. Cecília também ficou em silêncio, então tudo o que ocupava o ambiente era a conversa de Rafa e Bruna na cozinha.

Não consegui deixar de reparar em cada detalhe de minha ex--melhor amiga. Os cabelos estavam tingidos de um ruivo vivo, que combinava tão bem com ela que era quase um crime que ela tivesse nascido com cabelos castanhos. Ela também deve ter crescido mais alguns centímetros desde a última vez que nos vimos e parecia uma fortaleza em forma de mulher.

Senti muito orgulho de Cecília por ter sobrevivido a uma mãe viciada e irresponsável e estar ali, parecendo uma adulta de verdade. Havia segurança em seus olhos; ela parecia uma leoa, independente e corajosa.

— Também acho que é bobagem ir a essa festa – ela disse enquanto tentava parecer distraída com as próprias unhas –, mas entendo porque você quer ir...

Estava com medo de dizer qualquer coisa, então continuei apenas ouvindo e apreciando cada pedacinho dela, antes que Cecília se tornasse apenas uma lembrança outra vez.

— A casa fica num condomínio, então você vai precisar de alguns contatos para entrar. Felizmente, para você, eu tenho alguns. – Ela ainda tentava parecer durona, mas consegui ver que seu gelo estava derretendo.

— Então você vai conosco? – perguntei com cuidado, como se estivesse me aproximando de um cachorro na rua.

— Sim, mas não por sua causa. – Ela se apressou em especificar a segunda parte.

— Tudo bem por mim. – Sorri quando a respondi.

— Para com isso, Hanna!

— Eu só me lembrei de uma piada – menti.

— Você é ridícula... – Cece revirou os olhos.

— Gostei do seu cabelo vermelho – elogiei, tentando diminuir a distância entre nós duas. – Combina com você.

— Dã, eu sei. É por isso que tinjo – ela respondeu, sarcástica, mas percebi um pequeno sorriso se formar em seu rosto.

Rafael se aproximou de nós duas.

— Deixei a garota que me colocou na prisão cuidando das coisas na cozinha. Agora vou tomar um banho e logo estarei pronto para irmos, ok?

Ele puxou a toalha que estava em seu ombro e me derreti toda. Talvez tenha deixado aquilo mais na cara do que gostaria, porque, quando voltei a mim, Cece estava me encarando com um pesar no rosto.

— Vi seus vídeos, aliás. — Ela revirou os olhos mais uma vez. — Eles são legais.

— Que vídeos? — Fingi não saber, mas esperava que ela estivesse falando dos vídeos feitos para a revista.

Droga, a revista. Será que eu deveria mandar atualizações sobre o caso para a Catarina? Não, melhor não.

— Os vídeos da *Batata Ana*.

— É tão óbvio que era eu? — perguntei, ficando corada.

— Tá brincando? Eu que comecei a te chamar de Batata, você não lembra?

— Meu Deus, eu tinha esquecido completamente disso. — Dei uma risada.

O gelo havia derretido oficialmente.

— Quero ouvir a história! — Bruna gritou da cozinha.

— Quando tínhamos uns doze anos, Hanna decidiu virar vegetariana pela primeira vez, mas não comia absolutamente nada. — Cece se virou sobre o sofá para contar o restante. — Aí ela passou uma semana comendo só batata e o pai dela tinha que se virar nos trinta para encontrar receitas novas.

Ela falava com ternura, como se não tivesse acabado de dizer que tinha muitos problemas comigo.

— E, coincidentemente ou não, ela pegou uma intoxicação alimentar horrível nessa mesma época. — Cecília riu. — Aí passou meses sem nem conseguir se lembrar de batatas. — Ela se virou para mim e ainda estava sorrindo. — Então eu comecei a chamá-la de batatinha.

Sorri com a lembrança, que parecia mais viva do que nunca em minha mente. Comecei a me desenhar como uma batata e havia me esquecido que era Cece quem me chamava assim. Era por causa dela que sempre me enxerguei assim, que isso havia virado minha marca registrada.

Durante uma das sessões de terapia — que fiz depois de Gustavo ter me ameaçado, até eventualmente parar —, a psicóloga me perguntou porque eu sempre me desenhava como uma batata. Como naquela época eu não me lembrava dessa história, respondi que era porque me considerava versátil, que nem uma batata. Uma batata poderia virar qualquer coisa, ir com qualquer prato, ser consumida por qualquer pessoa. Algo que todos gostavam, mas não era a comida preferida de ninguém.

Era assim que *eu* me via.

Achei que esse era um pensamento antigo, que eu sempre havia me visto como mais uma, como qualquer uma. No entanto, Cece estava ali e ela me lembrou de que, não, eu nem sempre me enxerguei daquele jeito. E eu só ganhei aquele apelido porque comi batata demais.

Bruna voltou a focar o que estava preparando, deixando eu e minha antiga melhor amiga sozinhas novamente.

– Cecília, eu nem sei como...

Tentei falar, mas fui interrompida e surpreendida por ela:

– Foi tanto culpa sua quanto minha.

Nos últimos anos, sempre que me lembrava do que havia acontecido entre nós duas, me via como a única responsável por tudo e a colocava em uma posição de vítima. Não acreditava que, durante aquele tempo todo, ela estava fazendo o mesmo.

– Eu deveria ter te contado que o Rafa estava morando com minha irmã. – Ela parecia genuinamente arrependida. – Ele me pediu para não falar nada, mas você era minha melhor amiga, não ele. Eu deveria ter contado.

A verdade era que, na época, Gustavo "casualmente" me informou que Rafael estava morando com Camille em São Paulo, e Cecília não ter me contado me deixou irada. Depois disso, toda vez que ela ia visitar a irmã, eu ficava mordida de ciúmes, pensando em todo o tempo que ela passava com Rafa.

– E eu espero que você saiba que tanto eu quanto Camille gostamos de mulheres. – Cecília voltou a falar. – Então sem motivo pra ter ciúme do Rafa, ok?

Indo contra todos meus instintos, estendi minha mão e segurei a dela com força.

— Eu sabia que vocês eram legais demais para se relacionarem com homens.

Rafael saiu do banho e nos reunimos para o almoço/café da tarde/janta. Ainda estava esperando as panquecas que ele havia me prometido, mas preferi não mencionar, pois Bruna acabou preparando um incrível strogonoff de cogumelos, que também era receita do Rafa.

Enquanto nós quatro compartilhávamos a mesa, testemunhei a colisão de meus dois mundos e fiquei feliz demais para pensar em qualquer outra coisa. Por um momento, deixei o mundo lá fora completamente de lado, me permitindo esquecer que saí com um provável assassino em série e que havia perigos à espreita.

Eu estava junto de algumas das pessoas que mais amava no mundo, desfrutando de uma deliciosa refeição, relembrando histórias do passado...

Nada mais importava naquele momento.

Capítulo 28

E pela minha lei, a gente era obrigado a ser feliz

♪ *Chico Buarque – João e Maria*

Estávamos em uma loja de fantasias no shopping, e apesar da variedade de opções que se estendiam pelos corredores estreitos, não consegui encontrar qualquer uma feminina que não fosse hipersexualizada. Mas era como Cady Heron disse, em *Meninas Malvadas*: "Halloween é o único dia do ano em que uma garota pode se vestir como uma completa vadia e ninguém pode falar nada sobre isso".

– Você não deveria ir à festa de alguém que quer te matar com essa roupa minúscula – Bruna resmungou quando Cecília me entregou uma fantasia de Arlequina, do primeiro filme do *Esquadrão Suicida*.

O figurino consistia em um short jeans minúsculo e rasgado, uma camiseta vermelha e azul com a palavra *"Daddy's Lil' Monster"* e uma jaqueta de couro com o nome do Coringa nas costas.

– Eu não iria com essa roupa nem em uma festa em que alguém estivesse querendo me ressuscitar – respondi, rejeitando a sugestão de Cecília.

— Tá bem, então eu vou de Arlequina. — Cecília puxou o cabide de volta e se olhou no espelho com admiração.

— Você é ruiva, devia ir de Hera Venenosa — opinou Rafael, que estava sentado em um banco nos esperando.

Sua fantasia era um terno cinza com uma gravata vermelha, recriando o visual de Christian Bale no filme *Psicopata Americano*. Ele segurava um machado ensanguentado na mão, pronto para recriar a cena em que Patrick Bateman mata Paul Allen a machadadas.

— Boa ideia! — Cecília saiu para procurar uma roupa verde.

— Achei a minha! — Bruna anunciou, trazendo uma fantasia vermelha e preta em mãos antes de entrar no provador, deixando-me sozinha com Rafael. Ela escolheu se vestir de Freddy Krueger, o vilão dos pesadelos que usava uma luva com lâminas e um chapéu fedora.

Passei pelos cabides nas araras à procura de algo que me agradasse, e sentia Rafael me observar. Ele parecia entediado, mas também curioso.

— Eu queria usar alguma fantasia com máscara... — comentei, tentando pensar em alternativas.

— Que tal o Ghostface? — ele sugeriu, ainda sentado no banquinho. Em seguida, apontou para a máscara branca de sorriso malicioso e olhos vazios que o assassino da série de filmes *Pânico* usava.

— Sério? Ir fantasiada de um maluco que persegue as vítimas? — Cruzei os braços e virei para ele, indignada.

— Ok, ideia ruim — Rafael admitiu, antes de se levantar e se aproximar. Então, pegou outra máscara e a colocou no rosto. — Que tal... Um urso assustador? — perguntou, imitando um rugido em seguida.

A máscara era de um urso marrom, mas com o pelo todo rasgado e os olhos vermelhos, como se fosse um zumbi.

Caí na risada, sem acreditar na escolha.

— Não quero me matar de susto quando for ao banheiro, obrigada — respondi, ainda rindo.

— Você é exigente, sabia? — ele reclamou, recolocando a máscara onde estava.

Rafael olhou em volta, em busca de outra opção. Então apontou para uma máscara de hóquei com manchas de sangue.

— Jason? — sugeriu.

— Não. Esse é o filme preferido do meu pai. — Neguei com a cabeça, desanimada.

Rafa me acompanhou, ainda empenhado em encontrar a máscara perfeita.

— Médico na época da peste negra? — Ele puxou uma máscara com o bico comprido, que lembrava os médicos que tratavam dos doentes na Idade Média.

— Logo após uma pandemia?

— Jigsaw? — Rafael arriscou mais uma vez, me mostrando uma máscara de um boneco com bochechas vermelhas e cabelos pretos, idêntica à do vilão da série de filmes *Jogos Mortais*.

Dessa vez não ri, porque me distraí ao ver a fantasia perfeita e peguei-a antes de correr para o provador, sem dar atenção para Rafael. E, enquanto experimentava o traje, pensei em todas as escolhas que haviam me levado até ali.

A fantasia era de um personagem que representava tudo o que eu queria ser: um justiceiro que luta contra a tirania e a opressão.

Naquela noite, eu seria o V, de *V de Vingança*.

Embora eu desejasse ter feito tudo de forma diferente nos últimos meses, agora estava feliz pelo caminho que segui. Se não tivesse feito o que fiz, eu não estaria ali com Rafael e Cecília, me divertindo como nos velhos tempos. E agora tudo tinha um brilho especial, porque Bruna estava ali também.

Só Deus sabia o que aconteceria naquela noite, mas agora eu sabia que não deixaria um desgraçado qualquer tirar aquelas pessoas de mim. Eu estava determinada a encontrar provas suficientes para fazer o desgraçado do Fred apodrecer na prisão, para conseguir vingança por mim e por todas aquelas garotas.

Aproximei-me de Rafa e pronto, éramos o começo de uma piada ruim: V, Hera Venenosa, Freddy Krueger e Patrick Bateman entram num bar...

Pagamos as fantasias e fizemos uma breve parada em um estande de maquiagem nos corredores do shopping para darmos os toques finais. Éramos, sem dúvida, um grupo bastante inusitado.

Cecília estava finalizando os últimos detalhes do seu visual quando olhei o relógio do celular e vi que faltava apenas meia hora para o início da festa. Senti meu coração bater mais rápido conforme os segundos se passavam.

Repassamos o plano uma última vez enquanto nos dirigíamos ao estacionamento: entraríamos na festa, localizaríamos Charles, coletaríamos provas contra Fred e, o quanto antes, entraríamos em contato com Joaquim.

Não tinha como dar errado.

Capítulo 29

Naquele Halloween, você me disse que não estava bebendo e eu acreditei em você

♪ *Wallows – Drunk on Halloween*

I sso foi um grande erro – eu falei quando ainda estávamos no carro, aguardando Cecília nos colocar para dentro do condomínio.

– Não deveríamos estar aqui.

– Acho que agora é um pouco tarde demais para voltar atrás, Hanna – Bruna respondeu, do banco do motorista.

Me sentia à beira de um colapso. Não sabia como tinha achado que aquilo seria uma ótima ideia.

– Meu irmão está lá dentro. – Minha amiga se voltou para mim com uma expressão determinada.

– Ei, vai dar tudo certo. – Rafa segurou minha mão. – Estamos juntos nisso, ok?

Nem mesmo aquele gesto conseguiu me acalmar. Sentia meu corpo inteiro coçar, então mordi a minha bochecha e senti o gosto metálico inundando minha boca, além de doer para valer. Engoli o sangue, mas aquilo não estancou o sangramento.

Cece voltou para o carro com um sorriso animado.

– Conseguimos entrar! – ela disse, triunfante.

– Quanto você teve que pagar a eles? – Rafa perguntou, ainda segurando minha mão.

– Não importa, o que importa é que estamos dentro. – Cecília colocou o cinto de segurança. – Agora, se você puder ser um amor – ela olhou para Bruna –, siga a rua em linha reta e pegue a terceira entrada à esquerda. É a última casa.

Minha amiga começou a dirigir. O ferimento na minha boca ainda estava sangrando, mas não havia muito que eu pudesse fazer agora, porque logo estávamos oficialmente dentro do condomínio.

– Antes de estacionar, devíamos dar uma volta no quarteirão – Rafa sugeriu –, só para conhecermos melhor o lugar e termos algumas opções de fuga, caso a coisa fique feia lá dentro.

Bruna assentiu e dirigimos pelo condomínio, até avistarmos um horto florestal denso e sombrio atrás da casa.

– Que loucura! Ele tem uma floresta no quintal e mesmo assim prefere desovar os corpos em parques públicos? – Cecília indagou.

Senti um nó na garganta ao pensar nas garotas que ele havia matado.

– É um padrão dos assassinos em série, eles evitam agir perto de onde moram ou trabalham... – Bruna explicou enquanto procurava uma vaga para estacionar. – É como os cachorros que não fazem as necessidades onde comem.

As ruas estreitas do condomínio estavam cheias de carros e a música da Luísa Sonza ecoava pela vizinhança. Havia algumas pessoas fantasiadas no jardim na frente da casa e uma escadaria levava à porta principal, onde uma guirlanda de abóboras e morcegos enfeitava a entrada e uma luz vermelha iluminava o cenário, dando um toque macabro ao ambiente.

Rafael percebeu o meu nervosismo quando saímos do carro e se aproximou de mim para colocar a mão no meu ombro.

— Fica tranquila, vai dar tudo certo — ele me tranquilizou. — Afinal, é só uma noite de Halloween. O que pode dar errado?

Entramos na casa com um frio na barriga, sabendo que *tudo*, absolutamente tudo, poderia dar errado.

As pessoas estavam dançando e se divertindo, exibindo suas máscaras e fantasias. E, ainda que ninguém parecesse prestar atenção em nós, senti um olhar sobre mim, como se alguém nos vigiasse. Reconheci a música que tocava — *Campo de Morango* — porque já a usei em um dos vídeos de *Batata Ana*.

Rafa apertou a minha mão, tentando me passar confiança, mas ele também parecia desconfortável, enquanto Bruna digitava freneticamente no celular procurando por alguma pista de Charles.

— Ele não me responde há horas — ela murmurou, angustiada. — Devíamos ter vindo mais cedo.

— E agora? Qual é o plano? — Rafa indagou.

Olhei para Bruna, esperando uma resposta, mas ela estava hipnotizada por algo à nossa frente. Segui o seu olhar e vi uma mulher parada perto da escada, vestida com um terno vermelho e um sutiã da mesma cor à mostra. Seus cabelos loiros estavam penteados para trás com gel e as pontas eram verdes. Ela usava uma maquiagem de palhaço, mas isso não me impediu de reconhecê-la.

Lina.

— O que ela tá fazendo aqui? — perguntei, incrédula enquanto avançava na direção da minha amiga. Bruna me puxou pelo braço, impedindo-me de ir.

— Quem é aquela com a Lina? — Minha amiga apontou uma garota baixinha e de cabelos castanhos, vestida toda de preto e com uma maquiagem carregada.

Não acreditava no que estava vendo. *Será que era ela mesmo?*

— Ei, é a Gabi! — Cecília exclamou ao reconhecer a garota. — Vem, vamos falar com elas.

Ela saiu andando na direção de Lina e Gabi, sem esperar pela nossa reação. Bruna foi atrás, então Rafa e eu trocamos um olhar de surpresa e as seguimos. Ao chegar nas meninas, Cece as abraçou.

— Bruna! Estou tentando te ligar faz maior tempão! — Lina disse, com uma voz alegre. — Onde você estava?

— Você que sumiu do mapa por dias e agora aparece aqui, do nada — eu respondi, irritada e confusa, antes de arrancar a minha máscara. — Ah, oi Gabi. Quanto tempo...

— Como você conhece ela? — Minha amiga parecia surpresa. — E quem é essa? — Ela apontou com a cabeça para Cecília.

— Eu estudei com ela. Como *você* conhece a Gabi? — Devolvi a pergunta. — Essa é a Cecília.

— Era a Gabi que estava postando aqueles tweets. Nos encontramos hoje à tarde e ela disse que teríamos pistas nesta festa... — Lina explicou. — E, sério, você já tentou me substituir depois de só dois dias longe?

Ela olhou com raiva para Cecília, que respondeu com ironia:

— É um prazer te conhecer.

Lina revirou os olhos e bufou.

— Ok, claramente todos temos muito assunto para colocar em dia, mas agora temos que achar meu irmão — Bruna se intrometeu na conversa. — Lina, há quanto tempo você está aqui?

— Chegamos há meia hora, mas não encontramos nada suspeito... — Gabi falou pela primeira vez desde que chegamos.

— Peraí, o Charlie tá aqui? Por quê?

— Você saberia se não tivesse brigado com a Hanna enquanto ela estava sendo ameaçada de morte — Cecília alfinetou minha amiga.

— Por que não fica na sua, Sophie Turner de 1,99? — Lina retrucou, ajeitando a postura para parecer mais alta e imponente.

— Charles está aqui porque o ex dele mora aqui — Rafa falou do nada, orgulhoso de si mesmo por estar por dentro da história.

— E esse é quem? — Lina perguntou, a voz cheia de desdém.

— Alguém que sabe mais do que você — Cece respondeu com sarcasmo.

Lina fuzilou minha ex-melhor amiga com os olhos.

— Acho melhor a gente se dividir em grupos — Bruna sugeriu, tentando acabar com a animosidade das duas. — Talvez seja mais fácil encontrar o Charles assim.

— Será que alguém pode me colocar a par de alguma coisa, pelo menos? — Lina soou irritada.

— Descobrimos que Otávio, aquele cara com quem Charles estava saindo, mora com Fred, que teve a ex-namorada assassinada pela pessoa que está matando essas garotas e ameaçando a Hanna — Rafa explicou, impaciente. — Seu amigo acabou ficando preso aqui e elas acharam uma boa ideia virem pessoalmente resgatar ele.

— Otávio e Fred são irmãos — Gabi jogou a bomba.

Olhamos incrédulos para ela.

— Sabrina, a terceira vítima... — a garota prosseguiu — Foi ela que colocou Fred no meu radar, então sei uma coisa ou outra sobre ele.

— E existem chances reais dele ser o culpado? — Rafa perguntou, assustado.

— A situação não é muito boa para ele, na verdade. O último lugar que ela esteve antes de ser assassinada foi aqui.

Gabi parou quando se deu conta do que acabara de dizer.

— Ok, vamos achar o Charles e dar o fora daqui — Rafael estava oficialmente aterrorizado.

Tive vontade de perguntar para Gabi o que mais ela sabia sobre esses casos e qual era a chance de sua irmã mais velha estar envolvida em tudo aquilo, apesar de saber que era um pensamento completamente sem cabimento.

— Tem mais alguém no radar? — Rafa perguntou.

Gabi deu de ombros.

— Não parece ser o trabalho de uma pessoa só. Os bilhetes, por exemplo... Quem estava entregando para uma das garotas era um de seus vizinhos, enquanto um colega da faculdade entregou para outra vítima. Eles disseram que não sabiam o conteúdo dos bilhetes, só entregaram.

Sabia que Gabi estava falando algo importante, mas o arrepio que percorria por minha nuca, como se alguém continuasse me observando, tomava toda a minha atenção. Procurei na multidão e vi uma figura no final do corredor, entre a fumaça e a luz vermelha. Ela usava uma capa preta e uma máscara branca, mesmo assim eu sabia que a pessoa me encarava fixamente.

Hipnotizada, avancei na direção da figura, ignorando por completo o perigo de fazer tal coisa numa festa organizada por um assassino. Ela se afastou lentamente, até parar diante de uma escada. Sem hesitar, segui seus passos.

De repente, ela se virou, retirou a máscara e sua voz familiar me questionou:

– Hanna? O que você tá fazendo aqui?

– Eu que devia perguntar! – respondi, furiosa.

– Eu moro aqui.

Sua resposta, junto à descoberta sobre quem era o dono da voz, me deixou atônita.

Sem pensar, comecei a desferir socos no braço de Gustavo.

– SEU TRAIDOR! EU CONFIEI EM VOCÊ! – Eu estava aos berros, enquanto ele tentava se defender.

– Do que você tá falando, Hanna? – meu ex indagou, encolhendo-se diante dos meus golpes.

– Gus? – Ouvi a voz de Rafael atrás de mim.

Parei de bater em Gustavo e senti um nó na garganta.

Aquela era a última situação que eu esperava enfrentar na noite.

Capítulo 30

Os demônios estão te cercando por todos os lados

♪ *Michael Jackson – Thriller*

Estávamos os três parados no corredor enquanto a festa continuava em pleno curso, completamente alheia à situação tensa que vivíamos.

— Então... isso tá rolando agora? – Gustavo indagou, apontando para mim e Rafa.

— Nem pense em mudar de assunto! – esbravejei, ainda com raiva. – Como assim, você mora aqui?!

— Eu te disse que estava morando com um amigo – ele se defendeu.

— Não imaginei que seu amigo fosse o Fred!

— Fred? Credo, não! Mas, peraí, como *você* conhece o Fred?

— Eu saí com ele por um tempo.

Cruzei os braços. Não queria encarar o Rafael, então me voltei para meu ex, e seu rosto mostrava sua evidente decepção.

— Ele é péssimo, Hanna – ele comentou, indignado.

— Já saí com caras piores — provoquei.

— Vai por mim, ele consegue ser pior do que eu. — Gustavo se aproximou de mim. — Sabia que a ex-namorada dele morreu e ele está sendo investigado por isso?

Assenti com a cabeça.

— É por isso que estamos aqui.

Ao me ouvir dizer aquilo, Gustavo olhou para mim e para o irmão, com o semblante assustado.

— Será que podemos conversar em algum outro lugar? — Rafa falou pela primeira vez em minutos, antes de descer as escadas e se dirigir à porta à nossa frente. Em seguida, ele a abriu e fomos atrás, pois estávamos acostumados a obedecê-lo.

— Por que você tá morando aqui? — ele perguntou para Gustavo.

Meu ex-namorado se sentou em uma das cadeiras e eu o imitei. Estávamos os três em um quarto escuro, coberto por jornais pendurados nas paredes e com diversos aparelhos musicais espalhados pelo cômodo, então imaginei que ali fosse um estúdio. Em cima de um teclado, havia uma boneca bebê extremamente macabra e, na mesma hora, algo nela me chamou a atenção.

Rafa estava de pé, olhando para nós. Senti-me como se tivéssemos acabado de ter uma briga feia e ele estivesse exercendo seu papel de apaziguador, assim como nos velhos tempos.

— Desde que Alice e eu terminamos, estou procurando um lugar para ficar aqui em Campinas. Enquanto não acho, meu amigo Otávio me ofereceu para ficar aqui. — Gustavo deu de ombros.

— E como vocês se conhecem? — indaguei.

— A gente se conheceu jogando Tibia. — Ele me fitou.

Eu me lembrava de Gustavo passar horas jogando no computador com um amigo virtual, mas não sabia ao certo o nome da pessoa.

— Otávio é o Lute? — Rafa questionou, incrédulo.

Lute. Era esse o nome que mais ouvíamos quando ainda éramos todos amigos. Gustavo mudou completamente depois que começou a conviver com esse tal de Lute, como se o papel que Rafael ocupava de irmão mais velho perfeito tivesse sido tomado pelo misterioso amigo virtual. Enquanto Rafa se distanciava cada vez mais de nós, Lute se tornava mais presente na vida de Gustavo, preenchendo o buraco deixado pela ausência do irmão.

— Sim, por que todo esse auê em cima disso? — meu ex interrogou, revezando o olhar entre mim e Rafa.

Engoli em seco, ainda perturbada com a boneca em meu campo de visão.

— Lembra a última vez que nos vimos? — perguntei para Gustavo, que assentiu. — Eu te perguntei se estava sabendo das garotas que vinham sendo assassinadas em Campinas, e você me respondeu...

— Que isso era normal numa cidade grande — ele completou minha linha de pensamento. — Não precisa me lembrar, Hanna. Eu repasso cada conversa que já tivemos na minha mente todos os dias.

Rafael revirou os olhos e bufou. Ao perceber o gesto, meu ex indagou:

— Então isso tá mesmo rolando?

— Continuando... — interrompi os dois. — Três garotas foram mortas pela mesma pessoa e temos alguns motivos para acreditar que Frederico é o responsável por isso.

Gustavo não pareceu surpreso com o que eu disse.

— E que Otávio estava cooperando com ele — Rafa completou, e só então o choque apareceu no rosto do meu ex.

— Ok, isso é ridículo... — Ele se levantou. — A parte do Fred ser um assassino? Tudo bem, eu acredito. Agora o Otávio? Vocês nem conhecem o Lute.

— Ele está saindo com o Charlie — revelei.

— O quê? — Gustavo se espantou. — Não, não é possível. Ele teria me contado. Ele sabe o que fiz com Charles e o quanto me arrependo disso...

— Eles estão saindo há mais de um mês.

O olhar de Gustavo pousou sobre mim.

— Meu amigo tá aqui agora, em algum lugar desta casa. — Levantei-me e fui em direção ao meu ex. — E ele parecia preocupado quando nos ligou, por isso achamos que Otávio pode ter alguma coisa a ver com isso.

— Você tá errada — Gustavo se afastou. — Otávio e Fred se odeiam. Mesmo que Fred seja culpado, Otávio não tem nada a ver com isso.

— Então por que eles moram juntos? — Rafa perguntou, ainda de pé do outro lado do quarto.

— É complicado — Gustavo coçou a cabeça. — Essa casa era da avó deles. Aí, desde que ela morreu, os dois estão tentando ficar com a casa. Nenhum deles quer sair, então estão morando juntos, mas se odeiam.

A porta se abriu de repente.

— Gus? O que está fazendo aqui? — Escutei uma voz familiar vinda do outro lado do quarto, atrás de mim. — E quem é esse?

— Será que você pode nos dar licença? — Rafael pediu, de forma ríspida.

— Ahn, vocês estão no *meu* estúdio — Fred retrucou.

Senti meu corpo inteiro congelar e, como eu estava de costas para Fred e de frente para Gustavo, eu o encarei de olhos arregalados, em busca de socorro. Percebendo meu gesto, um ex perguntou:

— Pode nos dar um segundo, cara?

— Tá zoando, né?! — O tom de Frederico era raivoso.

Ele se aproximou e pude senti-lo ao meu lado. Lancei um olhar de soslaio para o lado e lá estava a boneca, com seus olhos que pareciam me seguir aonde quer que eu fosse. Então, virei-me abruptamente para Fred, porque qualquer coisa era melhor do que ser observada por aquele brinquedo sinistro.

— Hanna? — Ele parecia genuinamente surpreso ao me ver. — O que está fazendo aqui?

— Gustavo me convidou — menti, sem pensar duas vezes. — Desculpa, não sabia que você morava aqui.

Tentei me afastar, mas Frederico me segurou pelo braço. Na mesma hora, percebi Rafael se aproximar de nós, com uma postura de quem estava prestes a atacar.

— Será que podemos conversar? — Fred pediu, ainda segurando meu braço.

— Não — Rafa e Gustavo responderam em uníssono, cada um de um lado do quarto, igualmente preparados para um combate.

— Acho que não temos nada para conversar — rebati, ainda tentando me desvencilhar dele.

— Olha, eu sei que você foi naquele show. Ficou bem claro depois que vi seus amigos. Mas, Hanna, Sabrina era minha ex-namorada... E ela foi assassinada antes do show, naquela mesma semana — Fred concluiu, com a voz pesada.

Encarei-o, assustada, e ele enfim me soltou antes de se jogar em uma das cadeiras.

— Eu não a ajudei quando tive a chance... — Ele cobriu o rosto com as duas mãos. — Será que podemos, por favor, conversar? A sós.

— Não vai rolar — respondi.

— Sem chance — Gustavo e Rafa falaram quase juntos.

— Se não se importar, prefiro que eles fiquem aqui — declarei, ainda atônita e sem conseguir tirar os olhos da boneca.

Fred se deu por vencido e começou a falar:

— Eu e Sabrina namoramos por uns cinco anos. Terminamos há um ano, mas ela não superou muito bem, vivia achando motivos para me ver... Então, há mais ou menos um mês, ela disse que estava sendo perseguida e que precisava falar comigo urgente.

Apesar das suas palavras, algo na boneca simplesmente roubou minha atenção toda para si e eu a encarei, absorta.

— Aí ela veio aqui em casa um dia e começou a falar um monte de baboseira — ele continuou. — Eu não dei atenção e disse para ela ir embora, porque não tínhamos mais nada. E então, no dia seguinte, ela foi encontrada morta.

— Muito conveniente, né? Você ter sido o último que a viu viva... — Gustavo provocou.

Qual é o problema com os olhos dessa boneca?

Eles não tinham vida, ao mesmo tempo carregavam uma aura de história, como se tivessem testemunhado inúmeras passagens do tempo, porém sem perder seu brilho misterioso.

— O que quer dizer com isso? — Fred se levantou e se aproximou do meu ex.

As vítimas foram encontradas sem os olhos.

— Você sabe muito bem! — Gustavo rebateu.

De repente, ficou difícil respirar. Meu coração estava batendo a um milhão por hora, à medida que o mundo ao meu redor derretia.

Eu estou olhando para os olhos de uma garota morta.

Naquele momento, o quarto pareceu ter sido tomado por uma fumaça densa e, antes que eu conseguisse reunir meus pensamentos, uma pancada súbita atingiu o lado direito da minha cabeça.

Depois disso, tudo foi mergulhado na escuridão.

Capítulo 31

Se você achou isso, provavelmente é tarde demais

♪ *Arctic Monkeys – If You Found This It's Probably Too Late*

Tentei me mover, mas percebi que estava amarrada.

Meus olhos demoraram a se acostumar com a claridade, que agora tomava conta do cômodo. Quando finalmente consegui me situar, notei que estava amarrada a uma cadeira, com Fred e Rafa ao meu lado. Tentei falar algo, mas uma fita colava meus lábios, assim como os deles.

Ainda estávamos no estúdio de música. À nossa frente, Gustavo estava sem a máscara e acompanhado por um homem alto, fantasiado de Coringa vestido de enfermeira, cujo rosto não consegui ver direito por causa da maquiagem.

Tentei focar o que os dois estavam falando e ignorar a música alta que preenchia o ambiente.

– Cara, que droga! Você tem que deixar eles de fora dessa – disse Gustavo para o outro. Os dois não pareciam ter percebido que eu estava acordada.

– Depois de tudo que ela fez com você? – O Coringa vestido de enfermeira gesticulou e, mesmo ouvindo sua voz, não consegui reconhecê-lo.

– Ela não fez nada! – Dava para perceber que meu ex estava nervoso. – Eu queria que você tivesse me contado sobre isso antes...

– Era para ser uma surpresa – o outro respondeu. – Pensei que ficaria feliz... Isso é exatamente o que planejamos por tanto tempo!

Depois de uma pausa, o estranho voltou a falar:

– Todas as provas vão apontar para ele. Frederico não tem escapatória, nem álibi algum. Ele teve um relacionamento com todas as vítimas, eu deixei uma peça de roupa dele estrategicamente com cada uma... E o melhor de tudo: os olhos das garotas espalhados pelo quarto dele. – O Coringa pegou a boneca macabra. – Não é mesmo, Sabrina?

Senti meu coração errar as batidas. Os olhos da boneca macabra eram de Sabrina. A camisa xadrez, que ainda estava comigo, era de Fred.

Ele pensou em cada detalhe.

– E aqui estamos, prontos para realizar o sonho de nossas vidas – o Coringa prosseguiu, com um tom de loucura em sua voz. – Você finalmente pode matar sua ex-namorada e colocar a culpa no meu irmão, que vai apodrecer na cadeia... – Ele se aproximou de Gustavo, que se afastou, horrorizado. – Podemos ter tudo o que sempre sonhamos.

– Eu nunca sonhei com isso! Me tira dessa!

– Ah, não? Não foi com você que passei todas as madrugadas da minha adolescência falando sobre como destruir nossos irmãos? – O outro homem apontou o dedo no peito do meu ex-namorado.

– Não desse jeito, Lute!

Otávio é o outro cara.

Senti minha cabeça girar.

– E o que todas aquelas garotas tinham a ver com isso?! – Gustavo estava gritando. – O que a Hanna tem a ver com isso?!

– Dã, elas se envolveram com o idiota do Frederico! Elas mereciam pagar por isso!

— Não com a vida delas, cara! Agora vamos desamarrar eles e ir até a delegacia, por favor?

— Por que eu faria isso? — Otávio questionou, debochado.

— Porque é a coisa certa a se fazer.

Escutei o assassino soltar uma risada abafada.

— E desde quando você liga para a coisa certa a se fazer? Se estou me lembrando corretamente, foi você que viu aquela garota Carmen colocar as drogas no quarto do seu irmão e não fez nada para impedir, você engravidou outra enquanto namorava... — Ele falava de forma tranquila e cheia de sarcasmo. — Devo continuar? Porque tenho uma lista de coisas *erradas* que você deliberadamente escolheu fazer.

— Lute, eu sei que fui um lixo durante boa parte da minha vida... – Gustavo tentou se acalmar. — Mas isso não significa que eu te ajudaria num plano que envolve matar pessoas. Eu tenho um filho pra cuidar.

Os dois ficaram em silêncio, até que Otávio soltou outra risada irônica.

— Ok, eu fiquei confuso agora... — Ele começou a andar pelo cômodo.

Na mesma hora, fechei os olhos com força, torcendo para Lute não ter percebido que eu estava desperta.

Do nada, o assassino voltou a gargalhar freneticamente.

— Você jura que não trabalha mesmo para seu pai?

— É, eu trabalhei no mercado durante um período...

Aquilo fez Otávio rir mais ainda.

— Eu sou... tão... idiota! Ai, peraí, peraí... — Ele tentava interromper sua crise de riso. — Então, quando você me arranjou um trabalho com ele... Era mesmo só um trabalho de caixa?

— Sim... — Gustavo soou confuso, e Lute gargalhou com ainda mais vontade.

— Ah, meu Deus... — Ele limpou as lágrimas que escorriam por sua maquiagem de palhaço, borrando tudo ainda mais. — Ok, eu estou rindo, mas isso é trágico. — De repente, a expressão do serial killer ficou séria e ele soltou um longo suspiro. — Eu realmente gostaria que pudéssemos ter feito isso juntos, Gus.

— Podemos fazer qualquer coisa juntos, Lute. Sabe que eu teria te apoiado se seu plano fosse contra o Frederico, porque eu sei as coisas horríveis que ele te fez passar... Mas isso não está certo – Gustavo implorou.

Otávio não disse nada e ousei abrir os olhos, apenas para ver que ele estava virado para uma estante velha no canto do cômodo.

— Gus, quero que saiba que você sempre foi meu melhor amigo – ele disse, ainda de costas, em um tom melancólico e amargo. – E que isso vai doer mais em mim do que em você.

Quando Lute finalmente se virou para encarar Gustavo, com a expressão sombria e carregada de sentimento, vi um revólver em sua mão.

Meus olhos se arregalaram com o susto e um grito abafado tentou escapar da minha garganta. Depois disso, tudo aconteceu muito rápido: o barulho do tiro, a pancada da cadeira caindo no chão, o baque do meu corpo contra a superfície e uma música de rock tocando ao fundo.

Capítulo 32

Vamos brindar por todos os destruídos

♪ *My Chemical Romance – Welcome To The Black Parade*

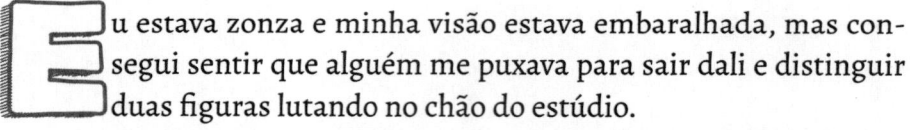

Eu estava zonza e minha visão estava embaralhada, mas consegui sentir que alguém me puxava para sair dali e distinguir duas figuras lutando no chão do estúdio.

Tudo se tornou frio e escuro, até que um portão se abriu e saímos do estúdio às pressas, eu e seja lá quem estivesse me conduzindo. No meio de uma floresta, árvores começaram a surgir enquanto eu corria bosque adentro, ainda zonza e com a visão embaralhada.

Ouvi mais um tiro. A música cessou.

A grama raspou no meu rosto quando tropecei.

– Hanna, vamos! Temos que sair daqui! – uma voz masculina me apressou, mas não consegui reconhecê-la.

Passos pesados se aproximaram. Não reconheci a voz, nem quem estava correndo, então tentei me soltar das mãos que me prendiam, rastejando pelo chão. A pessoa que me puxava me escondeu atrás de uma árvore, e finalmente vi que era Rafa.

Gustavo surgiu e se juntou a nós, atrás da mesma árvore. Assim, ficamos os três ali, com medo até de respirar.

Lembrei-me de quando morávamos na Colmeia e nos escondíamos para pregar peças em nossos vizinhos mais velhos, certos de que estávamos seguros porque Rafael estava ali. Ele segurou minha mão com força, e percebi que Gustavo estava com a cabeça apoiada em seu ombro.

Escutei passos se aproximando.

– Você arruinou a porra da minha vida inteira! – Era a voz de Otávio, que estava aos berros.

Mais tiros foram dados e ele continuou a gritar:

– Você é tão insignificante! Você é tão insignificante que ninguém vai sentir sua falta!

Sua risada ecoou a poucos metros de distância.

– Você é tão insignificante que foi preciso eu matar a sua namorada pra alguém começar a investigar você!

Rafael apertou minha mão com mais força.

– Você fez a mamãe se matar! – Otávio ainda estava gritando. – Como você dorme sabendo disso?! Como dorme sabendo que você e o bosta do seu pai entraram em nossas vidas apenas para acabar com a gente?!

Ele deu mais tiros para o alto e completou:

– Eu gostaria que você nunca tivesse nascido!

Rafael passou um dos braços ao meu redor e senti como se nada daquilo fosse real.

Ficamos em silêncio por um tempo, até escutarmos o barulho de passos se aproximando. Gustavo se levantou de súbito e prendi minha respiração, ao passo que Rafael me abraçou com força, impedindo-me de fazer qualquer coisa.

– Sou eu! Não atire – meu ex disse ao sair do esconderijo, em tom pacificador, e levantou as mãos.

– Por que não? – Escutei a voz trêmula de Otávio perguntar. – POR QUÊ?!

— Lute, sou eu... — Gustavo caminhou na direção do amigo. — Eu teria te apoiado em qualquer coisa, você sabe disso.

— Não está me apoiando agora... — O outro pareceu vacilar. — Por que não está me apoiando agora?

— Porque isso é maluquice, Lute!

— Eu preciso fazer isso, Gus.

— Não precisa, cara. Não precisa. — A voz de Gustavo ficou mais distante. — Eu sei tudo que ele te fez passar e ele merece pagar por tudo, mas... As garotas não tinham nada a ver com isso, Lute.

O silêncio tomou conta do ambiente, e só consegui escutar o barulho de água corrente e de alguns grilos.

Então, Otávio começou a chorar de soluçar.

— Você deveria ter falado comigo antes — meu ex continuou —, porque eu teria dito que essa era uma ideia ruim. Eu teria ajudado... — Os soluços do assassino ficaram ainda mais altos. — Eu deveria saber que não era uma boa ideia te apresentar ao meu pai... Ele está envolvido com isso, não está?

— O seu pai é um homem brilhante... — Lute choramingou.

— Ele é a pior pessoa que já pisou na Terra — Gustavo o cortou —, mas ele estava lá, sempre esteve. Mesmo incentivando toda minha rivalidade com o Rafa, a gente sabia que ele amava a gente. Sinto muito por tudo isso, cara.

— Mamãe nunca deveria ter se casado com o crápula do pai do Frederico — Otávio respondeu, entre lágrimas. — Ela ainda estaria viva, e Frederico nunca teria nascido.

— Eu sei que sua vida foi difícil, Lute. Não consigo nem imaginar como deve ter sido crescer em uma casa sem amor, enquanto seu irmão mais novo recebia toneladas de carinho... — Gustavo falava com calma. — E eu sei tudo que seu padrasto te fez passar. Todos os castigos, a violência... Você compartilhou tudo comigo, lembra?

Após uma pausa, ele continuou:

— Eu só tentei te ajudar quando te coloquei em contato com meu pai, porque eu queria que você tivesse condições de sair daquele lugar que te fazia tão mal. Só que não imaginei que estaria te colocando em um lugar pior ainda.

Os dois ficaram em silêncio.

— Quer saber qual é a pior parte? — Otávio indagou, entre lágrimas e risadas. — Eu não senti nada quando matei aquelas garotas. Não senti nada enquanto atraí elas para o parque, nem quando injetei cianeto na veia delas, nem quando abri o olho de cada uma e tirei os glóbulos oculares...

Eu estava em choque. Não sei o que Fred fez para ele, mas tinha certeza de que havia sido algo terrível.

— Eu... eu não sinto nada, Gus — Lute falou, como se fosse uma súplica. — Nem com todo o desespero na voz delas, o medo... Exatamente como eu me senti quando ele me fez... quando ele me fez...

Ele não conseguiu concluir a frase sem cair aos prantos. Senti sua dor e nem ao menos sabia o que Fred tinha feito, mas senti ódio dele.

— Eu sei, eu sei — Gustavo respondeu, também com a voz embargada. — Está tudo bem, Lute. Eu estou aqui.

— Não, não está! — Otávio parou de chorar, e sua fala saiu como um grito abafado. — Você tem sua família agora. Eu nunca terei uma família, Gus.

— Você pode ter...

— Não posso! Não posso! Ele arruinou toda minha vida, Gus... ELE ME ARRUINOU!

Enquanto o choro do Lute tomava conta do ambiente, notei um chacoalhar de grama adiante e vi que Frederico estava ali.

— Você tem certeza de que ele vai ser culpado pela morte das garotas? — Gustavo perguntou, ainda com a voz chorosa.

— Sim, eu fiz tudo certinho — O assassino fungava enquanto falava. — Ele vai pagar por isso.

— Lute, eu...

Meu ex tentou dizer algo, mas foi interrompido:

— Você promete? Você promete que vai fazer o Fred pagar pela morte das garotas?

– Como assim? – Havia confusão na voz de Gustavo.

– Me promete, Gus – Otávio falava com urgência. – Eu provei do pecado, amigo. Não tenho salvação. Eu sou um perigo para a sociedade. Não posso permitir isso. A polícia está vindo aí. Ele tem que pagar.

– Você chamou a polícia?!

– Eu sou uma bomba-relógio, Gus.

Escutei o barulho das sirenes.

– Por favor, não se esqueça de mim...

Quando Gustavo tentou responder, ouvi mais um barulho de tiro irromper pelo ar.

Capítulo 33

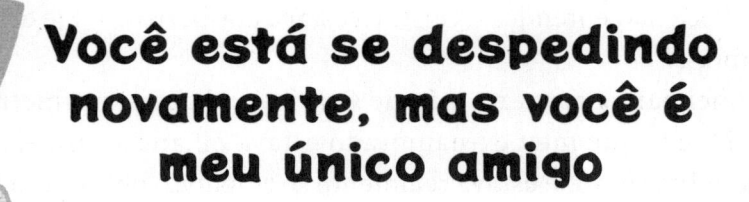

Você está se despedindo novamente, mas você é meu único amigo

♪ Wallows – Only Friend

Rafael se levantou em um salto. Parecia que o mundo inteiro estava em câmera lenta enquanto eu ouvia o barulho do sangue percorrendo minhas veias.

Nada daquilo era sobre mim, nunca foi. Eu apenas tive o azar de cair em uma teia de aranha que já vinha sendo montada há anos, um plano que já estava em execução.

Percebi uma movimentação mais adiante na floresta e escutei o barulho de algo caindo na água, a alguns metros de distância, porém não consegui distinguir o que era.

– Hanna! Ajuda! – Escutei Rafa gritar.

Levantei-me com dificuldade e saí de trás da árvore. Senti meu estômago revirar ao me deparar com Otávio caído de costas no chão, com a boca aberta e uma poça de sangue se formando ao redor de sua cabeça.

Rafael segurava Gustavo pelos braços, que estava aos prantos e se debatia para tentar se livrar do irmão. Fiquei completamente atordoada com a imagem.

— Hanna, tira a arma daqui! Rápido!

— Você não entende! — Gustavo estava aos berros. — Ele era meu único amigo!

Olhei para a arma na mão de Otávio, a poucos centímetros de distância, e vi que meu ex-namorado estava olhando para ela. Não pude acreditar que ele estava realmente se culpando pelo que acabara de acontecer, nem que merecia pagar pela própria vida por algo que não fez.

— Tira essa arma daqui, por favor! — Rafael implorou.

Em vez disso, marchei na direção deles, deixando o revólver para trás, e fiz o que deveria ter feito há muito tempo: acertei meu ex-namorado, em cheio, no rosto.

Na mesma hora, ele parou de se debater e me olhou assustado. Rafael fez o mesmo, embora ainda segurasse o irmão com força.

— Quer parar de ser tão egoísta?! — gritei. — Você tem a porra de um filho para cuidar!

— Ele vai ficar melhor sem mim!

— Que nem o Otávio ficou sem o pai dele?! — Apontei para o corpo caído na floresta.

— Ele era o único que me conhecia de verdade... — Gustavo olhou para o chão, as lágrimas escorrendo pelo rosto. — Quando nem eu mesmo sabia o que estava acontecendo, ele estava lá. E eu não fiz o mesmo por ele. Nem para vocês dois.

Rafael o soltou e ele caiu de joelhos.

— Por que não deixam eu me matar? Vocês dois têm motivos para me querer morto... — Meu ex soluçava, com a cabeça entre as pernas.

— Você é meu irmão, Gus. — Rafa se sentou ao seu lado. — Eu te salvaria um milhão de vezes, mesmo se você tivesse matado o presidente dos Estados Unidos.

Gustavo o olhou com atenção, ainda chorando, e Rafael continuou:

— Sei que temos muita coisa para acertar entre nós dois, mas só de saber que você não trabalha com Pablo e que está disposto a ser um pai melhor do que ele foi, eu sei que temos uma chance.

— Me perdoa, cara. — Meu ex se virou para dar um abraço no irmão, que retribuiu o gesto.

— A gente vai dar um jeito, ok? — Rafael respondeu, ainda o abraçando de volta.

Escutei passos se aproximando às pressas e luzes de lanternas clarearam a floresta, que até então estava iluminada apenas pela lua cheia. Reconheci o uniforme da polícia que os homens usavam e logo avistei meu pai, que veio em nossa direção e me envolveu em um abraço apertado.

Um dos policiais, que tinha um bigode grosso e uma expressão séria, se aproximou de nós com uma prancheta na mão e se apresentou:

— Boa noite, eu sou o inspetor Mendes. Eu preciso que vocês me contem o que aconteceu aqui.

Ele olhou para nós três, à espera de uma resposta. Confesso que não me sentia em posição de falar nada, pois eu era apenas uma figurante daquela história toda.

Rafael se levantou e se colocou na frente de Gustavo, que ainda estava no chão.

— Eu posso explicar, inspetor. Eu moro nessa casa com meu amigo Otávio...

Ele tentava soar firme, mas eu percebi que estava tremendo. Rafael estava mentindo para proteger o irmão, com medo de que Gustavo fosse preso por ser cúmplice de Lute ou algo assim.

— Não, Rafa. Chega — Gustavo o interrompeu com determinação. — A verdade é que o Otávio matou três garotas e estava mandando cartas ameaçando a Hanna. — Ele apontou em minha direção. — Há provas de todos os crimes espalhadas pela casa. Eu estava morando aqui há alguns meses...

Ele começou a soluçar, mas fez um esforço para conter as lágrimas e continuou:

– E estou disposto a colaborar com a investigação como eu puder. – Meu ex olhou para o irmão. – Me desculpa, Rafa, mas você não precisa mais me proteger.

O inspetor Mendes ficou boquiaberto. Rafael ficou igualmente sem reação e o encarou com uma mistura de surpresa, raiva e tristeza, sem saber o que dizer.

– Eu preciso que vocês venham comigo para a delegacia, porque vamos ter que verificar essa história toda – informou o inspetor.

Em seguida, ele chamou os outros policiais e pediu que averiguassem o corpo de Otávio, junto com a arma.

– Mendes, deixa que eu os levo até a delegacia – meu pai ofereceu.

– Não acho que haja necessidade de envolver um advogado, sr. Magalhães – o policial respondeu de maneira rude.

– E quem falou que estou aqui como advogado? Eu sou a família deles.

Capítulo 34

E eu ainda vou chegar ao fundo do poço

♪ *Paramore – Hard Times*

Fiquei no banco do passageiro do carro de papai, enquanto Gustavo e Rafael ficaram no banco de trás. Era como nos velhos tempos, isso é, se não estivéssemos voltando da delegacia.

Estávamos todos em silêncio, processando tudo o que tinha acabado de acontecer. Antes de sairmos do condomínio, pude ver Gabi tirando algumas fotos e conversando com outras pessoas, então torcia para ela ter conseguido as informações em primeira mão. Além disso, papai nos contou que Bruna havia encontrado Charles desacordado em um dos banheiros da casa e o levou ao hospital na mesma hora, mas estávamos sem novas informações sobre eles.

Cecília e Lina estavam nos esperando no apartamento de Rafael, para onde estávamos indo. Ainda era de madrugada quando chegamos ao prédio e tudo estava silencioso, calmo... como se não tivéssemos passado por uma experiência quase mortal.

Eu ainda estava com a fantasia de V de Vingança, mas não fazia ideia de onde tinha deixado minha máscara. Gustavo estava de calça jeans, camiseta preta e já não usava mais a manta do Ghostface, nem a máscara. Rafael, por sua vez, ainda estava de terno, gravata e uma capa de chuva por cima, com o sangue falso – pelo menos eu esperava que fosse – respingado por todo seu rosto.

Cecília e Lina estavam sentadas no sofá quando chegamos ao apartamento e se levantaram ao nos verem. Dava para perceber que o clima entre elas não era dos mais amigáveis.

– Vocês estão bem? – Cece perguntou, mas sequer falei algo, acreditando que a expressão em nossos rostos seria capaz de responder por si só.

– O que a polícia disse? – Lina quis saber.

– Não há nada definido ainda, mas a casa era praticamente um mar de provas. – Papai começou a explicar enquanto se dirigia à mesa da sala de jantar e apoiava seu notebook na superfície. – Como o depoimento dos três foi feito de forma individual e todos disseram a mesma coisa, creio que não restarão dúvidas de que Otávio foi o responsável por aquelas mortes.

Ficamos em silêncio.

– Sei que todos devem estar querendo dormir e esquecer que essa noite existiu... – Ele voltou a falar. – Mas é agora que o perigo começa de verdade.

Papai nos explicou que fazia anos que ele monitorava Pablo e que, se Otávio tivesse qualquer ligação com suas atividades ilegais, todos nós estaríamos em perigo.

– Ele deixou claro que tinha algo a ver com seu pai. Não é mesmo, Gustavo? – papai perguntou e meu ex assentiu.

É claro que Pablo nunca incluiu o Gustavo em suas atividades paralelas, pensei. Ele achava que o filho era fraco e influenciável demais para assumir qualquer legado.

– Então é só questão de tempo até conectarem Pablo a esse caso e a mais centenas de outros que investigamos na última década – meu pai prosseguiu. – Ele esteve envolvido com pessoas perigosas e influentes, que fizeram de tudo para acobertarem os crimes.

Senti minha cabeça latejar e o interior da minha boca estava em carne viva.

– Gustavo, preciso que você compartilhe conosco tudo o que sabe sobre Otávio – papai pediu, ligando o notebook.

Então, meu ex-namorado começou a contar que os dois se conheceram ainda adolescentes em um jogo online e se conectaram porque ambos viviam em conflito com os irmãos.

– Naquela época, eu ainda idolatrava o Rafa, mas estava começando a ficar incomodado com meu pai constantemente dizendo como meu irmão era mais inteligente, atlético e bonito do que eu, como eu nunca poderia ser como ele... Aí comecei a perceber como todo mundo sentia isso. Sempre era ele, depois eu – desabafou. – Então, comecei a compartilhar esses sentimentos com o Otávio, e as coisas saíram um pouco do controle.

Gustavo estava exausto, mas não parecia se importar em contar cada detalhe da história:

– Lute tinha muito mais motivos para odiar o irmão do que eu jamais tive. Frederico é cruel e terrivelmente perturbado. E já era ruim o Lute ser torturado pelo padrasto e negligenciado pela mãe, mas tudo piorou quando Fred também começou a fazer mal a ele.

Rafa sentou-se na frente do irmão e apenas absorveu tudo o que ele tinha a dizer. Estávamos todos acomodados à mesma mesa em que comemos algumas horas atrás, antes de chegar à festa sentindo que poderíamos fazer de tudo.

– Um dia, eles estavam brincando em um parque com um monte de outras crianças, quando encontraram um gato morto – Gustavo continuou. – Uma das crianças desafiou Otávio a colocar o dedo no buraco vazio onde deveriam estar os olhos do animal, mas Frederico levou as coisas ainda mais longe e... Ele sabia sobre a homossexualidade do irmão... Ele o fez colocar o órgão sexual ali, no meio de todas as crianças.

Senti vontade de vomitar.

Então era sobre isso que Otávio estava falando.

— Depois disso, as coisas só pioraram. Nenhuma das crianças queria brincar com ele depois disso e o boato se espalhou. Frederico começou a torturar o irmão com isso, perturbando-o constantemente com olhos artificiais, com imagens de gatos mortos impressas na parede...

Gustavo fez uma pausa para respirar, então prosseguiu:

— Otávio tentou se matar quando tinha uns treze anos, mas não conseguiu e foi internado, depois passou por terapia e, quando saiu... Bem, quando ele saiu, sua vida estava destruída. Foi aí que nos conhecemos. Ele estava com dezessete anos e eu estava com a idade que ele tinha quando tentou se matar. O Lute virou um tipo de mestre para mim, a posição que antes meu irmão ocupava...

Senti o olhar de Rafa abaixar e ele suspirou.

— Convenci meu pai a dar um emprego para Otávio, porque queria que ele tivesse condições financeiras de se livrar de Fred – meu ex continuou a falar. — Eu não imaginei que Pablo fosse virar uma figura paterna para ele.

Ficamos todos em silêncio, interrompidos somente pelas teclas do notebook de papai.

— Eu não consigo nem expressar o quanto sinto muito por tudo o que fiz, mas prometo a todos vocês que farei o que estiver ao meu alcance para melhorar as coisas, para fazer o certo, para colocar Pablo na prisão... Eu prometo a vocês — Gustavo concluiu.

Rafael se levantou e se aproximou do irmão, segurando seu ombro com força em um gesto de apoio. Até mesmo as teclas de papai cessaram quando ele abriu a boca para falar com Gustavo, mas ele foi interrompido por uma batida brusca na porta.

Capítulo 35

Qual é o mais próximo que você pode chegar da ruína total e ir embora com todos os membros intactos?

♪ *Jawbreaker – Accident Prone*

— Rafa! Tá aí? – Ouvi a voz de uma mulher do lado de fora.
— É Mariane!
— Não abra a porta – Gustavo sussurrou. Olhamos para ele, sem entender nada. – Foi a Mariane quem deu as drogas para a Carmen incriminar o Rafa. Eu vi com meus próprios olhos.

— Você não está insinuando que minha mãe está envolvida com seu pai, né? – Cecília perguntou, irritada.

Gustavo apenas assentiu com a cabeça e Cece deu um soco na mesa.

— Você tá errado! – retrucou, conforme se levantava em direção à porta.

Gustavo se levantou e tentou impedi-la, enquanto Mariane continuava batendo na porta.

— Me larga, seu bostinha! — Cecília o empurrou.

Antes que ela pudesse alcançar a porta, no entanto, papai se levantou e intercedeu em seu caminho.

— Deixa que eu falo com ela —pediu, antes de se virar em nossa direção. — Se escondam.

Cecília lançou um olhar furioso para meu pai, mas fez o que ele pediu e nos escondemos atrás das poltronas, sem saber ao certo o que fazer.

Minha respiração estava ofegante quando espiei papai abrir a porta. Do outro lado estava Mariane, abraçando o próprio corpo coberto por um sobretudo pesado. Seus cabelos loiros estavam grisalhos e ela parecia ter perdido mais de vinte quilos desde a última vez que a tinha visto, cerca de dez anos atrás.

— Querida, o que está acontecendo? — ela perguntou, ao envolver Cecília em um abraço. — Arthur, quanto tempo... — Sua expressão mudou quando percebeu a presença do meu pai.

— Mariane, como vai? — ele a cumprimentou. — Será que podemos conversar em particular?

Papai apontou com a cabeça para o corredor e Mariane olhou de Cecília para ele, sem entender o que estava acontecendo. Antes que ela pudesse responder qualquer coisa, contudo, Cece interveio:

— Mãe, qual é sua relação com Pablo?

— Pablo? O quê? Do que está falando, filha? — Mariane tentou desconversar, mas Cece a encarava fixamente.

— Por que quis fugir de Itapira naquela época? — ela insistiu.

— Muitas memórias ruins... Mas por que está me perguntando isso agora? — A mulher parecia estar perdendo a paciência.

— Por que fez tanta questão de Rafa ser seu sócio na padaria? Pablo te mandou ficar de olho nele? — A voz de Cecília estava fria como um pedaço de gelo enquanto interrogava a mãe.

— Ah, por favor, filha! Andou lendo teorias da conspiração de novo? — Mariane indagou, com raiva.

— Responda! — Cecília exigiu, com mais raiva ainda.

No entanto, sua mãe não estava mais olhando para ela, porque seus olhos estavam fixos no sofá onde estávamos escondidos. Me encolhi para não ser vista, mas era tarde demais.

Ela nos viu.

– Ele está aqui? – Mariane perguntou, ainda olhando para o sofá.

Cece e meu pai permaneceram em silêncio.

– Tudo bem, não precisa contar. Eu vou descobrir por conta própria.

De repente, a mãe de Cecília tirou um revólver de dentro do sobretudo.

– Eu pensei que o Brasil fosse contra armas! – Lina cobriu os próprios ouvidos e se deitou no chão. – Por que todo mundo tem uma?

– Mãe, não! – Cecília gritou e escutei seus passos correndo em direção ao corredor.

Nos levantamos às pressas para tentar entender o que acabara de acontecer. Nenhum dos três estava na sala, a porta estava aberta e o silêncio tomava conta do cenário.

De repente, um barulho de tiro irrompeu o ar, seguido por sons de passos correndo e pessoas gritando de todos os lados.

Corri para o corredor e encontrei meu pai caído no chão, com a perna ensanguentada, mas ainda consciente. Desesperada, olhei ao redor e vi Cecília tentando tirar a arma da mão de Mariane, enquanto Lina estava com o celular no ouvido; provavelmente telefonando para a polícia, chamando uma ambulância ou as duas coisas ao mesmo tempo.

– Vem, temos que levar ele lá para baixo! – Gustavo gritou enquanto pegava meu pai pelos braços e tentava carregá-lo sozinho em direção ao elevador.

– Vai com ele, Hanna! – Rafael falou com urgência. – Vamos tentar ganhar tempo aqui!

– E quanto a você? – perguntei, ainda atordoada.

– Eu vou ficar bem. – Ele segurou minha mão e sorriu. – Eu tenho que ficar bem, porque ainda preciso fazer panquecas para você.

Puxei seu rosto com as mãos, trazendo-o para mais perto de mim, e depositei um beijo em seus lábios. Em seguida, corri até Gustavo, para ajudá-lo a carregar meu pai pelo corredor.

Entramos no elevador, que estava travado com diversos objetos entre o corredor e a porta. Empurramos tudo e colocamos meu pai sentado no chão. Sua consciência foi se esvanecendo aos poucos, conforme perdia mais sangue e Gustavo pressionou as mãos com força ao redor do ferimento na perna.

— Ele vai ficar bem. Eu te prometo, Hanna — ele disse, ainda olhando para a perna de papai.

Mordi o interior da bochecha que já estava em carne viva, reprimindo minhas lágrimas.

— Seu pai vai ficar bem, nem que essa seja a última coisa que eu faça, ok? — Ele segurou minha perna com uma das mãos, enquanto apertava a de papai com a outra. — E meu irmão também. Ele tem que ficar.

Concordei com a cabeça, porque não conseguia conceber a ideia de qualquer coisa diferente daquilo. Então, Gustavo me puxou para perto dele, sob a perna de papai, e deu um beijo em minha testa.

O elevador chegou no saguão, enquanto todos os outros moradores estavam descendo pela escada. Os bombeiros já estavam presentes e ajudavam Gustavo a tirar papai do elevador.

Saí completamente abobalhada pelo saguão e, ao olhar ao redor, vi policiais instruindo todos os vizinhos a deixarem o prédio e escutei as sirenes se aproximando pela segunda vez naquela noite. Fui com a multidão para a calçada, mas, quando olhei para os lados, não reconheci ninguém.

Um barulho de algo muito pesado caindo no chão me chamou a atenção. Quando olhei para a frente e vi um corpo estatelado na rua, minhas pernas perderam as forças e caí no chão.

Tudo escureceu.

Escutei gritos, mas estavam distantes. Tudo estava cada vez mais longe.

Eu estava cada vez mais longe. Até que não existia mais.

Capítulo 36

Eu acordo à noite, ando como um fantasma, a sala está em chamas, fumaça invisível

♪ *Taylor Swift – The Archer*

Dois dias depois do Halloween

Meus olhos doeram com a claridade que banhava a sala, de maneira que demorei a conseguir focar algo no meu campo de visão – especificamente numa televisão ligada, passando alguma propaganda sobre móveis. Logo percebi que estava em uma maca e sozinha, em um quarto pequeno.

Tentei falar alguma coisa, mas senti uma dor excruciante ao abrir a boca.

– Hênna, você acordou! – Minha mãe chegou do nada, com a voz estridente invadindo o quarto. – Somos famosos, dá pra acreditar?

Não entendi o que estava acontecendo. *Eu tô sonhando novamente?*

— Tá uma loucura por aqui, tem jornalistas acampando na porta do hospital... Estou dando mais entrevistas do que já dei em toda minha vida — ela continuou, animada.

— O que... — Tentei falar, mas não consegui obrigar minha boca a obedecer. Eu esperava que aquilo fosse apenas um sonho ruim.

— Ah, não, *Hênna*, não tenta falar. Tenho certeza que o William Bonner em pessoa virá falar com a gente em breve, então você trate de se recuperar até esse momento chegar.

Cutuquei-a para me certificar de que ela era real, e mamãe soltou um grito.

— Por que fez isso? — Ela deu um tapa na minha mão.

— Papai... — Tentei formular uma nova frase.

— Ai, de novo isso? Quem está aqui sou eu, não ele — minha mãe resmungou e sentou-se em uma cadeira ao lado da cama. — É que nem quando você aprendeu a falar... Quem fala "papai" antes de "mamãe"?

Fiquei irritada por não conseguir responder, nem ao menos para mandá-la ficar em silêncio. Eu não fazia ideia do que estava acontecendo e estava mais que claro para mim que minha mãe não falaria nada que não fosse sobre ela.

E, enquanto continuava tagarelando sobre como os jornalistas estavam atrás dela, tentei repassar mentalmente os últimos acontecimentos antes de acordar ali.

— Quem... caiu? — perguntei, tentando suportar a dor extrema. — Eu lem...

— Ai, quer parar de ser tão egoísta e prestar atenção no que estou falando? — ela me interrompeu. — Credo, é sempre sobre você e seus interesses, nunca sobre mim! Enfim, tenho certeza de que aquele médico vai me chamar para sair...

Alguém caiu do último andar do prédio. Foi a última coisa que vi antes de apagar totalmente.

Rafael, Lina, Cecília e Mariane estavam lá, então deve ter sido algum deles.

Respirei fundo e arranquei os fios que estavam me ligando à máquina ao lado da cama. Não sabia para que serviam, só sabia que eu precisava de respostas.

Minha mãe continuava falando, alheia à minha movimentação, até que consegui me sentar na cama, com muito esforço.

– O que está fazendo? – ela perguntou, quando enfim percebeu que eu estava me movimentando.

– Xixi – falei, ofegante.

Aparentemente, me sentar exigia mais esforço do que eu me lembrava.

– Ai, que nojenta! – Mamãe fez uma careta. – Vou chamar um enfermeiro. Torça para não ser um dos gatinhos, porque aí que você não vai ter chance com eles mesmo!

Ela se levantou e saiu em direção ao corredor, deixando-me sozinha novamente. Com dificuldade, consegui ficar em pé, com cada movimento pesando como o mundo em minhas costas.

Quando finalmente alcancei a porta, Lina apareceu.

– Ah, meu Deus! O que você está fazendo em pé? – ela perguntou ao me ver.

Vê-la me encheu de uma felicidade indescritível e eu a abracei com toda a força que tinha, como se fosse a última vez. Depois do abraço, Lina me levou de volta à cama e agradeci, porque estava me sentindo esgotada.

Não sabia quanto tempo havia passado desde que a vi, mas seu rosto não estava leve e iluminado como antes: olheiras fundas marcavam seus olhos, a raiz de seu cabelo estava aparecendo e, ao invés de maquiada, sua face estava pálida.

– Quem... caiu? – perguntei, tentando recuperar meu fôlego.

Minha amiga se sentou ao meu lado na cama e me olhou com carinho.

– Mariane – disse, passando os dedos pelo meu cabelo –, mas não quero te incomodar com isso agora.

— O que... — Tentei falar, mas desisti no meio do caminho. Em seguida, apontei para minhas bochechas, que pareciam estar com o triplo do tamanho.

Lina soltou uma risada fraca.

— Acredite se quiser, mas morder a bochecha não é muito saudável. Você pegou uma baita de uma infecção por causa dessa mania. — Ela sorriu de forma solidária. — Os médicos fizeram um tratamento com laser para cicatrizar isso daí, e daqui a pouco você vai poder voltar a falar normalmente.

Soltei o peso da cabeça no travesseiro. *Todos os meus amigos estavam correndo risco de vida enquanto eu pegava uma infecção?*

— Quanto... tempo?

— Dois dias. Você deveria descansar mais um pouco, Hanna.

Ela tentou se levantar, mas segurei seu pulso, implorando para que ficasse e esclarecesse o que havia acontecido. Eu precisava de atualizações, precisava saber se meus amigos estavam bem.

— Tá bom... — Lina se deu por vencida. — Depois que vocês desceram, Mariane conseguiu tirar a arma da mão de Cecília e foi para cima do Rafa.

Senti meu coração parar.

— Foi desesperador. A Cecília se voltou contra ela na hora e as duas caíram no chão, então a arma voou para longe e eu precisei segurar ela... Dá pra acreditar?

— Rafa...? — Tentei fazer minha amiga voltar ao foco.

— Ah, ele está bem! A bala pegou no braço, mas tá tudo bem — ela me assegurou e senti que finalmente podia voltar a respirar. — Depois disso, a Cecília e a Mariane acabaram indo parar na varanda do apartamento, ainda discutindo e se batendo. Foi horrível, Hanna...

O semblante de Lina ficou pesado.

— Aí, do nada, a Mariane tirou uma faca do bolso e esfaqueou a própria filha... Que está viva, aliás. — Ela se adiantou em completar, ao perceber meu desespero. — A próxima coisa que vi foi a Cecília debruçada sobre o parapeito da sacada e... Ela empurrou a Mariane lá pra baixo.

Minha cabeça estava girando.

— Ela começou a gritar quando percebeu o que tinha feito, aí pegou a faca que a mãe tinha usado contra ela e começou a cortar os próprios pulsos... — Os olhos da minha amiga se encheram de lágrimas. — Mas eu corri até ela e arranquei a faca de suas mãos. Ela chorava tanto...

Não conseguia nem imaginar o que Cecília sentiu.

— No final das contas, a Mariane estava trabalhando mesmo para o Pablo. Ele fornecia as drogas e, em troca, ela ficava de olho no Rafa. E, pelo visto, foi o Pablo que mandou Mariane dar as drogas para aquela tal de Carmen. — Lina coçou a cabeça.

Pablo orquestrou a prisão do próprio filho.

Não sabia por que ainda me surpreendia com aquilo.

— Então todo mundo está por aqui — minha amiga continuou. — Rafa ainda está internado porque quebrou o braço e Gustavo está acompanhando ele. Charles estava com uma quantidade preocupante de ketamina no organismo e continua internado, aí a Bruna está com ele. Cecília está sob observação...

Por que ela não está falando nada sobre meu pai?

— Meu pai? — perguntei, com medo de ouvir o que minha amiga diria.

Lina olhou para os lados, incerta sobre o que falar a seguir. Então, me encarou com solidariedade e mordeu o lábio inferior, antes de responder:

— Ele está em coma.

◄◄ ❚❚ ►►

Só fui ver o Rafael dois dias depois de tudo acontecer, quando ele estava com o braço engessado e eu já estava voltando a falar.

— Eu te disse que morder a bochecha não era um bom jeito de chamar a atenção – Rafa disse, ao se sentar do lado da minha cama. – Você deveria ter investido em fazer umas tatuagens em vez disso.

— Mas eu sou uma tatuada agora.

Mostrei meu guarda-chuva amarelo e Rafa olhou com carinho para a tatuagem.

— E agora? – perguntei.

Se eu não sabia o que fazer, Rafael saberia. Era assim que as coisas funcionavam.

Contudo, ele só deu de ombros e disse:

— Eu nunca desconfiei da Mariane, sabe? Achei que seu pai saberia se ela estivesse envolvida com alguma coisa.

— E como a Cecília está?

— Em silêncio. Ela não fala nada, não reage a nada... – Rafael suspirou. – Eu não consigo parar de pensar em como as coisas estão fodidas. Seu pai provavelmente vai ficar paraplégico, Charles nunca mais vai confiar em ninguém, Lina deve estar megatraumatizada também... Até o cachorro de Fred e do Otávio tá em apuros, sabia? Frederico simplesmente desapareceu, depois daquela noite.

Gustavo estava certo em uma coisa: Frederico conseguia ser pior, muito pior do que ele.

Respirei fundo, sem saber o que fazer.

— Alguma informação sobre o Pablo?

Rafa negou com a cabeça, depois completou:

— Desapareceu logo em seguida.

Ficamos em silêncio por um momento, então segurei sua mão com força.

— A gente precisa ficar unido agora, sabe? Todos nós. Todos nós nos envolvemos nisso e agora precisamos um do outro para conseguirmos superar tudo o que aconteceu de alguma forma.

Ao ouvir aquilo, Rafa concordou com a cabeça e apertou minha mão.

— Virar pai realmente mudou o Gustavo – ele comentou. – O filho da mãe ainda vai conseguir me fazer perdoá-lo por tudo só de ficar me mostrando fotos do Carlinho. Deveria ser crime usar um bebê pra conseguir perdão.

Soltei o que foi talvez a primeira risada em uma semana, mas logo mergulhamos de volta para o silêncio. Nós dois sabíamos o que aquilo significava, mas ninguém estava disposto a falar primeiro.

Não poderíamos ficar juntos naquele momento. Precisávamos estar lá um para o outro – e para meu pai, Cecília, Lina, Charles, Bruna e Gustavo. Sem contar que meu ex provavelmente não aceitaria nosso relacionamento.

Por isso, apenas nos abraçamos e ficamos juntos por um tempo.

– Nós esperamos todos esses anos, o que são mais alguns pra conta?

Meus olhos estavam marejados quando terminei a frase e Rafa me abraçou com mais força, antes de depositar um beijo no topo da minha cabeça.

Capítulo 37

Estamos no limite, um lugar perigosamente longe e hostil

♪ Tame Impala - Borderline

Cinco dias depois da noite de Halloween

Era Dia de Finados, então o cemitério estava mais lotado do que o normal. Nenhum de nós queria chamar atenção, mas o caso de Pablo revelou ser maior do que imaginávamos, pois havia muitas pessoas envolvidas no esquema, pessoas importantes.

Nunca imaginei ver meus amigos de Campinas em Itapira, mas eles estavam ali. Lina e Charles seguravam minhas mãos, enquanto Bruna estava abraçada com Lucas, o assistente do meu pai, do outro lado do cemitério. Rafael e Gustavo estavam ao lado de Raquel e nossos amigos da escola também estavam lá para prestar homenagens ou se inteirar da situação. Não vi Carmen em lugar algum e torci para que ela tivesse tido a decência de não vir.

Gabi se aproximou enquanto os coveiros começavam a descer o caixão.

— Como ela está? — perguntou, ao se posicionar ao meu lado.

— Nada bem — respondi com pesar.

Cecília continuava sob observação no hospital e não foi ao enterro, mas não podíamos culpá-la. O trauma de matar a própria mãe é algo que ninguém nunca deveria experienciar.

— Ela não tem falado com ninguém, nem mesmo com Camille... — Gabi olhou com pesar para o caixão no qual o corpo de Mariane passaria a eternidade.

Camille estava à frente ao lado dos avós, parecendo firme e resiliente. Não conseguia imaginar o que estava passando pela cabeça dela.

— E seu pai, como está?

— Ele acordou, mas os médicos ainda estão examinando, tentando ver quão grave foi — respondi com tristeza.

Gabi me abraçou com força. Quando se afastou, disse:

— Sei que todos vão falar isso hoje, mas, se eu puder ajudar com algo, por favor, me diga.

— Você poderia começar tirando seus colegas de trabalho abutres da porta do cemitério — Lina alfinetou ao se aproximar de nós.

Gabi assentiu e seguiu em direção à saída quando a cerimônia acabou. Raquel caminhou em nossa direção com Gustavo ao seu lado e vi Rafael acompanhar Camille.

— Querem ir para minha casa comer alguma coisa? Preparei um bolinho hoje cedo — Raquel ofereceu, acariciando minha cabeça.

— Não é superperigoso ir à sua casa? — Lina perguntou sem papas na língua e a reprimimos com o olhar. — O quê? Não era lá onde o Pablo morava?

Ele estava desaparecido desde que as notícias começaram a circular por todo o país há alguns dias e Raquel, que apenas sorriu com a pergunta da minha amiga, estava cooperando com todas as investigações.

— Seria uma grande idiotice voltar para o lugar mais óbvio, não é mesmo? — ela falou com gentileza.

Assim, fomos todos para a casa de Raquel, tentando despistar os jornalistas no meio do caminho.

Nos reunimos na sala de estar e era estranho estar ali novamente. Na última vez, eu ainda namorava com o Gustavo, sem saber que ele estava esperando um filho com outra pessoa.

Rafael foi o último a chegar e pude comprovar que as borboletas ainda davam piruetas em meu estômago toda vez que eu o via.

— Camille não quis vir? — Raquel perguntou quando ele fechou a porta atrás de si.

— Não, eles na verdade já voltaram para Campinas. Eles não querem deixar Cecília sozinha por muito tempo. — Rafa se acomodou no sofá ao lado de Lucas, que continuava com os braços ao redor de Bruna.

— Pobrezinha... Será que ela vai morar com os avós quando tiver alta? — A dona da casa colocou café em pequenas xícaras dispostas sob a mesa de centro da sala.

— Não sei... Só sei que a Camille está pensando em voltar a morar no Brasil para cuidar de Cecília — ele disse.

— Ela poderia morar com a gente — Lina sugeriu abruptamente.

Desde que salvara a vida de Cecília, minha amiga se tornou a única pessoa que conseguia conversar com ela. Mesmo que o assunto se limitasse ao "oi, tudo bem?", já era mais do que todos conseguíamos.

— Se a Hanna estiver ok com isso, é claro — ela completou.

— Está brincando? — Sorri. — Morar juntas era nosso sonho desde a primeira série...

— Não começa, não, senão eu vou mudar de ideia — Lina resmungou, enciumada, e caímos na risada.

Ver todos meus amigos reunidos, sãos e salvos fez meu coração se aquecer. Há apenas quatro dias, eu achei que perderia todos eles, então sorri e me permiti relaxar por algumas horas.

Antes de irmos embora, subi até o quarto de Gustavo. Sabia que tinha deixado diversos pertences meus ali e talvez fosse uma boa hora para pegá-los de volta.

— Saudades? – meu ex perguntou ao se encostar no batente da porta e me observar vasculhando seu quarto.

Fiquei vermelha.

— Gus, eu...

— Não precisa falar nada, eu só estava brincando com você... Se isso estiver ok, é claro.

Assenti com a cabeça e esbocei um sorriso fraco. Em seguida, me sentei na cama e vi que o Dr. Piolho ainda estava ali. Gustavo ganhou aquele ursinho de pelúcia em uma barraca de tiro ao alvo numa Festa de Maio, quando estávamos nos primeiros meses de namoro.

Sorri com a lembrança. Eu realmente amei Gustavo por algum tempo, antes dele se tornar um babaca completo. Justamente por isso continuamos juntos por muitos anos, porque eu ainda me segurava às lembranças de dias felizes como aquele.

— Eu quero que você seja feliz, Hanna – ele disse, me observando.

Senti uma onda de culpa me corroer por dentro, que se intensificou com suas palavras seguintes, ditas com calma:

— Sei da sua conversa com Rafael.

— Ele te contou? – Virei a cabeça, assustada.

— Eu ouvi. Hanna, eu fiz vocês dois infelizes por muito tempo... – Gus tirou o ursinho das minhas mãos e as segurou com delicadeza. – Não quero ser o empecilho da felicidade de vocês por nem mais um segundo.

Segurei as mãos dele com força e trocamos um sorriso sincero, e senti meus olhos lacrimejarem. Fiquei animada em conhecer aquela nova versão de Gustavo e esperava que pudéssemos ser amigos.

Capítulo 38

Alguém já te beijou em uma sala lotada?

♪ *Taylor Swift – Question...?*

Estava deitada na minha antiga cama na casa da minha mãe, olhando para o teto cheio de adesivos que eu costumava colar quando era adolescente. Eu estava tentando relaxar, mas a minha cabeça estava a mil. Tantas coisas haviam acontecido nos últimos dias que eu mal conseguia acreditar.

Lina e Bruna estavam no chão, em um colchão improvisado, cochichando sobre o novo namoro de Bruna com Lucas. Charles estava no quarto da minha mãe, conversando com ela sobre algum assunto que eu não fazia ideia. Não imaginava que mamãe fosse ser divertida o bastante para conversar, mas talvez pudesse se tornar para quem não fosse filho dela.

Fiquei tão distraída que nem percebi o meu celular vibrando na mesinha de cabeceira. Só quando tocou de novo peguei o aparelho e vi uma mensagem de um número desconhecido.

> Vem até a frente da sua casa

Franzi a testa, sem entender quem era.

> Sou eu, o Rafa

Meu coração disparou e levantei da cama, então saí do quarto sem dizer nada para as meninas. Elas nem notaram a minha saída de tão entretidas que estavam na conversa.

Desci as escadas e abri a porta da frente, sentindo o vento frio e a chuva fina que caía.

E lá estava ele.

Rafa, parado na calçada, todo molhado, segurando um buquê de pirulitos Push Pop nas mãos. Ao me ver, ele sorriu e acenou com a cabeça.

– O que você está fazendo aqui? – perguntei, ainda surpresa.

– Eu vim te ver – ele disse, se aproximando de mim.

– Mas você está todo encharcado! Entra, vem! – Tentei puxá-lo pela mão, mas Rafael me impediu.

– Não, vem aqui comigo – ele respondeu.

– Mas eu vou me molhar toda! – reclamei, abraçando meu corpo.

– Eu não me importo de me molhar por você, Hanna. – Rafa me encarou. – Eu só quero estar com você.

Então me deixei levar, porque sabia que não adiantava resistir. Rafael tinha esse poder sobre mim, de me instigar a fazer coisas que eu normalmente não faria. Eu sentia a chuva molhar o meu cabelo, meu rosto e minhas roupas, mas não liguei. Só tinha olhos para o sorriso dele, que me aquecia por dentro.

– Achei que tínhamos combinado de esperar – murmurei.

— Eu não aguento mais esperar, Hanna. — Ele me abraçou pela cintura. — Eu falei com o Gus. Falei que eu te amo e que eu não posso mais ficar longe de você. E ele entendeu, e disse que quer o nosso bem.

— Isso vai estragar a amizade de vocês...

Rafa balançou a cabeça em negativa, depois emendou:

— Vocês namoraram por oito anos enquanto ainda estávamos casados. Ele tá me devendo.

Sorri e colei o meu rosto no de Rafa.

— Hanna Magalhães, você aceita cancelar o nosso divórcio e voltar para mim? — ele perguntou, com a voz rouca.

Não respondi com palavras, mas com um beijo. Um beijo que dizia tudo o que eu sentia por Rafael, tudo o que eu queria com ele. Um beijo que era como um raio de sol depois da chuva, que iluminava o nosso caminho. Os aplausos calorosos e os sorrisos radiantes dos nossos amigos e familiares ao redor só serviram para reforçar a certeza de que estávamos no caminho certo.

Envolvidos nos braços um do outro, sentimos a energia positiva fluir ao nosso redor, alimentando nossa alma com uma sensação de plenitude e gratidão.

E, assim, enquanto Rafa me girava no ar com gentileza e ternura, eu soube, sem sombra de dúvida, que aquele momento marcava o início de uma nova jornada, repleta de amor, companheirismo e infinitas possibilidades.

Era como se, naquele instante, o destino tivesse traçado um novo curso para nossas vidas, guiando-nos para um futuro cheio de promessas e realizações. Longe de encontros e namoros online.

Epílogo

Eu e o karma nos damos bem

♪ *Taylor Swift – Karma*

◀◀ ❚❚ ▶▶

Quatro anos depois da noite de Halloween

Pablo havia sido preso no mês passado, após anos de gato-e-rato com a Polícia Federal. Seus esquemas foram finalmente desmembrados e ele foi pego em sua teia de trapaças, extorsão e corrupção, envolvendo pessoas que sequer imaginávamos.

Entre elas estava Catarina Bueno, minha ex-chefe que, coincidentemente ou não, queria que toda a situação com as cartas e as garotas mortas ficasse embaixo dos panos. Ela também tinha sido presa há alguns meses e a revista *CurioZo* fora vendida para uma antiga funcionária que minha ex-chefe odiava, uma tal de Isabela Rodrigues. A nova dona da empresa decidiu mudar todo o foco da revista para *true crime* e investigações criminais.

Pouco tempo depois de tudo acontecer, descobrimos que Alan era quem estava me entregando as cartas feitas por Otávio, motivado por uma possível promoção caso eu saísse de cena. Meu ex-colega de trabalho fugiu do país quando isso foi descoberto, o que só transformou a revista em um ambiente ainda mais agradável de se trabalhar, e tudo só ficou melhor depois que Gabi foi trabalhar com a gente. Saí de lá no ano passado, quando decidi trilhar novos caminhos por conta própria.

Frederico continuou desaparecido, e até hoje não sabemos se ele morreu tentando fugir de Otávio na noite de Halloween ou se tinha outros planos.

Sobre meu pai, ele saiu do coma e ficou paraplégico, o que o fez enxergar toda a sua vida sob uma nova perspectiva. Ele decidiu entregar todos os documentos e a investigação que tinha em andamento nas mãos de Lucas e se aposentar – e, por se aposentar, digo se aposentar do caso de Pablo.

Ele decidiu seguir outro caminho, um que muito me agradou: papai finalmente retornou a ligação de nosso primo distante, que pesquisava sobre o povo Kayapó, o que me permitiu conhecer mais sobre minha origem. Desde então, ele passou a participar ativamente na luta pelos direitos dos povos indígenas no Brasil.

Mesmo que meu pai tenha passado a viajar por todo o país, ele se tornou mais presente do que em todos os anos que passou em Curitiba. Conversamos todos os dias por ligação e ele voltou a ser o pai que eu conhecia, só que ainda melhor, porque não se recusa a falar sobre sua família e a me contar as histórias que ouvia na infância. Isso acabou sendo muito bom para mim, já que meu emprego atual consiste em contar histórias sobre os povos originários, através de desenhos em quadrinhos e animados. Faço meu trabalho de onde e quando quero, em escolas de todo o Brasil. É um trabalho muito satisfatório e que me fez ganhar o título de "tia megalegal" do Carlinho.

Por isso, quando chego na nova casa de Raquel em Itapira, Carlinho me recebe com um abraço de urso. Hoje é seu aniversário de cinco anos e ele não poderia ficar mais feliz, pois estamos todos reunidos aqui.

Perdoar Gustavo acabou não sendo tão difícil, pois se tem o ponto positivo desse menino fazer parte da minha vida. E, diferente do pai quando criança, Carlinho é educado, inteligente... um amor. Nossa família se tornou muito mais feliz com ele.

Raquel, a vovó coruja, finalmente pôde descansar dos abusos constantes sofridos pelo marido e agora é proprietária de um espaço de acolhimento para mulheres em situação de vulnerabilidade.

Até Alice está aqui e somos amigas – quero dizer, o mais perto disso possível. Ela está muito bem-casada com alguém que não é Gustavo (ainda bem) e o seu segundo bebê está a caminho.

Meu ex mudou bastante. Ele não é mais o menino nojento de quando éramos crianças, nem o rapaz tóxico de alguns anos atrás. É um ótimo pai e, por incrível que pareça, um ótimo amigo.

Ele e Charles se entenderam depois de um tempo e também são amigos. Charles até o ajudou a entender mais sobre sua própria sexualidade, porque Gustavo se descobriu bissexual há um tempo. Contudo, não é como se estivesse saindo com alguém no momento. Seu foco principal está em ser pai e retomar os negócios da família de uma forma limpa e honesta, algo que ele tem feito bem.

Charles passou um tempo traumatizado demais para se relacionar com qualquer pessoa, mas hoje trouxe um dos poucos namorados que teve desde que tudo aconteceu. O garoto é alguns anos mais novo, parece ser bastante imaturo e tenho minhas suspeitas de que meu amigo só o trouxe para provocar ciúmes no meu ex, mas espero estar errada. Odiaria que Gustavo se envolvesse com alguém de novo sem estar pronto e voltasse a ser o cara tóxico de antes.

Bruna continua trabalhando com criptomoedas, mas estende seu conhecimento tecnológico para serviços de espionagem particular, o que ela diz fazer só por diversão. O relacionamento dela com Lucas está cada vez mais firme, mesmo que ele trabalhe na Polícia Federal e viva viajando. Sinto que em breve ouviremos sinos de casamento...

Falando em sinos, acho que também precisamos estar prontos para ouvir sinos de casamento das duas; mas, cada vez que as vejo, a situação de Lina e Cecília parece mais caótica.

Minhas melhores amigas se mudaram juntas para São Paulo no ano passado. Cecília trabalha com relações públicas, enquanto Lina finalmente conseguiu o que tanto queria: ser reconhecida na rua. Depois de tudo que aconteceu com a *Batata Ana*, decidi deixar Lina tomar a identidade dela e, de lá para cá, minha amiga conseguiu virar uma das influenciadoras mais seguidas do país, a ponto de inclusive poder deixar o personagem da *Batata Ana* para trás. Bom para ela.

No começo, não achei muita graça na ideia das duas se mudarem de Campinas, onde morávamos todas juntas. Contudo, sei que ainda ocupo o lugar de melhor amiga de ambas e que elas possuem um lugar especial na vida uma da outra – mesmo que ainda não saibam que lugar é esse ou apenas sejam orgulhosas demais para admitir. Elas juram que os beijos casuais do passado foram só por curtição e que o ciúme quando uma encontra alguém diferente é pura "preocupação", mas fala sério! Eu as conheço bem o suficiente para saber que estão caidinhas uma pela outra, mas não sou eu que vou falar algo.

Depois de cantar parabéns para Carlinho, me sento em um canto da sala e, ao observar minhas pessoas favoritas do mundo felizes, sinto que preciso registrar a cena em um desenho e começo a fazer o esboço.

Gabi está conversando com Charles, que olha disfarçadamente para Gustavo conversando com o atual marido de Alice. O acompanhante de Charles está mexendo no celular, claramente arrependido de ter vindo à festa. Raquel está conversando com meu pai e Alice ao redor da mesa, enquanto Carlinho brinca com algumas crianças da vizinhança que vieram para o aniversário.

Cecília e Lina estão discutindo enquanto conversam com Bruna sobre algo que parece muito importante, mas, quando escuto de orelhada, descubro que o assunto é sobre qual é a melhor plataforma para se ouvir música atualmente. Cecília está defendendo que é a Apple Music, enquanto Lina argumenta ferozmente que é o Spotify.

Minha mãe está conversando com Lucas. Espero que ela saiba que ele é namorado de Bruna e não tente alguma gracinha. Penso em levantar para interceder, mas, antes que eu possa fazer qualquer coisa, meu namorado me abraça.

— Sabe que pode viver o momento também, né? — Rafa brinca, analisando meu desenho.

— Eu sei, só quero guardá-lo para sempre. — Dou de ombros.

Rafael acabou vendendo a padaria, por conta de todas as lembranças que tinha de Mariane, alguém que o enganara durante todos aqueles anos. Hoje em dia, ele faz o que sempre gostou e cria modelos em 3D; o que acaba sendo uma boa combinação para nós dois, porque eu desenho e ele modela.

Ainda moramos no mesmo apartamento em Campinas e confesso que não sei quais serão nossos próximos passos, mas estamos felizes demais para nos preocuparmos com isso.

— Vem, preciso te mostrar uma coisa — ele diz enquanto me puxa pela mão.

Lá fora, montamos em sua moto — algo que ainda me causa borboletas por todo o estômago — e seguimos pelas ruas de Itapira, até pararmos bem perto de onde costumava ser a Colmeia, mas agora é um shopping. Quando soubemos que o terreno havia sido vendido, tentamos de tudo para impedir que a Colmeia fosse demolida, mas de nada adiantou. No entanto, Rafa conseguiu salvar uma coisa ou outra, como a porta do quartinho do zelador onde costumávamos nos esconder.

Paramos no estacionamento do shopping, mas, em vez de entrar, ele me leva ao outro lado da rua. Já é noite, tudo está fechado e não sei para onde vamos.

— Fecha os olhos — Rafael pede. — Vai, confia em mim...

É claro que eu confio nele, então fecho meus olhos e ele me guia pela rua, até eu sentir que estamos subindo escadas... E, de repente, estamos nos movendo para cima.

— Pode abrir.

Abro os olhos e encaro o ambiente ao redor, sem entender nada. Estamos em uma sala aconchegante, com paredes coloridas e móveis de madeira, mas não faço ideia de que local é esse.

– Não é a Colmeia, mas sei que podemos fazer daqui algo tão bom quanto – Rafa diz enquanto me guia até o corredor, até pararmos em frente a uma porta.

– É a porta do quartinho do zelador? – Minha voz sai eufórica.

– Sim, mas agora, em vez de dar para o quarto do zelador... ela dá para nosso escritório criativo.

Ele abre a porta e revela um verdadeiro estúdio de desenho, equipado com notebooks, cadeiras, mesas digitalizadoras e luzes.

– Rafa, o que é este lugar?! – pergunto, maravilhada, olhando ao redor.

– Nossa casa, se você quiser.

Quando volto a olhar para a frente, Rafa está ajoelhado, com uma caixinha preta em mãos. Reprimo um grito na mesma hora.

– Hanna Magalhães, aceita oficializar nosso contrato de casamento?

Antes que ele possa continuar, solto vários gritinhos e corro em sua direção, envolvendo-o com um abraço e beijando seus lábios.

Após colocar o anel em meu dedo, ele me mostra os demais cômodos do apartamento e a vista, que dá para o shopping onde costumava ser a Colmeia.

Neste momento, sinto que tudo está exatamente como deveria ser.

Agradecimentos

Mas, Luiza, você já não usou a "Nota da autora" para agradecer? Meu amor, eu tenho tanto e tanta gente para agradecer que não caberia em uma sessão só!

Além de agradecer mais uma vez a todos os profissionais que tornaram este livro real, agradeço também a todos que estiveram comigo nos bastidores, a começar por ela: Elienay Godoy!

A Elienay foi a primeira a acreditar em mim por acreditar mesmo, não por ser minha amiga ou só por falar. Já comentei sobre isso em outras situações, mas nosso primeiro contato foi tão incrível que sempre que eu tiver a oportunidade (e mesmo quando não tiver), eu vou contar.

Fui fazer uma entrevista para o jornal em que trabalho com a Elienay quando ela foi lançar a versão física do livro *Entre espinhos* (que, inclusive, se você ainda não tiver lido, pode anotar na sua *To Do List* imediatamente), e desde o primeiro minuto que começamos a conversar eu senti que já a conhecia; mas, apesar de morarmos na mesma cidade, nossos caminhos não tinham se cruzado antes daquela entrevista – ainda não era a hora.

Quando terminamos de conversar, eu já estava encantada com a coragem e simpatia dela! Foi então que comentei que sempre quis publicar minhas histórias e ela me deu o MAIOR apoio. Não foi só da boca para fora, tipo quando alguém conta uma coisa chata que aconteceu e nosso instinto é responder "qualquer coisa, pode chamar"; foi sincero.

Então obrigada (mais uma vez), Elienay Godoy. Todos os meus livros serão dedicados a você, pois sem você não haveria livros. Obrigada por acreditar em mim, serei eternamente grata.

Agradeço também ao meu namorado. "Como fica forte uma pessoa quando está segura de ser amada". Obrigada, Gabriel Maniezo. Sinto-me uma fortaleza por saber que sou amada por você – mesmo eu tendo tido que ficar no seu pé muitas vezes para você ler este livro antes que fosse lançado, eu te amo e sei que você me ama (só não ama tanto assim ler).

Também agradeço aos meus ídolos, que são meus fãs: papai Alex Caporalli, mommy Amanda Renata Carneiro e meu amorzinho da vida inteira, minha avó Ofélia Lemes! Sem vocês eu não seria eu, e sem eu não haveria livros nem histórias para contar.

Quero agradecer também ao meu avô, Wilson Caporalli. Espero que, de onde estiver, possa ver tudo isso. Estou aqui conhecendo o desconhecido, pois, se não começarmos, nunca estaremos prontos, não é mesmo?

Agradeço ainda ao meu psicólogo, Adilson. Sem ele, não teria as ferramentas necessárias para focar meus objetivos, entendê-los (na medida do possível) e permitir que o mundo conheça um pouco da minha mente. E também por rir das minhas piadocas bobas, isso é muito importante para eu não me achar doida.

Agradeço aos meus amigos que me ajudaram nessa jornada: Elisa Bosso, Carol Baiochi, Lucca Costa, Mauro Pedroso, Eduardo Oliveira, Theresa de Paula, Ana Livia Lealdini, Paola Pompeu, Mariana Castro, Raquel Mendes, Beatriz Sgavioli, Franciele Santos, Yanka Caversan e Gabriela Stringuetti. Sem vocês, este livro não existiria!

E, por último, agradeço a todos os meus leitores. Obrigada por terem dado uma chance a *Crimes perfeitos deixam suspeitos* e por agora estarem dando uma chance a *O (não) manual do namoro online*.

Vocês tornam meu sonho realidade a cada dia.